Chicago way

Chicago way

Michael Harvey

Traducción de
Marcelo Reyes

Rocaeditorial

Título original: *The Chicago way*
© 2007 by Michael Harvey

Primera edición: junio de 2008

© de la traducción: Marcelo Reyes.
© de esta edición: Roca Editorial de Libros, S.L.
Marquès de l'Argentera, 17. Pral. 1.ª
08003 Barcelona
correo@rocaeditorial.com
www.rocaeditorial.com

Impreso por EGEDSA
Rois de Corella, 12-16, nave 1
Sabadell (Barcelona)

ISBN: 978-84-92429-30-1
Depósito legal: B. 21.341-2008

Michael Marchetti
2002-2005

Fallon O'Toole McIntyre
2002-2004

Matthew Christian Larkin
1958-1999

In Memoriam

Es difícil luchar contra la ira. Pues aquello que anhela lo consigue aun a costa de la vida.

HERÁCLITO

¿Quieres atrapar a Capone? Ésta es la manera: él saca un cuchillo; tú sacas una pistola. Él envía al hospital a uno de tus hombres; tú envías a la morgue a otro de los suyos. Estilo Chicago...

SEAN CONNERY, Los intocables

Capítulo 1

*E*staba en el segundo piso de un edificio de tres plantas del norte de Chicago. Fuera, el viento del lago soplaba con fuerza y azotaba las ventanas que miraban a la bahía. A mí me daba igual. Yo tenía los pies en alto y una taza de té Earl Grey en la mano, y estaba haciendo mi propia lista de los tres grandes momentos de la historia de los Cubs.

La primera media hora la había pasado bloqueado en el número uno. Hasta que comprendí que en el estadio de Clark y Addison los grandes momentos siempre están por llegar. Con eso ya me di por satisfecho y empecé a imaginarme la rotación inicial del equipo en el campeonato del año siguiente. Fue entonces cuando lo vi.

En realidad, detecté a John Gibbons antes de verlo. Aunque eso ocurría siempre con Gibbons. Desde la cintura hasta los hombros, era de una sola dimensión: enorme. Su cabeza descansaba en un cuello de bulldog, con orejas pequeñas y el pelo gris cortado casi al cero. Por los orificios de sus narices se podían divisar los cuartos traseros de los últimos callejones de Chicago. Sus ojos aún se veían limpios, impasibles y azules. Me dirigió una mirada y sonrió:

—Hola, Michael.

Gibbons llevaba cinco años retirado del Cuerpo. Yo no lo había visto desde hacía cuatro, pero eso no importaba. Compartíamos todo un historial. Se sacudió la lluvia de la ropa y acercó una silla a mi escritorio. Luego se sentó como si aquella fuera su casa y lo hubiese sido siempre. Dejé los Cubs a un lado, abrí el cajón de abajo y saqué una botella de whisky irlandés Powers. John lo tomaba solo. Yo, para mostrarme sociable, le eché un chorro a mi Earl Grey.

—¿Qué me cuentas, John?

Él titubeó. Por primera vez, reparé en su traje barato e incómodo y en su corbata con prendedor. Retorcía entre las manos un sombrero de fieltro.

—Tengo un caso para ti, Michael.

Siempre me llamaba Michael, lo cual no me molestaba, ya que ése era mi nombre. Yo no quería cambiar de tema, pero mi curiosidad se acabó imponiendo.

—Por Dios, John, ¿quién te elige ahora la ropa?

Enorme como era, se sonrojó un poco y bajó la vista hacia su traje.

—Fatal, ¿no? La mujer... ¿Conocías a mi mujer, Michael?

Negué con la cabeza. No sabía nada de John que no tuviera tres años de antigüedad. Su ficha personal de entonces decía VIUDO. Su primera mujer, una irlandesa de Donegal, recibió un día un mensaje de su médico sobre una radiografía y, dos semanas más tarde, se había ido al otro barrio. Yo había mandado una tarjeta y había telefoneado a John para darle el pésame.

—La mujer, es decir, mi segunda mujer, se largó hace cosa de un año —dijo Gibbons—. Era de las jóvenes, ¿sabes?

John siempre había tenido debilidad por ellas. Por las mujeres, quiero decir. De acuerdo con mi experiencia, cuando padeces ese tipo de debilidad, las jóvenes no hacen más que agravar la situación.

—¿Así que te eliges tú mismo la ropa? —le dije.

—Desde hace un tiempo.

—Y te pones de punta en blanco para venir a la ciudad.

Asintió.

—Para verme a mí.

Volvió a asentir.

—Tengo un caso, Michael.

—Eso deduzco.

Le serví otro trago y añadí un poco de agua caliente a mi taza.

—Te acordarás de 1997.

—Eso fue antes de mi época.

—No tanto. En fin, era Nochebuena. Yo tenía los cristales bajados. Recordarás que solía llevar los cristales bajados, inclu-

12

so si hacía frío. Llevaba yo solo el coche patrulla. En el sur de la ciudad.

Conozco el sur de Chicago. Una colección de almacenes y de casas de putas. Diques secos y chaperos. Un trozo repugnante de Chicago, cuyos extremos se caen a trozos y acaban fundiéndose con el territorio de Indiana.

—De repente oigo un disparo —dijo John—. Doblo una esquina y veo a esa chica corriendo por en medio de la calle. Cubierta de sangre de los pies a la cabeza. El tipo viene justo detrás de ella. Tiene una 38 en una mano y un cuchillo en la otra. Se lo va clavando mientras corren.

John cerró los ojos un momento y pareció abandonar la habitación. Cuando los abrió, ya estaba de vuelta. Yo no me sentía tan cómodo como antes.

—Dos décadas en el oficio, Michael. Y nunca había visto nada parecido. Salgo del coche. Ella viene directamente hacia mí. Los sorprendo a los dos. Él está casi encima de ella. Todavía oigo ese cuchillo. Hacía, no sé, como un ruido de succión. Saco la pistola y se la pongo al tipo en la cabeza. Sólo entonces repara en mí y se detiene.

—No me suena nada todo esto, John.

—Tendría que sonarte, ¿no?

Asentí.

—Bueno, déjame acabar. Estamos los tres allí. Yo con la pistola en la cabeza del tipo y la chica entre nosotros dos, con su cara a diez centímetros de la mía. Podía oler la muerte en ella, ¿entiendes?

Lo entendía.

—De modo que nos separamos. Pongo al tipo en el suelo y lo esposo. Permanece en silencio. Le doy unas bofetadas. Nada. Miro a la chica. Está herida a base de bien, tiene varias puñaladas en el pecho. Le tomo el pulso y pido una ambulancia.

John se puso de pie y se acercó a la ventana.

—Hace calor aquí, ¿no?

Entornó la ventana.

—Estamos a dos grados ahí fuera, con lluvia helada y viento racheado.

—¿Racheado? —Sus hombros se volvieron hacia mí y el resto siguió la misma dirección.

—Lo llaman así —repuse—. Viento racheado. Y eso no es bueno.

John dejó la ventana abierta y regresó a la silla.

—De modo que metemos a la chica en la ambulancia. Una chica impresionante, Michael. ¿Te lo he dicho ya?

Esperaba que llegáramos a eso.

—Déjame adivinar. Te enamoraste de ella.

—Por Dios, Michael. Estaba cubierta de sangre y medio muerta. Además, era una niña.

—Continúa.

—Bueno, deduje que ella había salido huyendo del coche del tipo. Un Chevy hecho mierda parado en medio de la calle. Abro el maletero y ¿qué me encuentro?

—Tú dirás.

—Bolsas de plástico, rollos enteros. Y cuerda, montones de cuerda. Abro la puerta del conductor. Todo lleno de sangre. Debajo de los asientos encuentro dos fundas hechas a la medida. En una, un rifle; en la otra, un machete. En las viseras, otras dos fundas de cuero. Una para la pistola que tenía en la mano y otra para el cuchillo.

—No era el primer baile del tipo, ¿no?

—No, señor —dijo John—. Así que me lo llevo a la Central y lo dejo encerrado. Es más de medianoche. Ya ajustaremos cuentas mañana, me digo.

—¿Y?

—Vuelvo al día siguiente: se ha marchado.

—¿Marchado?

—El jefe de entonces. Tú no lo conociste. Dave Belmont.

—Me suena su nombre.

—Buen tipo, un poli de toda la vida. Ahora ya está muerto. Nunca buscaba bronca. «Cierra el pico y haz tu trabajo»; esa clase de tipo. Bueno, pues me lleva a su despacho. Me dice que lo olvide. Me dice que el tipo se ha marchado y ya está. No ha sucedido. Y luego me da esto.

John Gibbons sacó de su bolsillo un trozo de terciopelo verde. Prendida en su interior, había una medalla de plata de la policía: la mayor recompensa que puede obtener un poli de Chicago. Consigue una y ya has hecho carrera para siempre.

—Éstas son difíciles de conseguir, John.

14

—Parte del trato. Yo consigo una medalla, un aumento y un ascenso. A cambio...

—Te olvidas del asunto.

—Eso es. Y eso hice.

—Y nueve años después, ¿qué quieres hacer?

—Bueno, no es que quiera hacer nada. Pero he recibido esto.

John Gibbons sacó una carta de su otro bolsillo.

—Y esto ¿qué es?

—Una carta.

—Eso ya lo veo.

—De la chica. La chica de aquella noche.

—¿De hace nueve años?

—Sí.

—No se murió, deduzco.

—Tenemos que ayudarla, Michael.

—Tenemos...

—He fisgoneado un poco por ahí. —Gibbons se encogió de hombros—. No he llegado a ninguna parte.

Como detective, mi viejo compañero era un buen pedazo de músculo. Un tipo para echar una puerta abajo, aun cuando no tuviera ni idea de lo que podría haber al otro lado.

—Eres el mejor con el que he trabajado —continuó Gibbons—. Lo sabes, lo sé y todo el mundo en el Cuerpo lo sabía. Si puedes echarme una mano, te lo agradeceré.

El irlandés me arrojó un sobre encima de la mesa. Al abrirlo, pude disfrutar de la cálida sensación que proporciona a veces el dinero. Luego levanté la vista y le miré.

—Háblame de la chica —dije.

Gibbons empezó a hablar. Cogí la carta y, de mala gana, empecé a leerla.

15

Capítulo 2

*E*l teléfono sonó a las tres y media de la madrugada siguiente. No es que yo quisiera que se pusiese a sonar a semejante hora, pero eso era lo que había.

Busqué a tientas el auricular y acabé tirando el aparato al suelo. Cuando me levanté para encender la luz, me golpeé un dedo del pie con la base de acero de la mesilla. Solté las maldiciones obligadas y cogí el auricular. La voz al otro lado de la línea era susurrante, pero aquella en concreto no la reconocía.

—¿Señor Kelly?

—Sí —dije.

—¿Es usted el señor Kelly?

—¿Quién voy a ser, si no? —respondí mientras trataba de imaginar la cara que iba unida a aquella voz.

—Señor Kelly, soy Judy Bange y le llamo de *Action News*, del Canal 7.

Tres preguntas se insinuaron a través de aquella niebla matinal que yo llamaba mi cerebro: ¿Qué clase de mujer puede tener un apellido como Bange? ¿Por qué *Action News* del Canal 7 me llamaba a las tres y media de la mañana? ¿Qué clase de mujer puede tener un apellido como Bange?

—Hola, Judy Bange —dije—. ¿En qué puedo ayudarla?

—Le llamamos para pedirle unas declaraciones...

Judy se detuvo y oí varias voces discutiendo al otro lado de la línea.

—¿Señor Kelly?

—Sigo aquí —dije.

Bange contuvo el aliento.

—Perdón.

—Muy bien, Judy. Aquí estamos. Usted, yo y las tres y media de la mañana.

—Sí, señor Kelly. Le llamo por si quiere hacer usted alguna declaración sobre la muerte a tiros de un tal John Gibbons.

Tengo un ejemplar de la *Ilíada* en griego antiguo sobre la mesilla de noche, y al lado la traducción al inglés de Richard Lattimore; la única traducción que vale la pena tener, por lo que yo sé. Detrás de esos volúmenes descansa en su funda una Beretta de 9 milímetros. Lattimore quizá no apreciaría la sutileza; Ulises seguro que sí. Revisé el cargador de la Beretta y luego el seguro. Judy seguía hablando.

—Le dispararon dos veces. En el estómago, creo. En el muelle de la Navy. Mejor dicho, debajo del muelle de la Navy, pero no en el agua. ¿Señor Kelly?

—Sí, Judy.

—Resulta que su tarjeta ha sido encontrada entre sus pertenencias. Así que hemos pensado...

—¿Dónde se encuentran ustedes, Judy?

Pareció sorprendida. Como si todo el mundo en Chicago tuviese que conocer la sede de *Action News* del Canal 7.

—En el número 300 de North McClurg Court.

—¿Tienen imágenes de la escena del crimen? —pregunté.

—Muchas, por supuesto.

—Yo hago unas declaraciones y usted me deja ver lo que tiene. ¿Trato hecho?

La cosa se ponía más complicada de lo que Judy esperaba. Pero yo sabía que las voces seguían allá atrás.

Judy reapareció tras un momento.

—Trato hecho.

—Hasta luego, Judy.

Colgué y me vestí.

Capítulo 3

*L*o primero que me llamó la atención del Canal 7 fue su inclinación. No me refiero a su inclinación política, quiero decir que se levantaba sobre un antiguo vertedero y que parecía en pleno proceso de deslizamiento hacia el lago Míchigan. Los listillos de siempre habrían visto en el vertedero y en aquel deslizarse hacia el abismo una analogía muy adecuada del periodismo local. Yo no era ningún listillo y estaba allí para ver a Judy Bauge.

No es que no me importara John Gibbons, por supuesto que me importaba. Pero él estaba muerto y eso, hiciera lo que hiciese, no podía cambiarlo. La cuestión era que me habían sacado de la cama a las cuatro de la mañana y que me dirigía por una entrada lateral a una redacción llena de gente que seguramente me resultaría odiosa o despreciable. Miraría la cinta y trataría de encontrar alguna pista sobre el asesino de Gibbons antes de que la policía lo embrollase todo. Bastante estaba haciendo, me parecía a mí, por una persona que hasta el día de ayer no había visto en cuatro años. Yo estaba haciendo todo lo que podía. Y si Judy Bange se cruzaba en mi camino, tanto mejor.

Estaba sentada en un cubículo al fondo del vestíbulo, tomando lo que parecía un café y fumando lo que parecía un cigarrillo.

Medía un metro setenta y pico y tenía un aspecto impresionante en ese estilo de redacción de informativos. Imagínense un suéter holgado y unos tejanos que le quedaban perfectos; miembros largos y atléticos, pelo suelto castaño y piel irlandesa de color nata. Valía la pena levantarse de la cama por ella. El problema es que no era Judy Bange.

—Al fondo del pasillo —dijo señalando hacia allí.

—¿Usted no es Judy Bange?

—Al fondo. —Hablaba sin apartar la vista del periódico. El crucigrama del *Tribune*.

—Siete vertical —dije—. Tontería, seis letras. Pruebe *sandez*.

Despegó sus ojos azules del execrable diario.

—Sandez, ¿eh?

Asentí. Ella lo garabateó.

—Encaja.

—Qué quiere que le diga. Soy bueno con las palabras.

Señaló hacia el fondo otra vez.

—A ver si es tan bueno cuando llegue al fondo del pasillo. —Por lo menos esta vez sonrió.

Al fondo estaba la redacción de *Action News*. Para ser las cuatro de la madrugada de un domingo había bastante acción. Me indicaron una larga hilera de cubículos grises. En el interior del último vi un reducido tumulto de hombres inclinados sobre una pantalla de televisión, cronómetro en mano.

—Judy Bange —dije.

Unas grandes gafas de los años cincuenta, estilo gatuno, asomaron por encima de la pantalla. Directamente debajo de las mismas, había una cara pálida y como contraída en un chillido silencioso, que pretendía ser una sonrisa. Qué agradable parece todo a veces. Hasta que te sacan de la cama, quiero decir.

—Sí —susurró ella.

Me presenté. Con un bolígrafo, ella apuntó vagamente al grupo de cubículos de la esquina. Eran verdes. Me imaginé que eso los hacía especiales.

—Allí. Diane quiere hablar con usted.

Se suponía que yo debía de saber quién era Diane. Como no era un fan de *Action News*, no tenía ni idea. Aun así, me imaginé que Diane era la estrella de la representación. Y que tenía que resultar una visión más agradable que Judy.

—¿Diane? —dije.

Tres cabezas apiñadas en torno a un escritorio se volvieron con perfecta sincronización. Se concentraron en mí con una sola mirada de estudiado desdén. Había llegado al corazón de la redacción, al final del arcoíris de *Action News*. Cerbero, el can

19

de tres cabezas, custodiaba allí al becerro de oro, también conocido como la presentadora estrella.

—Querrá decir la señorita Lindsay —dijo una de las cabezas.

—Supongo que sí —respondí.

Rápido, como buen detective que soy, me acerqué e hice
girar a Su Alteza en su silla. Diane Lindsay emitió un gritito
ahogado. Llevaba unos auriculares que estaban conectados a
una pequeña televisión y no había oído una sola palabra. Por la
pantalla cruzaba una camilla. Advertí que en uno de sus extremos había un sombrero de fieltro. Dos polis metían a John
Gibbons en la ambulancia. Luego había un corte y la grabación
se centraba en un único casquillo, brillando en la fría noche de
Chicago.

La señorita Lindsay se quitó los auriculares, me miró y se
volvió otra vez hacia la pantalla. Luego apagó el televisor.

—Señor Kelly.

Era guapa. En un estilo pelirrojo, frío y clínico. El tipo de
mujer que te parecería atractiva si fueras víctima de la culpabi-
lidad y de un tenaz remordimiento. No me apetecía nada sufrir
ninguna de esas cosas. Y yo tampoco parecía gustarle a la señorita Lindsay. Aunque eran las cuatro de la madrugada y a mí
me importaba un bledo.

—Me ha hecho venir hasta aquí —dije—. Me gustaría ver
el resto de la cinta.

Los acólitos de Diane se habían colocado a mi alrededor en
una especie de triángulo informal. Dos de ellos tomaban notas.
El otro parecía estar tomándome las medidas para mi entierro.

—Creo que la señorita Bange le ha dicho que eso podía ha-
blarse —dijo Diane.

—Está bien. Pero escuche: no vamos a hablar de nada si no
nos libramos primero de la audiencia.

Diane echó una mirada al trío y éstos salieron deprisa y se
retiraron a un rincón de la redacción.

—Ahora, señor Kelly, hablemos.

Le quité el cargador a la Beretta, que había logrado pasar
sin que lo advirtiera la recepcionista (ella, dicho sea de paso,
tendría que haber sido Judy Bange si Dios existiera). Puse el
arma sobre el escritorio y me senté. Diane cogió un lápiz de lo
alto de su gran moño rojo. Sus ojos se concentraron en la pis-

tola mientras introducía el lápiz en un sacapuntas eléctrico. Blandió la punta afilada y señaló un montón de documentos legales que de repente habían aparecido a mi lado.

—Tiene que firmar todo esto antes de ver ninguna cinta grabada por Canal 7.

—Quiere decir por *Action News* del Canal 7 —dije.

Sonrió. Yo firmé.

—Ya está. Si los de *Action News* quieren demandarme, tendrán que ponerse a la cola, que es más larga que todo ese pasillo.

Señalé hacia la entrada. Ella siguió mirándome a mí.

—Señor Kelly, ¿de qué conoce al señor Gibbons?

—Querrá decir de qué lo conocía. Está muerto, ¿no?

Diane me lo confirmó con un gesto casi imperceptible de su cabeza. Ahora John Gibbons estaba muerto oficialmente.

—Fue mi compañero hace un tiempo. En el Cuerpo.

—¿Alguna idea sobre lo que andaba haciendo en el muelle?

—Ninguna.

—Tenía su tarjeta en el bolsillo.

—Era amigo mío.

—Le dispararon con una semiautomática de nueve milíme-tros. —Diane observó mi pistola. Yo me encogí de hombros—. Usted trabaja ahora como detective privado —dijo.

Asentí. Aquello se estaba poniendo aburrido.

—Vamos a ver si consigo abreviar un poco todo esto, Dia-ne. No, no estábamos trabajando juntos. Y sí, Diane, quizás esté mintiendo. Aunque hubiéramos estado trabajando juntos, yo no se lo contaría a usted por nada del mundo. No sin obte-ner al menos algo a cambio. Así pues, ¿me va a poner esa cinta o me la llevo a casa?

—¿Para qué quiere el vídeo? —preguntó.

—La policía le puso sobre mi pista, ¿no?

Ahora le tocaba a ella hacerse la inocente.

—O bien piensan que soy un buen candidato como culpa-ble de asesinato, lo cual es un disparate y, por tanto, lo que us-ted sospecha; o bien es que quieren averiguar en qué estaba trabajando Gibbons y creen que tal vez yo lo sepa.

—¿En qué estaba trabajando?

Yo permanecí mirando fijamente un trozo verde de cubícu-

21

lo que quedaba por encima de su cabeza a mano izquierda. Ella prosiguió.

—Tiene razón, Kelly. La policía me puso sobre su pista. Quieren hablar con usted. —Una pausa mínima y continuó—: ¿Por qué será?

Me encogí de hombros.

—Hagamos un trato —dije—. Si consigo cualquier cosa que pueda serle útil, la avisaré. Si es posible, antes de avisar a la policía. Pero es una calle de dos sentidos. Si trata de joderme y...

Me encogí de hombros de nuevo.

—No me joda, simplemente.

—Trato hecho. —Diane me tendió su mano. Yo la estreché más tiempo de lo que hubiera querido.

—Y ahora, ¿qué me dice de la cinta? —pregunté.

Sacó un vídeo del escritorio.

—Es una copia de lo que hemos filmado esta noche. Se la puede llevar a casa. Con una condición adicional.

—¿Cuál?

—Que me lleve con usted.

Tres minutos y medio después aproximadamente, estábamos en un taxi subiendo en dirección norte por la avenida Míchigan.

Capítulo 4

*E*staban pensando que después de pasar la página me iban a encontrar en flagrante delito con la Pelirroja... ¿cierto? Pues no. Diane sólo estaba bromeando. Un tipo de humor un tanto extraño para una presentadora estrella, sin ninguna duda.

Lo que sí hizo fue invitarme a una copa. En Chicago, pocos minutos antes de las cinco de la mañana, la elección es bastante limitada, pero enormemente interesante. Fuimos al Inkwell, un antro para el mundillo de la prensa, agazapado entre las sombras del puente de la avenida Míchigan.

—Bueno, señor Kelly. —Diane bebía su whisky solo, aunque con una botella de agua al lado. Yo una cerveza Miller *light*. Me imagino que los dos nos estábamos haciendo los interesantes.

—Bueno, señorita Lindsay.

—Por su amigo.

—Compañero —dije. Me astillé un diente con la cáscara de un cacahuete que parecía relleno de cemento. Cuando lo abrí, un par de cacahuetes petrificados se convirtieron en polvo y cayeron al suelo—. Hasta ayer por la tarde, no había visto a John Gibbons desde hacía cuatro años.

—¿Fue así como consiguió su tarjeta? —preguntó Diane.

—Quería que le ayudara en un caso. Un asalto a una mujer. Hace mucho tiempo.

Le hice un gesto al camarero. Estaba dormido, de modo que le tiré un cacahuete. Por poco lo noqueo y se cae en la nevera. Reapareció con otra cerveza *light*.

—Y menos de diez horas después, Gibbons acaba con dos tiros —dijo Diane—. Dos tiros mortales.

—Que son los peores.

Diane apuró su copa. Enseguida apareció otra a su lado.

—¿Sabe cómo llamamos a eso en el mundo periodístico, señor Kelly?

—¿Una coincidencia?

—No. En el mundo periodístico, eso es una historia.

—No sé gran cosa sobre historias periodísticas. Pero alguna cosa sí sé sobre asesinatos. Gibbons no era la clase de tipo que se mete a ciegas en ningún lado, sabía cuidarse.

Mi pequeño parlamento hizo que Diane reflexionara un momento.

—Dispararon a su amigo desde una distancia de entre treinta y sesenta centímetros —dijo, y me pasó una copia del informe de la policía—. No llevaba pistola y no había señales de lucha.

Eché un vistazo al informe, lo doblé y se lo devolví.

—Interesante, señorita Lindsay. Permítame una pregunta: ¿cuánto gana usted?

La estrella de la televisión dejó de golpe su vaso sobre la barra y se levantó para irse. Yo la detuve con delicadeza.

—Vamos, no se ofenda. Digamos que gana medio millón.

Volvió a levantarse.

—Está bien, está bien. Digamos un millón. ¿Por qué una persona que gana un millón de dólares se presenta en la redacción a media noche para cubrir una historia sobre un policía retirado de Chicago al que han dejado tieso?

Diane sonrió. Quizás un poquito demasiado deprisa para su propio interés. Luego se volvió hacia el camarero. Yo me encogí de hombros, me acerqué a la ventana y miré hacia la calle. Había esa luz gris que aparece justo antes del amanecer. Los edificios se apiñaban unos contra otros todavía borrosos. Sobre la superficie del río Chicago se deslizaban jirones de niebla a toda velocidad, procedentes de las esclusas y del lago Míchigan.

Diane se acercó en silencio y me ofreció otro trago. Esta vez tomé whisky, como ella. Apoyó la frente en el cristal. Los últimos rumores de la noche se apretaban blandamente contra el vidrio. Permanecimos así, mirando a la calle, un buen rato, hasta que los fríos dedos del alba despejaron la cima del edificio Wrigley, descendieron por su mole blanca y empezaron a simular que calentaban la ciudad.

—¿Cuál es su situación, Kelly?

—¿Cómo?

Se volvió y me dirigió una mirada que sólo las mujeres solteras de más de treinta años son capaces de controlar.

—Tiene usted... ¿cuántos? ¿Treinta y dos, treinta y tres años?

Di un sorbo al whisky y asentí. En realidad, tenía treinta y cinco, pero qué demonios.

—¿Ha estado casado?

Negué con la cabeza.

—¿Comprometido?

Otro gesto negativo.

—¿Asustado?

Me encogí de hombros.

Ella se encogió de hombros a su vez.

—Con semejantes dotes para la conversación, debe de estarlo.

—Me gusta usted cuando se muestra tan encantadora —repuse.

—¿Qué sabe del mundo de la televisión en Chicago?

—Enciendo la tele y ahí está.

—Chicago es el tercer mercado televisivo más grande del país —dijo—. Con diferencia, el mayor nido de víboras. Estoy en el último año de mi contrato con un director de informativos que las prefiere rubias y de cuerpo espectacular. Yo no reúno ninguna de esas condiciones.

Estuve a punto de contradecirla, pero me lo pensé mejor.

—Necesito conseguir una gran historia o ya me veo dentro de seis meses haciendo anuncios en Flint, Michigan. Después de cinco años en Chicago, Flint ya no me sirve. De hecho, nunca me sirvió. Conclusión, no me queda mucho tiempo, Kelly. La policía no me ofrece ningún indicio al que agarrarme. Y usted tampoco.

Por lo menos sonreía mientras lo decía.

El cielo estaba teñido de un rosa humeante cuando salimos del Inkwell. Aguanté la puerta para que pasara una pareja de policías conocidos que iban sin uniforme. Agacharon la cabeza cuando vieron a Diane, pero ella no pareció notarlo. Se la veía muy callada. Quizás estaba pensando en el crimen. Quizá pensaba en irse a la cama conmigo. Quizás estaba borracha, simplemente.

—Vamos a hacer una cosa —dijo—. ¿Por qué no se lee el informe de la policía y mira la cinta? Luego podemos ponernos en contacto.

Un taxi se detuvo junto al bordillo. Ella subió y bajó la ventanilla.

—Encantada de conocerle, señor Kelly.

—Adiós, Diane.

El taxi empezó a arrancar y se detuvo.

—Ah, señor Kelly...

Me incliné hacia delante. Ella hizo lo mismo. Nuestros rostros quedaron al borde del precipicio, sólo a unos centímetros.

—Sí, Diane.

—Quien haya matado a su amigo le ha disparado a bocajarro, a muy corta distancia. Lo cual me hace pensar que Gibbons conocía a su atacante. Quizá confiaba en él.

Asentí.

—Y eso, señor Kelly, ¿no lo convierte en un sospechoso razonable?

Parpadeó una vez y aguardó.

—Te llamaré, Diane.

Le di un golpe seco al taxi y lo contemplé mientras se alejaba. Ella tenía razón, desde luego. John Gibbons debía de conocer al asesino. Y debía de confiar en él. A menos que se tratara de una mujer. En ese caso cualquier cosa era posible.

Capítulo 5

El taxista me dejó a media manzana de mi apartamento. Su viejo cacharro fue eructando humo blanco mientras doblaba la esquina y yo sentí la carbonilla raspándome la garganta. Mi apartamento era uno de los tres que había en un edificio de piedra gris sin ascensor. No era un mal sitio, pero resultaba mejor aún en verano, con Wrigley Field, el estadio de los Cubs, a sólo dos manzanas.

Esperaba encontrarme a lo mejorcito de Chicago en la entrada. En cambio, lo que encontré fue el periódico matinal del domingo y una rubia de sábado noche; no necesariamente en este orden.

Ella desparramó una sonrisa que abarcaba toda la puerta de mi casa. Yo me acerqué para inhalar a fondo su aroma. Aún no había abierto su boca y quizás aquel momento sin palabras iba a ser el mejor de todos. No me equivocaba.

—¿Qué tal, señor Kelly? —dijo—. Mi nombre es Elaine Remington. Soy la mujer de la carta de John Gibbons. La que casi fue asesinada.

La señorita Remington sacó de su bolso una nueve milímetros de aspecto bastante solvente y apuntó aproximadamente hacia mi ojo izquierdo.

—Me gustaría hablar con usted.

—Claro —dije yo.

Mis llaves salieron de un bolsillo, pero tuvieron problemas para encajar en la cerradura. Una nueve milímetros de aire solvente suele tener ese efecto sobre cualquier juego de llaves.

—Si ve policías dentro, grite, que yo les disparo.

Ya no sonreía.

—O mejor, dispáreles usted misma.

Me hizo un gesto con la pistola y entré.

Le ofrecí la mejor silla de mi apartamento, pensando que eso era lo que habría hecho un caballero. Además, ella tenía la pistola y se habría quedado con aquella silla igualmente.

—¿Le apetece un poco de café? —Ella negó con la cabeza y me quitó la Beretta del bolsillo trasero.

—Gracias —dije—. ¿Y un poco de zumo de naranja?

—De acuerdo —contestó—. El zumo de naranja es una buena fuente de potasio. Las mujeres lo necesitamos, ¿sabe?

No lo sabía, y no discutí.

Sacó el cargador de mi pistola y revisó el cañón. Yo rebusqué por la nevera, a ver si encontraba un arma adecuada. No se me ocurría nada. Ella pareció darlo por descontado y siguió hablando.

—Siento lo de la pistola, señor Kelly. Es sólo por precaución. Una chica tiene que saber protegerse, ¿comprende?

Dejé el zumo delante de ella y tomé posiciones (bastante incómodas) en el sofá.

—¿Cómo puedo estar seguro de que es usted la mujer de la carta? —pregunté.

Se levantó de la silla. Con una mano, empezó a desabrocharse los primeros botones de su top. En honor mío, debo decir que yo seguí mirando la nueve milímetros. No le temblaba.

—Mire —dijo.

Me mostró una cicatriz púrpura, gruesa y dentada que enfilaba hacia el sur desde debajo de la clavícula.

—Llega hasta aquí —dijo señalando a medio camino de su cintura—. ¿Sabe cuantos litros de sangre hay en el cuerpo humano, señor Kelly?

No lo sabía.

—Cuatro. Yo perdí tres. Lo que hicieron, básicamente, fue inflarme el cuerpo otra vez. Con sangre, quiero decir.

El arma pareció aflojarse un poco. Enseguida recuperó su posición.

—También me violó, señor Kelly. ¿Se lo contó el señor Gibbons? Seguramente no. Me ató las piernas y los brazos juntos por detrás. Se estuvo riendo un rato. Y luego me violó.

Se echó el pelo hacia atrás y, por un momento, se le disparó un tic bajo el ojo derecho.

—Escuche, señorita Remington —dije—. ¿Por qué no dejamos esa pistola y hablamos de todo esto?

—Gibbons iba a ayudarme —respondió ella—. Y ahora está muerto.

—¿Cómo lo sabe?

—Lo vi anoche. En un bar llamado The Hidden Shamrock, en Halsted y Diversey. A Gibbons le gustaba pasarse por allí. ¿Conoce el sitio?

Lo conocía.

—Nos vimos allí —continuó—. Me dijo que usted tal vez nos ayudaría y que tenía una pista. Que tenía que ver a un tipo en el muelle de la Navy.

—¿Y usted le siguió?

Ahora desvió la mirada.

—Habíamos quedado en que pasaría por mi casa cerca de medianoche. Cuando no apareció, fui al muelle. Lo encontré allí y llamé a la policía.

—¿Ha estado hablando con la policía?

—Hasta hace media hora. Me preguntaron por usted.

—Qué amables.

—¿Por qué cree que me han preguntado?

—Ni idea, señorita Remington.

Esbozó una tensa sonrisa. El tic que tenía debajo del ojo era continuo, como un latido. Estudié la distancia hasta su pistola. No lo bastante favorable.

—Usted cree que yo maté a Gibbons —dije—. Le dispararon con una pistola de nueve milímetros. Llévese ésa a la comisaría y que la analicen sus amigos.

Miró mi pistola, que estaba sobre la mesilla de café.

—Pero antes dígame una cosa —añadí—. ¿Por qué lo maté?

—Yo no sé si usted lo hizo, señor Kelly. ¿Qué le contó John?

—Me enseñó su carta.

Fui a coger un cigarrillo. Ella alzó la pistola y yo le enseñe el paquete. Marlboro.

—Está bien.

Crucé las piernas. Ella hizo lo mismo, pero mejor.

—Gibbons me pidió que le ayudara —expliqué—. Me dio un anticipo. ¿Puedo?

Saqué del bolsillo del abrigo el sobre con el dinero y se lo tiré. Ella no se molestó en mirarlo. Yo encendí un cigarrillo y proseguí.

—Así pues, técnicamente, usted es mi cliente. Aunque no veo que necesite mucha protección. Al menos, de momento.

Di una fuerte calada y solté el humo. Ella tosió un poco. Eso me gustó. A veces hay que conformarse con pequeñas victorias. Cuando terminó de toser, volvió a hablar.

—¿Y qué me dice de lo demás, señor Kelly?

El tipo de pregunta que te gustaría responder, por lo menos cuando alguien dirige hacia ti el extremo hábil de una pistola. Lo hice lo mejor que supe.

—¿Qué es lo demás?

—Déjese de tonterías conmigo, señor Kelly. ¿Qué más le contó Gibbons?

Las posibilidades de una réplica ingeniosa y posmoderna por mi parte, no digamos ya de establecer una relación estrecha con ella, parecían elevadas. Claro que también podía pegarme un tiro en la cabeza y asunto concluido. Entonces sonó el timbre de la puerta y terminó el interludio.

—¿Espera a alguien? —preguntó Elaine.

—No que yo sepa.

—Estaré al fondo del pasillo.

Cogió el zumo de naranja, metió la pistola en el bolso y se dirigió a mi habitación. El timbre sonó por segunda vez.

—Voy, voy.

Abrí la puerta a la placa dorada de un policía.

—Michael Kelly —dijo la voz detrás de la placa.

—¿Dónde demonios os habíais metido, chicos? —repliqué.

30

Capítulo 6

Uno de los policías estaba en posición de firmes. El otro parecía a sus anchas y chutaba una piedra de la acera. Yo me hallaba en el escalón superior, con la puerta a mi espalda. Ellos miraban desde abajo guiñando los ojos, un poco deslumbrados por la luz de la mañana. Tanto mejor. Pensé en Elaine Remington, sola en mi apartamento, revolviendo entre mis pertenencias. Tanto peor. El policía a sus anchas hizo relucir su placa, por si tenía alguna duda. Vislumbré su brillo, aunque no vi ningún nombre.

—Dan Masters. Y éste es mi compañero, Joe Ringles.

Ringles esbozó un saludo. Parecía perdido cuando abandonaba su aire arrogante.

—Nos estaba esperando, ¿no? —dijo Masters—. Me pregunto por qué.

Masters era el mayor de los dos. El pelo gris y casi al cero daba paso a una frente reluciente y a dos orejas afiladas y pegadas al cráneo. Tenía las cejas atravesadas por varias cicatrices. El resto de su rostro era como una bolsa fofa con agujeros rojos allí donde debían estar los ojos y con un tajo que se movía cuando hablaba. Eso es lo que hacen contigo la bebida y veinte años en el oficio.

—John Gibbons —dije—. Amigo mío. Hallado muerto anoche.

—¿Quiere explicarme cómo lo sabe?

Ése era Ringles. El más joven de los dos, con su pelo al cero todavía marrón y los laterales afeitados hasta muy arriba. No había nada reseñable en sus cejas y se le veía la piel tirante en los pómulos. El mentón era lo bastante endeble como para convertirse en un blanco.

Yo no le hice caso. A Ringles no le gustó.

—Le he hecho una pregunta.

Ringles se aproximó. Seguramente, si me hubiese parado a pensar, estaba invadiendo mi espacio. Pero yo no pensé. Le golpeé sin más. No hace falta mucho esfuerzo si sabes cómo hacerlo, apenas a unos centímetros del plexo solar. No creo que Masters llegara a darse cuenta siquiera. Ringles sí se dio cuenta. Se desplomó hacia atrás sobre un macizo de arbustos situado muy a propósito. La zona de aterrizaje, eso sí, estaba algo embarrada.

—Ojo, no se manche —le dije.

Ringles salió del barro con la pistola en la mano. Parecía lo bastante estúpido como para usarla. Por suerte, intervino Masters.

—Aparca eso, Joe.

Ringles me observaba furioso a través del punto de mira. Yo me mantuve firme y traté de no hacer caso del cañón que tenía en el pecho. Lentamente, aflojó la presión en el gatillo y sacó las esposas. Me volví hacia el veterano.

—¿Estoy detenido?

Masters miró a un punto del espacio situado entre Ringles y yo. Luego sacudió la cabeza. Las esposas desaparecieron.

—Bajaré yo mismo —dije—. Si os parece bien, chicos.

Masters ya se dirigía hacia su coche.

—Town Hall —dijo—. Tiene una hora.

Volví a entrar en el apartamento. Ringles se quedó solo limpiándose los pantalones. Me detuve al cerrar la puerta y agucé el oído. Nada. Empecé a cruzar el pasillo.

—Cariño, ya estoy en casa.

La ventana de mi habitación estaba abierta. Elaine Remington había desaparecido. Había registrado mis cajones pero dejado intacto mi paquete de condones de calidad extrafina nose-nota-nada. Me sentí algo decepcionado.

En el espejo, sobre la mesilla, había garabateado un número de teléfono con su lápiz de labios. Como en las películas. Reconocí el número pero lo apunté de todos modos. Luego me llené los bolsillos de dinero. Había entrado otras veces en el súper de la policía de Chicago. Era mejor ir preparado.

Capítulo 7

*T*own Hall, en la esquina de Halsted y Addison, es la comisaría de policía más antigua de la ciudad y tiene toda la pinta de serlo. Conté siete policías trabajando en el mostrador principal. Ninguno de ellos, mujeres incluidas, estaba por debajo de los cien kilos. La mayoría utilizaba máquinas de escribir eléctricas con múltiples capas de impresos blancos, rosas y verdes que se acumulaban debajo. El papel carbón y el Tippex eran instrumentos de importancia también. Un ordenador, un Quasar que databa de 1979 más o menos, permanecía al acecho en un rincón oscuro y abandonado. Estaba cubierto con restos matinales de hojaldre y mantenía sujeto un trozo de yeso medio desprendido de la pared.

—Vamos.

Ringles había desaparecido. Masters lo había reemplazado con una versión más enorme todavía.

—Éste es Bubbles —dijo Masters señalando más o menos la hebilla de su cinturón.

—¿Y cómo se llama el resto?

Masters sonrió y se encaminó hacia las entrañas de la comisaría. Bubbles me agarró del brazo y el resto de mi persona le siguió también.

La habitación tenía paredes blancas, una mesa de formica resquebrajada y sillas de plástico atornilladas al suelo. Un espejo cubría por completo uno de los lados.

—¿Se nos va a unir el alcalde también? —pregunté.

Masters me dio un puñetazo en los riñones. Yo me fui de cabeza hasta la pared opuesta, noté un sabor a cobre y volví justo a tiempo para pillar un golpe de Bubbles en el lado izquierdo de la cabeza. Contemplé mi reflejo rebotando en el espejo y cayendo al suelo. Los pies se apartaron a uno y otro lado. Incliné la cabeza y gemí en voz baja. Un par de pies se aproximaron otra vez. Empecé a levantarme apoyándome en la mano derecha. No fue suficiente. Bubbles tenía su porra y sabía manejarla. Oí el golpe en mi rodilla antes de sentirlo y caí sentado. Masters se me acercó.

—¿Kelly?

Yo me volví para mirarle. Sus ojos seguían pareciendo dos agujeros rojos y vacíos. Indiferentes, sobre todo.

—Es posible que Ringles no me guste especialmente —dijo—. Pero él es un policía y usted no. Ya no, por lo menos.

Asentí e intenté levantarme.

—Está bien. ¿Por qué estoy aquí?

Masters miró a Bubbles, que se encogió de hombros como si la diversión hubiera terminado demasiado pronto.

—Sabe muy bien por qué está aquí —dijo Masters.

—¿Lo sé?

El policía dio un suspiró y echó mano de un teléfono blanco adosado a la pared. Un agente de uniforme trajo un expediente con la palabra HOMICIDIO en grandes mayúsculas negras. Como si estuvieran muy orgullosos de él. Luego Bubbles y el agente se largaron. Yo escupí un poco de sangre y le dije a Bubbles que ya continuaríamos después.

Masters se sentó en una de las tres sillas que había en la habitación. Yo escogí otra enfrente. El expediente reposaba entre los dos. Masters me leyó mis derechos.

—Necesitará un abogado —dijo al terminar.

—¿Conoce a alguno que valga la pena?

Él sacó un documento del expediente. Era una fotografía de John Gibbons. Estaba tendido sobre el suelo de hormigón, tenía la boca abierta y un agujero en el estómago. El detective sacó otro documento y me lo puso delante. Era una ampliación de una huella dactilar.

—Es una huella extraída de un casquillo hallado en la escena del crimen.

Masters sacó la ampliación de otra huella y la puso encima.

—La hemos introducido en el sistema y hemos obtenido una concordancia parcial.

Levanté la vista.

—No me diga.

—Sí. El ordenador ha señalado su nombre entre otros posibles. Investigador privado, antiguo policía.

Contemplé las crestas y los surcos dactilares quizá más tiempo de lo debido. Luego miré a Masters, que me estaba observando, aunque simulase que no.

—¿Parcial, eh? ¿Cuántos puntos concuerdan?

—Cuatro.

—Cuando yo estaba en el Cuerpo se necesitaban nueve para sostener una acusación y hablar con el fiscal. ¿Han cambiado las cosas, detective?

—Encontraron su tarjeta en el bolsillo de Gibbons. Una concordancia parcial en el casquillo. ¿Qué tal si me lo explica? Empezando por el hecho de que parezca saber tantas cosas.

—Usted ya ha hablado con algunas personas —dije.

—El caso ha estado bajo mi constante supervisión. Nadie sabe nada excepto Ringles y yo, y el laboratorio de huellas.

—¿Y qué me dice de Diane Lindsay? Pelirroja. Sale en la tele cada dos por tres.

La carne en torno a los ojos de Masters se frunció en una sonrisa que no llegó a alcanzar sus labios. La fuente de Diane podía ser cualquiera, pero desde luego no se trataba de aquel tipo.

—Y luego está Elaine Remington —dije—. Rubia. Con una cicatriz púrpura desde la garganta hasta el ombligo.

Masters reaccionó al oír su nombre. Ahora pude observarle atando cabos. Y lo hacía bastante deprisa.

—Ella fue directamente a verle a usted.

Asentí.

—Estaba en su casa cuando nosotros nos presentamos allí.

—Al fondo del pasillo.

—Hágase un favor a sí mismo y explíqueme qué pinta ella en todo esto.

Me encogí de hombros.

—Sufrió una agresión sexual hace mucho —dije—. Gibbons la estaba ayudando a localizar al tipo.

—¿Había averiguado algo?

—¿Por qué no va y se lo pregunta a él?

Pensé que Masters iba a llamar a Bubbles para un bis. Pero no lo hizo.

35

—Seguimos teniendo la huella.

—En efecto.

—Más que suficiente para acusarle.

—También tiene mi pistola —dije—. Compárela con la bala que mató a Gibbons.

—Eso vamos a hacer, Kelly. En cuanto la saquemos del cuerpo de su amigo. Pero ¿sabe qué?, hay una cosa curiosa con las balas. Pueden utilizarse tan pronto con un arma como con otra. Algunos podemos suponer que usted mató a Gibbons y luego tiró el arma. El problema es que olvidó utilizar los guantes al poner el cargador. ¿Podría llegar a ser usted tan estúpido, Kelly? Mi respuesta es: ¿por qué no?

—Quiero un abogado —dije.

—Por mí no hay problema.

Masters cogió el teléfono.

—Vamos a trasladarlo al centro. El fiscal quiere hablar con usted. Me encargaré de que Bubbles le encuentre un compañero de celda lo más simpático posible.

Capítulo 8

*L*a celda de preventivos era un pozo rectangular de unos seis metros por tres. Un banco recorría uno de los lados y terminaba con un agujero en el suelo que en tiempos, diría yo, había sido el retrete. Había otros siete hombres en la celda. Tres de ellos estaban esposados a unas anillas de hierro atornilladas a la pared. Lo interpreté como una mala señal y me mantuve alejado de ellos. Los otros cuatro estaban desplegados por el resto de la celda. A mi izquierda, un tipo blanco con un águila de hierro tatuada en la frente arrancaba pintura verde de la pared y se la comía. A mi derecha, un negro vestido de Diana Ross explicaba a nadie en particular que comer pintura es malo. Luego sacó un pintalabios y empezó a repasárselos con cuidado. Estaba considerando la posibilidad de pedir otra celda cuando irrumpió en mi vida un funcionario de prisiones de unos ciento cincuenta kilos.

—Kelly. Venga conmigo.

La placa del guardia lo identificaba como Albert Nyack, aunque yo lo llamaba Al para mis adentros. Al abrió la jaula y me condujo por un pasillo hasta un cuarto pequeño sin ventanas. Un cuarto donde los policías hacían preguntas y donde, de un modo u otro, solían obtener respuestas. Al me quitó las esposas y me dijo que me sentara.

—O'Leary quiere verle.

O'Leary era Gerald O'Leary, antiguo policía y responsable de que yo ya no llevase placa. Durante el último cuarto de siglo, O'Leary había desempeñado el puesto de fiscal del distrito del condado de Cook.[1] Político consumado de Chicago, O'Leary

1. El condado al que pertenece Chicago. *(N. del T.)*

solía encontrarse en uno de estos dos lugares: frente a una cámara, para los informativos de las diez, o con la cabeza bien embutida en el culo del hombre que todo lo dominaba: el muy honorable alcalde de Chicago John J. Wilson.

—Espere aquí —me advirtió Al, y se alejó caminando pesadamente y haciendo girar las llaves con su garra izquierda.

Medio cigarrillo más tarde, entró O'Leary. No le había visto en persona desde el día en que firmé el acuerdo. No había cambiado nada: sesenta y cinco años con melena blanca, dientes perfectos, ojos claros y ese tipo de gran cabezota cuadrada y de sonrisa vacía que resulta perfecta para la televisión. Le encantaba mirarte a los ojos mientras te daba la mano, y un par de años atrás había empezado también a cogerte por el antebrazo al estrechártela. Era un viejo truco de Bill Clinton que daba buen resultado en los salones llenos de espejos de los políticos de Chicago.

—Michael Kelly. Cuánto tiempo. Vayamos arriba y charlemos un rato.

En cuestión de minutos, ya estaba fuera caminando con mi nuevo y estimado amigo. Subimos en ascensor, cruzamos un pasillo alfombrado y llegamos a una sala de conferencias. Yo no decía nada. O'Leary tarareaba una melodía que no lograba identificar. Nos sentamos. Un guardia me quitó otra vez las esposas. O'Leary leyó un expediente y continuó tarareando.

—«War Pigs», de Black Sabbath, ¿a que sí?

El fiscal del distrito levantó la vista.

—¿Cómo dice, Michael?

—Está tarareando «War Pigs», de Black Sabbath, el grupo *heavy* de Ozzy Osbourne. ¿Me equivoco?

O'Leary sonrió. Dejó de tararear.

—Tenemos un problema.

—¿Tenemos?

—Conocí a John Gibbons. Buen policía. Buena persona.

La voz de O'Leary había adoptado la cadencia lenta y sombría que sólo utilizaba en sus mejores ruedas de prensa.

—Le agradezco la entonación —dije—. De verdad. Quiero decir que ese tipo de entonación requiere un esfuerzo. Es un arte, vamos. Algo que se reserva exclusivamente para los funerales irlandeses y para las ejecuciones. ¿Me equivoco?

El fiscal siguió con lo suyo.

—Michael, tenemos a un antiguo policía asesinado y a otro metido en el asunto hasta el cuello. No es una situación muy halagüeña para nadie.

Me acomodé en mi silla. Estaba acolchada y resultaba más cómoda que aquella de plástico de Town Hall. Aun así, habría preferido estar en aquella habitación blanca y tener a Masters al otro lado de la mesa. Dejando aparte la patada en la cabeza, las aguas aquí eran más profundas, la corriente más rápida y el pez mucho más gordo.

—Ya he pedido un abogado —dije—. Si quiere acusarme, hagámoslo al menos de modo oficial.

—Confiaba en que pudiéramos ahorrarnos eso.

—No me diga.

—Sí. No creo que esa huella sea una prueba legítima.

—Quiere decir que quizá no sea una prueba admisible, ¿no es eso, abogado?

O'Leary asintió.

—Permítame, Michael. Si fuera un montaje para incriminarle, y yo no digo que lo sea, la pregunta sería: ¿por qué?

Dos años atrás, el hombre que estaba al otro lado de la mesa había puesto una bolsa de cocaína en mi coche, me había acusado de posesión de narcóticos y sólo había retirado la acusación cuando acepté abandonar el Cuerpo. Ahora éramos viejos amigos analizando otro montaje que también incluía mi fotografía. Actué con la debida precaución.

—Si es un montaje resulta muy pobre. Incluso usted puede darse cuenta. De hecho, especialmente usted, señor fiscal del distrito. En cuanto al porqué, tengo la intención de averiguarlo.

O'Leary sonrió y me echó una mirada asesina. Pude vislumbrar la sed de sangre que se insinuaba en la comisura de sus labios y un estremecimiento del pasado me recorrió la espalda. Luego desapareció para ser reemplazado por la sombría perspectiva del futuro más inmediato.

—Por el momento no presentaremos ninguna acusación formal —dijo.

—¿Hasta que se le ocurra otro titular mejor?

El fiscal se encogió de hombros, como si él hubiera hecho todo lo posible y algunos no tuvieran remedio.

39

—La última vez usted no colaboró conmigo, Michael, y mire lo que pasó. Quizás esta vez quiera pensárselo mejor. Buenos días.

O'Leary salió por la izquierda del escenario. Un momento después, volvió a abrirse la puerta. Mi único amigo en la oficina del fiscal del condado de Cook entró flotando en una nube de humo. En su mano izquierda, Bennett Davis traía un puro que olía casi como para comérselo.

—Creía que no se podían fumar de éstos en los edificios oficiales.

El ayudante del fiscal se sentó en la silla que acababa de abandonar su jefe, cruzó las piernas, examinó el Macanudo que se estaba fumando y me dirigió su mirada más paternalista.

—Incorrecto. Tú no puedes fumar puros en edificios oficiales. Yo, en cambio, constituyo un asunto totalmente distinto.

Bennett Davis era un tipo especial. Bajo y rechoncho, con calvicie progresiva desde los doce años, eternamente enamorado de mujeres que nunca conseguiría, había entrado en la oficina del fiscal del distrito nada más salir de la Universidad de Northwestern y no había vuelto nunca la vista atrás. Él era el hombre fuerte de O'Leary, obtenía todos los grandes casos de Chicago y raramente fracasaba. Mi amigo podría haberse pasado do a la actividad privada si hubiese querido y habría ganado en cualquier firma legal de Chicago en torno al medio millón de dólares. En cambio, se sacaba 65.000 dólares y seguía llevando su vida de soltero en un apartamento de 800 pavos de Lincoln Square. Todo para tener que decidir a toda prisa, como él mismo lo había definido una vez, quiénes entraban y quiénes salían de la trena. Lo dicho, un tipo especial.

—Bueno, Kelly, ¿qué demonios haces aquí?

—Pregúntale a tu jefe.

—Y eso ¿qué se supone que significa?

A Bennett lo habían dejado al margen cuando O'Leary decidió ir a por mí. El ayudante del fiscal cargaba desde entonces con una sensación de culpa que no merecía.

—Nada —dije—. Sólo que yo sé a quiénes he matado y, por suerte, John Gibbons no figura entre ellos.

Bennett dejó el puro en un cenicero de cristal tallado que había traído consigo. Luego se puso a dar golpecitos sobre la mesa con el dedo índice. Me fijé en el reloj con correa de cuero marrón que llevaba en la muñeca. Un Timex barato. Bennett advirtió mi mirada, tiró de las mangas y el Timex desapareció de mi vista.

—¿Cómo conociste a Gibbons? —me preguntó.

—Había sido mi compañero en el Cuerpo, tiempo atrás. Se me presentó ayer inesperadamente. Me pidió que le ayudara en un antiguo caso de violación. No pasamos de ahí.

—Gibbons testificó en un par de juicios míos —dijo Bennett—. Buen policía. Esas pruebas son basura, Michael. La huella podría ser de un millar de tipos.

—No me digas.

Bennett se encogió de hombros, cogió su puro apagado, lo examinó con atención y volvió a encenderlo.

—O'Leary se está haciendo el importante. Quiere causar sensación. Ya sabes cómo funcionan estas cosas.

El ayudante del fiscal sonrió con esa sonrisa que te enseñan en la Facultad de Derecho justo antes de exponerte el concepto de indemnización triplicada.

—Lo que yo te aconsejo es que trates de pasar desapercibido durante un par de semanas, hasta que la oficina apunte con su radar en otra dirección. Quizás hagamos alguna detención y todo el asunto se evapore. *Capisce?*

Lo entendía y eso le dije a mi amigo. Bennett Davis se dirigió hacia la puerta, pero se detuvo a medio camino, giró en redondo y me apuntó con el brazo.

—Por cierto, ¿cómo está ella?

Yo me lo estaba esperando.

—Nicole está muy bien.

—Dile que le mando saludos.

—Díselo tú mismo.

—Eso no funciona así. ¿O es que ha preguntado por mí?

—No, Bennett, no pregunta por ti. Al menos cuando yo la veo, lo cual viene a ser una vez al año.

Bennett frunció el ceño.

—La ves una vez al año y no pregunta por mí.

—No.

—Será mejor que la llame.

—Hazlo si quieres, Bennett. Pero no te hagas ilusiones.

41

—¿No?

—No. No es tu tipo.

—Seguramente tienes razón.

Bennett Davis sacudió la cabeza a uno y otro lado, como para que aquella realidad encajara por fin en el lugar apropiado. Luego prosiguió.

—Es probable que te pidan una declaración antes de irte.

Yo me encogí de hombros.

—Deberías contar con un abogado, Michael.

Le di el número de un tipo y Davis se fue a llamarlo. Después de un abogado, el día queda arruinado de todas maneras.

Capítulo 9

Mentí a Bennett. Veo a Nicole más a menudo, como una vez al mes. Normalmente, nos tomamos un café en un establecimiento de la calle Broadway llamado Intelligentsia. Para mi presupuesto, es el mejor café de la ciudad.

Llegué allí un poco después de las seis de aquella misma tarde. La típica clientela de Intelligentsia. En la parte de delante, un par de viejos tomando un café largo e intercambiando cotilleos del vecindario con Gemma, una camarera teñida de rosa que era la reina del *macchiato* con espuma de leche. En la parte de atrás, una mesa llena de estudiantes de la Universidad DePaul, acurrucados para entrar en calor en torno a sus tazas de café con leche y tecleando en sus portátiles. Y entre medias, un puñado de los típicos adictos a la Radio Pública Nacional, de cariz más bien liberal, tomando expresos a pares y hablando en voz alta a cualquiera que quisiera oírles sobre lo mucho que odiaban a George W. Bush.

En la barra que discurría frente al escaparate había una mujer asombrosa. Tenía la piel de color cacao con un matiz carmesí, pómulos altos y delicados, y la nariz, la boca y la barbilla trazadas con rasgos enérgicos. La sutileza de su sonrisa te engatusaba, te inundaba, te dejaba satisfecho y en paz contigo mismo y deseando todavía más. Su nombre era Nicole Andrews. Era la analista principal de ADN del laboratorio criminal del estado de Illinois y también mi mejor amiga.

—Perdón por el retraso —dije.

Nicole estaba tomándose un capuchino largo y hojeando el *New York Times*. Señaló con un dedo el rincón inferior de una página y me preguntó sin levantar la vista:

—¿Cuánto hace que nos conocemos, Michael?

La respuesta no era sencilla. Toda una vida. Yo pasé una infancia bastante dura, al estilo irlandés, en el West Side de la ciudad. Mi madre tomaba té, planchaba cantidades de ropa y trataba de no estorbar. Mi padre tenía tres empleos y traía a rastras (gritando y pataleando) 8.500 dólares al año. Bebía lo bastante como para fluctuar entre un negro silencio y la furia desatada. Lo primero era malo, sin duda, pero era lo segundo lo que te impedía dormir por las noches.

Mi hermano Phillip y yo dormíamos en un diván plegable de la sala de estar. Phillip era un año mayor, diez años más duro y cien años más listo que yo. A los dieciséis, lo cogieron asaltando un McDonald's para gastarse el dinero en drogas. De hecho, los polis lo encontraron atascado en un conducto de ventilación del tejado. Un cocinero oyó los gritos al encender la parrilla y empezar a preparar huevos McMuffins. Phillip había asestado una puñalada a un tipo en el interior del local y le cayeron por ello diez años más. Mucho no le vi después de aquello. Sobre todo, porque se colgó con su sábana. Lo bajaron de las barras de la celda de las que se había colgado el 23 de abril de 1989.

Yo no tenía hermanas, tampoco necesitaba ninguna. Tenía a Nicole. La conocí a los nueve años, cuando ella tenía siete. Era una tarde de calor sofocante. Finales de agosto. Estábamos jugando a fútbol en la calle cuando ella cometió el error de pasar por allí. Había un chico mayor que se llamaba Maxie. Grande, rechoncho, un polaco muy duro. Se acabaría reventando el corazón con un chute de cocaína y heroína en su decimosexto cumpleaños. Yo no derramé una lágrima. Y no conozco a nadie que lo hiciera.

Maxie enganchó a Nicole por la parte de atrás de la camiseta, sólo por divertirse. La tumbó de una patada. Cuando Nicole se estaba levantando, le dio un guantazo con la mano plana en toda la cara. Recuerdo el sonido de su cabeza rebotando en el pavimento. Nicole no lloró ni echó a correr. Simplemente se incorporó y trató de largarse. Maxie se le echó encima y le gritó en la cara. No era la primera vez que yo oía la palabra *nigger*,[2] ni tampoco la última. Pero ésa es la vez que yo recuerdo.

2. Negro/a, negraco/a. Extremadamente ofensivo. *(N. del T.)*

Entonces Maxie volvió a golpearla con el puño cerrado. Nicole se desplomó. Y esta vez no volvió a levantarse.

A aquellas alturas se había formado un corro alrededor. Todos blancos, todos mirando. Oí risitas y note cómo se estrechaba el círculo mientras Nicole seguía tendida en el suelo. Estaban excitados, esperando. Como aves de rapiña.

No recuerdo que yo considerase la situación, que reflexionara. Ni siquiera recuerdo haberme movido. De repente estaba allí, dentro del círculo, alargando la mano y ayudando a aquella chica negra a levantarse. Tenía sangre en la sien y también goteándole por la nariz. Ella no parecía darse cuenta. En lugar de eso, me miraba a mí con curiosidad, como si quisiera sentarse y charlar conmigo, ayudarme a resolver problemas que yo aún no podía comprender siquiera. Toda esa sabiduría parecía estar contenida en su mirada infantil y la arrojó sobre mí como si fuese una bomba.

Eso es lo que recuerdo. Nicole y yo en medio del círculo, rodeados de todo aquel odio y, no obstante, sin sentirlo. Es decir, hasta que Maxie vino a aguarnos la fiesta. Me golpeó desde atrás con el antebrazo y me dijo que me fuese a la mierda. Al parecer, le estaba arruinando la diversión. Más claro aún: yo era dos años menor y muchísimo más canijo.

Ahora, veintiséis años después, me consta que sé pelear. He boxeado en un cuadrilátero, no como aficionado, sino por dinero. No mucho dinero, pero lo suficiente para arreglármelas casi con cualquiera. A los nueve años, en cambio, yo no conocía el talento latente que tenía en mis puños. Es decir, hasta que los cerré y los empleé con Maxie. Le puse un ojo morado, le rompí un diente y le partí la cara a base de bien. Luego deslicé las manos por debajo de su barbilla y sentí la blanda elasticidad de su tráquea. Una vez que hube llegado a ese punto, Maxie dejó de luchar y empezó a preocuparse. Vi el blanco de sus ojos, que se agrandaban y se le salían de las cuencas, y sentí la violencia y el poder que tenía entre las manos. Un poco más de presión, sólo un poco más, y todo habría terminado. Para Maxie y para mí. Así de fácil. Así de simple. Así de directo.

Unos segundos antes de que le fracturase la tráquea a Maxie, Phillip cruzó la calle corriendo y me dio una patada en la cabeza. Rodé por el suelo y luego volví a levantarme. Sonrien-

45

do. Era la primera vez que la oscuridad se había espesado detrás de mis ojos y que casi los había nublado. No la última vez, pero sí la primera. Tenía nueve años y me gustó. Con el tiempo, llegaría a amar esa sensación. Ahora sólo le tengo miedo.

Después de Maxie, ya nadie del barrio se atrevió a meterse demasiado conmigo. Ni con Nicole. Tampoco jugaban mucho con nosotros, pero eso no nos importaba. Nicole me entendía, y entendía el mundo de un modo que parecía situarse más allá del tiempo. Dos décadas después, ahí estábamos, en un café, hablando de un asesinato.

—Nos conocemos de toda la vida.

—¿Eres mi mejor amigo? —preguntó Nicole.

—Sí.

—Entonces, explícame por qué mi mejor amigo se ve metido en un caso de homicidio, se pasa medio día encerrado en una celda y no coge el teléfono para llamarme.

La oficina del fiscal me había dejado libre un poco después de mediodía. Ese tipo de noticias corrían deprisa.

—O sea, que te has enterado —dije.

—Sí, Michael, me he enterado. Y también conocía a John Gibbons. ¿Ahora quieres explicarme por qué cree el fiscal que lo mataste tú?

—Es un poco complicado.

—No me digas. Puedes empezar cuando quieras.

Nicole se echó hacia atrás en su taburete, le dio un sorbo a su capuchino y aguardó mi respuesta. Era capaz de permanecer así mucho tiempo, lo sabía por experiencia. Respiré hondo. Un teléfono móvil se puso a zumbar en el interior de su bolso. Nicole levantó un dedo y miró el identificador de llamada.

—Un momento. Tengo que responder.

Se alejó un poco y yo removí mi café. Volvió al cabo de unos minutos.

—Perdona. Escucha, sé que esto es importante y quiero que me lo cuentes todo, créeme. Sea lo que sea. Pero ahora mismo tengo que irme corriendo.

—No hay problema. ¿Qué pasa?

Nicole cogió su abrigo mientras hablaba.

—¿Te he hablado del grupo de trabajo al que me he incorporado?

Negué con la cabeza.

—Vamos. Te dejo en casa. Me viene de camino.

Nicole se dirigió hacia el norte por Broadway y giró en Addison a la izquierda. Hablaba deprisa mientras conducía.

—El mes pasado se creó la primera unidad del estado especializada en violaciones.

—No me había enterado.

—Te lo estoy contando. Es una unidad especial integrada por enfermeras, policías, forenses y asesores formados específicamente para este tipo de casos. Nos llaman para que nos hagamos cargo de las agresiones sexuales que se producen en la ciudad.

—¿Por qué particularmente para ese tipo de agresiones?

—Por un montón de razones. Sobre todo, porque las pruebas no suelen recogerse del modo adecuado. Ya sabes lo que pasa. La víctima está conmocionada. La enfermera trata de atenderla y de recoger un kit de violación al mismo tiempo.

—Y los polis tratan a su vez de obtener una declaración...

—Exacto. Con lo cual se producen fallos de procedimiento.

Nicole dejó atrás Wrigley Field y giró en Lakewood a la izquierda.

—En la unidad las cosas funcionan de otra manera —prosiguió—. Cada uno tiene su misión y está preparado para eso y para nada más.

—Y así la enfermera se concentra en recoger el kit...

—Eso es. Ella no mantiene ninguna comunicación con la víctima. Eso queda para el detective y los asesores.

—Con lo cual la defensa tiene menos flancos que atacar durante el juicio.

—Lo has captado. Todo está controlado y documentado. Un informe impecable desde el momento mismo en que la mujer llama a la policía.

—Perfecto.

Nicole se detuvo frente a mi casa y se volvió hacia mí.

—Yo superviso la recogida de pruebas forenses. Inicio una cadena de custodia hasta nuestro laboratorio. Una tarea fácil. La cuestión, en todo caso, es que estamos presentes en la escena de la agresión y contribuimos a elaborar el informe.

—¿Vas para allí ahora?

47

—Sí. Una agresión con allanamiento en el noroeste de la ciudad. La víctima está todavía en su casa.

Nicole miró su reloj.

—Hemos quedado dentro de cuarenta y cinco minutos.

—¿Qué tal si te acompaño?

Mi amiga ladeó la cabeza y me echó una mirada de curiosidad.

—¿Acompañarme? ¿Para qué?

—Suena interesante. Además, ese caso de asesinato en el que estoy implicado...

—Lo recuerdo.

—Podría estar relacionado con una violación.

Nicole se echó hacia atrás en su asiento y miró hacia la calle, donde acababa de hacerse de noche. Se abrió de repente un pesado silencio entre ambos y sentí que el peso de los años se adueñaba de la situación. No era la intimidad despreocupada entre amantes, y era mucho más que simple amistad: era una conexión que sólo puede forjarse cuando eres niño. Una conexión que quizá se produce únicamente una vez en toda tu vida. Y lo más normal, lo más frecuente, es que no se produzca nunca. Entonces se volvió otra vez hacia mí y prosiguió.

—Te entiendo, Michael. Y me encantaría ayudarte. La cuestión es que no puedo llevarte conmigo.

—¿Y qué tal si te sigo?

Nicole accionó la palanca del cambio de marchas y se dispuso a arrancar.

—No puedo impedírtelo. Pero no te lo voy a poner fácil. Y no podrás entrar en la escena del crimen. Ahora, sal.

Arrancó en cuanto cerré la puerta. Mi coche estaba aparcado en la esquina. Me puse al volante y, en una manzana, conseguí pegarme a su parachoques. Hice parpadear los faros. Ella miró por el retrovisor. Yo todavía tenía mi café en la mano. Le di un sorbo y la seguí.

Capítulo 10

*L*a casa quedaba al sureste de Montrose y Cicero, en el extremo menos recomendable de una calle llamada Pensacola. Era el típico edificio de dos niveles, sólo que echado a perder y con bolsas de basura tapando las ventanas y surcos de barro en lugar de césped. Una doble fila de vías pasaba por detrás de la casa. Había un coche patrulla aparcado en la parte de delante, con las luces parpadeando tristemente. Alcancé a Nicole cuando estaba abriendo el maletero.

—No puedes hacer lo que te plazca, Michael. Toma, coge esto.

Sacó un maletín de cuero negro y me lo dio.

—No le digas tu nombre a nadie y procura no estorbar.

—No hay problema.

—Y ponte guantes. Guantes dobles y polainas. Como dejes el menor rastro de ADN, te mato.

Nicole cerró de golpe el maletero y nos dirigimos hacia la casa. La escena de una violación se parece mucho a la de un homicidio, salvo en el hecho de que la víctima está viva. Podría creerse que eso es bueno. En muchas ocasiones, sin embargo, ésa puede ser una hipótesis equivocada.

El caso de la calle Pensacola era una de tales ocasiones. Una pareja de uniforme estaba apostada en la entrada, tratando de entrar en calor y de encontrar una excusa para volver a meterse en el coche patrulla. Saludaron a Nicole y a mí no me dedicaron ni una mirada.

Dentro, un par de tipos de huellas trabajaban en el cristal roto de la puerta de la cocina. El punto de entrada. Se colaba un buen soplo de brisa por el agujero, pero aun así la casa olía. Era pequeña y pobre; no pobre con un matiz esforzado y prometedor: pobre con un ribete de desesperación. Una pobreza de toda la vida que uno lega a sus hijos nada más venir al mundo como una especie de premio de bienvenida.

La nevera tenía fijado un vale del club social de la calle Wells para una persona de más de cuarenta años. Además, había varias fotografías: imágenes de niños en el colegio y un par de fotos de boda. Arriba de todo, una foto de promoción de secundaria de 1987. Una chica con sobrepeso embutida en un vestido con rosas rojas de plástico. Su pareja de baile había sido recortada. También había una fotografía sacada de una revista de Brad Pitt y Angelina Jolie en la playa, aunque la cabeza de Angelina había desaparecido y la de la chica con sobrepeso, ahora convertida en una mujer con sobrepeso, ocupaba su lugar. Alguien había escrito SEMENTAL con una flecha apuntando a la cara sonriente de Brad. Lo asimilé todo mientras pasábamos por delante y llegué a la conclusión de que no echaba de menos mi trabajo de policía.

—Ahí al fondo.

Nicole señaló una serie de manchas que parecían ser de sangre y que conducían por un corto pasillo a una única habitación encajonada al fondo. Ya llevábamos puestos guantes y polainas. Nicole avanzó evitando las manchas de sangre y entró en la habitación.

—Hola, Vince.

Vince era todo lo que un policía moderno tiene que ser. Hispano, entre treinta y treinta y cinco años, pelo rizado castaño cortado muy corto, camisa blanca y traje azul ceñido sobre una atlética complexión. Tenía un portátil abierto sobre una mesilla de noche y una Palm adosada al cinturón, justo delante de la pistola y la placa.

—Nicole.

Vince me echó una mirada y luego regresó a Nicole. Cruzamos de nuevo el pasillo y entramos en la sala de estar.

—¿Él es...?

—Michael Kelly. Un viejo amigo y antiguo policía.

Le tendí la mano.

—Encantado.

Vince, de un modo reflejo, me tendió una mano enguantada. Me imaginaba que lo haría.

—Vince Rodríguez.

—Michael me ha acompañado para observar. Tiene un gran interés en el proyecto.

—Estoy seguro de que tiene un gran interés, Nicole, pero esto es la escena de un crimen.

Mi amiga le rozó la manga del traje. Lo vi rechistar y luego acabar cediendo. Nicole me echó una mirada y se lo llevó un poco más allá. Esperé mientras susurraban, tratando de no mirarles y anotando mentalmente que tenía que preguntarle a Nicole cuál era su relación con el poli Vince. Unos minutos después, regresaron los dos muy contentos. O, al menos, relativamente. Vince tomó las riendas.

—Puede entrar. Pero sólo observe. No hable, no toque, no haga nada. Si la víctima tiene inconveniente...

—Desaparezco.

—Exacto. Está bien, Nicole, te pongo al corriente muy deprisa: el punto de entrada ha sido la cocina; el nombre de la víctima es Miriam Hope; su hermano ha venido desde Indiana de visita. Estaban viendo la tele en la sala de estar, no han oído nada. El tipo ha usado un cuchillo para reducirlos. Ha atado al hermano y lo ha metido en la segunda habitación. Luego ha ido a la cocina a buscar unos cuantos platos.

—¿Unos platos?

—Entonces va y pone en el suelo al hermano, le coloca los platos sobre las piernas y el cuerpo, y le dice que si oye ruido de platos, su hermana morirá. Y que él será el siguiente.

—Ésta es nueva.

—Sí. Luego vuelve a la sala de estar, donde tiene a Miriam atada. La viola repetidas veces.

—¿Cuánto tiempo?

—Quizá media hora en la sala de estar. Luego se la lleva al lavadero. Hace que se suba a la lavadora.

—¿Y la viola ahí? —preguntó Nicole.

—Sí. Vaginal en la sala de estar, anal y oral en el lavadero. Luego vuelven al salón. Le pasa el cuchillo por todo el cuerpo. Le hace un corte en el cuello. «Lo justo para asustarla», le dice. Y la deja en su habitación con los pies y las manos atados juntos a la espalda.

—¿Eso es todo? —preguntó Nicole.

51

—Sí. Dice que él llevaba todo el tiempo guantes y máscara.

La Palm de Vince empezó a sonar. Se apartó para hacer una llamada mientras Nicole abría su portátil y empezaba a teclear. Vince volvió al cabo de un minuto o dos. Nicole le preguntó sin levantar la vista de la pantalla:

—¿Utilizaba condón?

—Ella dice que sí.

—Lo averiguaremos en cuanto recojamos el kit. ¿Ha forcejeado con él cuando le ha hecho el corte en el cuello?

—Un poco —dijo Vince—. ¿Estás pensando que él puede haberse cortado?

—Sí.

—Ya se lo he preguntado. A ella le parece que no.

—¿Dónde está el hermano?

—Lo hemos enviado al centro. No ha movido ni un músculo hasta que se ha presentado la policía. Los platos seguían en su sitio. Le han dado un tranquilizante.

—¿Quién se encarga del kit de violación?

—La enfermera es Christine Sullivan.

—¿Está aquí?

—Acaba de llegar. Quiere examinar a la víctima en el hospital.

—Antes necesito unos minutos con ella.

—Está bien. Yo estaba terminando con su declaración.

Vince nos condujo de nuevo a la habitación. La mujer de la nevera estaba medio sentada sobre la cama, hablando en voz baja con un asesor que le cogía una mano. Vi los verdugones de color rojo y púrpura que le había dejado la cuerda en las muñecas. Llevaba un camisón largo que decía en la parte delantera: CHICA DEL NORTE DE CHICAGO; lo tenía rasgado por un lado y manchado de sangre. Llevaba puestas unas zapatillas acolchadas y se había sentado sobre uno de los pies; el otro lo balanceaba suavemente. Tenía un vendaje en torno al cuello. La herida no parecía muy seria. Aunque, claro, no se trataba de mi cuello. Vince se acuclilló para quedar a la altura de sus ojos antes de empezar a hablarle.

—Miriam, estas personas tienen que recoger pruebas forenses. No se las voy a presentar porque no quiero que hable con ellas. Como le he dicho antes, sólo quiero que hable conmigo y con el asesor. Eso facilitará mucho las cosas cuando atrapemos a ese tipo. ¿De acuerdo?

Entendí el motivo de que Vince formara parte de la unidad. Tenía una voz suave, agradable y tranquilizadora. Miriam miró a uno y otro lado, y luego se concentró en el detective.

Nicole abrió su maletín y sacó unas pinzas y varios sobrecitos. Empezó por la propia víctima, recogiendo pequeñas muestras de su camisón y de la ropa de cama. Mientras, Vince y Miriam continuaban hablando.

—Volvamos al momento de la agresión, Miriam. ¿Por qué cree que ha utilizado el cuchillo? ¿Ha sido quizá por algo que usted ha dicho y que ha provocado que se enfadase?

—No lo sé.

—¿Recuerda lo que él estaba diciendo en ese momento?

—No. Como ya le he contado, yo creo que él tenía la sensación de que estaba perdiendo el control.

—¿Por qué?

—No lo sé. Me parece que sentía la necesidad de asustarme, de demostrarme que podía utilizar el cuchillo. Podría haberme matado.

—¿Por qué no lo ha hecho?

—Porque yo le he quitado la idea de la cabeza.

La voz de Miriam adquirió ahora cierta firmeza. Miró a su alrededor y volvió a concentrarse en Vince.

—Lo había leído en la revista *People*. Si te están violando, el mejor modo de salir con vida es hablar con tu violador. Hacer que te vea como una persona. Eso es lo que he hecho. Le he hablado de mi vida, de la visita de mi hermano, de *Gatito*. ¿Dónde está *Gatito*?

—No lo sé, Miriam. Tenemos a un agente mirando por el vecindario.

—No, tiene que estar por aquí. Él nunca sale de casa. A ninguno de los dos nos gusta demasiado salir de casa. Bueno, el caso es que le he hablado de *Gatito* y de mi trabajo. De los programas que miro por la noche, como *American Idol*. De todo lo que se me ha ocurrido. Pasado un rato, ha dejado el cuchillo y ha seguido escuchándome. Entonces me ha traído por el pasillo hasta la habitación.

—¿Qué ha hecho entonces?

—Bueno, ya no ha vuelto a violarme. Sólo se ha tendido a mi lado.

Nicole le tocó el brazo a Vince.

—Un segundo, Miriam.

Nicole y Vince deliberaron aparte un momento. Luego Vince volvió con la víctima.

—¿Puede decirme dónde estaba tendido exactamente?

—Claro. Aquí mismo, a la izquierda. Creo que en un momento dado incluso ha llegado a llorar. Ha sido entonces cuando he sabido que no iba a matarme.

La Palm de Vince volvió a sonar.

—Esto es la ambulancia, Miriam. Vamos a llevarla al hospital para que le hagan la exploración que le he explicado.

—¿Pasaré la noche allí?

—Seguramente.

—¿Dónde está mi hermano?

—Él también se quedará en el hospital.

—De acuerdo. Pero tienen que encontrar a mi gato. Su comida está en la cocina.

—Descuide.

La ambulancia se alejó cinco minutos más tarde. Vince regresó a la habitación. Nicole estaba acabando.

—He llamado a un par de técnicos más —dijo ella—. Van a revisar las dos habitaciones, la sala de estar, la cocina y el lavadero. También esta alfombra.

—¿Cómo lo ves? —preguntó Vince.

—Creo que es probable que haya usado condón. Y si llevaba guantes, seguramente no se ha cortado. Pero vale la pena hacer un intento.

—Claro.

Nicole señaló las sábanas amontonadas en un rincón.

—A ella le ha parecido que él estaba llorando. Si fuera así, quizás encontremos algunas lágrimas.

Vince sonrió.

—¿Y un poco de ADN?

—Quizá. Ya te diré. Bueno, he de irme corriendo. Te llamaré.

—Gracias, Nicole.

Se dieron la mano. Un gesto muy decente y profesional. Demasiado. Vince se volvió hacia mí.

—Gracias por mantenerse al margen. ¿Le ha parecido interesante?

—Mucho. Y por si sirve de algo, su hombre es un asesino.

Nicole levantó la vista al oír mi comentario. Vince ladeó la cabeza y me echó una mirada divertida.

—¿Por qué lo dice?

—Por la descripción que ella ha hecho. El tipo se estaba acercando. Casi había llegado.

—¿Tú crees que iba a matarla? —me preguntó Nicole.

Miré a Vince.

—Creo que ha estado cerca. No sé por qué se habrá detenido, pero puede estar seguro de que no tiene nada que ver con Miriam y sus historias.

—O con la revista *People* —dijo Vince—. Salgamos afuera un momento.

Rodríguez nos condujo a través de la cocina a un pequeño patio trasero. Ahora había oscurecido del todo. La luz que venía de la ventana de la cocina trazaba la escena en silueta. Había un tendedero cruzando el patio; un agente andaba por allí. Cuando nos acercamos, comprendí por qué. El gato de Miriam Hope, rígido y a la intemperie, estaba colgado de la cuerda del tendedero con una media apretada al cuello. Vince enfocó con su linterna al animal y luego al suelo.

—Creemos que ha cogido al gato al salir de la casa. Lo hemos encontrado así. No queríamos decírselo a la víctima hasta que hubiera terminado su declaración.

Rodríguez apagó la linterna y le dijo al agente que descolgara al animal. La autopista no quedaba lejos, desde allí se veían los coches perdiéndose en la oscuridad. Sólo nos llegaba el rumor de la taberna del final de la calle, que tenía la puerta abierta. Por lo demás, reinaba el silencio.

—Llámame cuando analices las muestras, Nicole. Encantado de conocerle, Kelly. ¿Cuánto tiempo lleva fuera del Cuerpo?

—Un par de años.

—Bueno, todavía conserva su instinto. Gracias por su ayuda.

Nos quedamos solos Nicole y yo.

—No, no me acuesto con él, Michael. Todavía. Y considérate afortunado de que Vince no tenga muchas relaciones aún.

Éste es su primer año en Homicidios. Seguramente es el único detective de Chicago que no sabe que acaban de detenerte para someterte a un interrogatorio en la oficina del fiscal. Ahora, invítame a una cerveza y cuéntame de qué envergadura es el lío en el que te has metido.

Capítulo 11

$\mathcal{N}$os sentamos en un antiguo bar estudiantil llamado Kelly´s, en la avenida Webster, bajo las vías del tren elevado. Yo pedí una lata de cerveza Bud y una hamburguesa. Nicole se tomó una Coca-Cola sin azúcar.

—¿Qué te llevó a meterte en esta historia? —le pregunté.

—¿En la unidad especial?

—Sí.

—No estábamos hablando de eso.

—Ya lo sé, pero lo otro puede esperar. Cuéntamelo.

Intenté sostener la mirada de Nicole, pero ella la desvió. Tomé un sorbo de cerveza y esperé.

—Volví otra vez —dijo—. La semana pasada.

—¿Por qué?

—¿Por qué no? Es el lugar donde crecimos.

—No quieres olvidarlo, ¿no?

—Lo que yo quiera no importa. Hay cosas que no desaparecen. Probablemente sea lo último en lo que piense cuando me muera, y lo primero que recuerde cuando llegue al otro lado. Y está bien. He aprendido a aceptarlo. A sacar fuerzas de ello. Tú también deberías hacerlo.

—Yo estoy bien —dije—. Ya lo sabes. Sólo me preocupa una escena como la que acabamos de ver esta noche.

Nicole sonrió y alargó una mano. Yo la cogí entre las mías.

—Michael, tú siempre estás bien. Siempre en plena forma. Al menos, ésa es la parte que nos dejas ver, aunque a veces tengo mis dudas.

Permanecí en silencio, sin moverme demasiado.

—Esa unidad especial me hace mucho bien —continuó Nicole—. Me permite hacer algo.

—¿Ese rollo de que te devuelve el control sobre tu propio destino?

—Sí, ese rollo.

Mi amiga parecía controlar su destino, casi demasiado.

—¿Estás segura?

—Sí. Además, si se ponen las cosas muy feas, te tengo a ti.

—Te guste o no te guste.

—Indudablemente. Pero ¿puedo hacerte una pregunta?

—Dispara.

Nicole levantó su vaso y habló asomando la cabeza por un lado.

—¿Cómo te las vas a arreglar exactamente para salvar a esta pobre chica negra si estás encerrado en una celda?

—Supongo que ha llegado la hora de contarte mi historia.

—En efecto.

Así pues, se lo conté todo. Gibbons y Elaine Remington, la huella y Diane Lindsay.

—¿Te acuestas con ella?

—No.

Nicole puso los ojos en blanco.

—**Cuestión de tiempo. Conozco a Diane. Colabora con la Asociación de Voluntarios contra la Violación.**

—¿Y?

—Demasiado para ti.

—Eso no me ha detenido otras veces.

—¿De veras? ¿Cuándo fue la última vez que te acostaste con una mujer?

Me encogí de hombros. Nicole fue directa al grano

—Voy a suponer que no ha habido nadie desde Annie. Y eso fue...

Contó con los dedos mirando hacia el techo.

—... hace más de un año.

En realidad, había habido bastantes mujeres desde Annie, pero siempre pura comedia, un modo de mojarse sólo los dedos de los pies. Tenía la sensación de que Diane Lindsay me arrastraría a la parte más honda y eso, como muy bien había apuntado mi amiga, podía llegar a ser un problema.

—Son cosas de la vida, Michael. Y lo hecho, hecho está. Tienes que seguir adelante. Por muy duro que sea, todo el mundo ha tenido que hacerlo.

—No adelantemos acontecimientos —dije—. Ahora mismo, ella es una periodista y yo un reportaje en potencia. Como en esas historias con un «sospechoso de asesinato».

Nicole se echó hacia atrás en su silla, removió lentamente su bebida con una pajita y observó sus profundidades de color caramelo. Yo le di otro sorbo a mi cerveza y estudié la señal de salida de emergencia más cercana. Al cabo de un rato, Nicole se encogió de hombros y lo dejó correr.

—¿Has hablado con Bennett?

—Sí. Me ha dicho que trate de pasar desapercibido hasta que se olvide todo el asunto.

—Bennett suele tener razón.

—Es verdad. Por cierto, me preguntó por ti.

—Es un tipo adorable.

—Sí. Y todavía está un poquito obsesionado.

—Ya te conté que hablamos. Lo aclaramos todo. Hace tiempo.

—El tipo es humano, Nicole. Una cara más entre toda esa masa de admiradores.

—Lo que tú digas. Invítame a otra Coca-Cola *light* y cuéntame los trapos sucios de Diane Lindsay.

Yo no conocía ninguno ni tenía mucho que ofrecerle sobre nuestra celebridad televisiva, de manera que me inventé unas cuantas cosas que a Nicole parecieron gustarle. Al estilo americano.

Capítulo 12

Nicole me dejó a una manzana de mi apartamento. Necesitaba fumarme un cigarrillo y disfrutar un poco del aire nocturno, así que eché a andar hacia el norte por la avenida Southport. A media manzana de la sala Music Box me tropecé con el pasado. Annie salía en ese momento del viejo cine y estaba con alguien, alto y seguramente atractivo. Él se inclinaba hacia ella mientras le hablaba junto a un semáforo. Annie se reía escondiendo la cabeza en su pecho y deslizando una mano por su cintura de un modo que prefiero no recordar.

El semáforo se puso verde y la pareja se me fue acercando, ahora cogida del brazo y caminando completamente al unísono. Un amigo me dijo una vez que eso era un signo seguro de que una pareja se acostaba. Yo retrocedí y me hundí en las sombras de un callejón muy oportuno. Pasaron flotando. Vislumbré apenas el pelo y tal vez un pómulo iluminado por el pálido reflejo de un neón. Luego desaparecieron.

Regresé a la avenida y seguí su estela durante una manzana, o acaso fueron cinco. Sentía su fragancia, o quizá eran imaginaciones mías. En todo caso, continué caminando y experimentando más sentimientos de los que hubiese deseado. Nicole había dado en el clavo. No debería ser así, pero así era.

Pasado un rato, ya con un buen chute de sentimientos, aminoré la marcha. Un bar irlandés de la zona llamado Cullen´s me atrajo con sus luces. Entré, pedí un Irish Car Bomb —Coche Bomba Irlandés: media pinta de cerveza Guinness con un chorro de Baileys y otro de whisky Jameson— y una pinta de cerveza para ayudar a bajarlo. Y luego cinco más.

Cuatro horas más tarde, dieron la señal de la última copa. Y media hora después, una camarera más que atractiva se ofreció

a llevarme a casa. Acepté. Nos entretuvimos un poco en su coche, pero ella tenía que levantarse temprano. Yo dije vale, me
metí en mi casa y me preparé una taza de té. Pensé en echarle
un vistazo al informe del homicidio de Gibbons, pero sabía que
estaba borracho. En vez de eso, contemplé cómo pasaba flotando ante mi ventana la noche de Chicago. Un rato más tarde,
acabé el té y me tumbé prometiéndome a mí mismo que me
dormiría antes de que apareciesen los recuerdos.

Capítulo 13

$\mathcal{A}$ la mañana siguiente hacía fresco en Chicago: una pendiente resbaladiza de finales de otoño que rápidamente podía degenerar y convertirse en un frío glacial, en un frío polar, en un frío de por-qué-cojones-vive-nadie-en-un-sitio-como-éste.

Me hice una taza de té y escuché cómo azotaba el viento los cristales de mis ventanas. Luego hice lo que hacen la mayoría de corredores: prescindí de los elementos, me puse el equipo y me dirigí hacia la orilla del lago. Un kilómetro más tarde, ya había entrado en calor y me sentía más suelto. El viento no cesaba de soplarme en la cara. Yo mantenía la cabeza gacha y seguía adelante. A los seis kilómetros me aparté del lago y, siempre con el viento a mi espalda, dejé que me persiguiera hasta casa. Cuando llegué, me senté un rato en el escalón de la entrada mientras se secaba mi sudor y las endorfinas fluían por mi interior. Luego estaría un poco dolorido, pero valía la pena. Y mañana valdría la pena otra vez.

Después de la carrera me duché, me vestí y fui a buscar el coche. Me dirigí hacia el oeste cruzando la nube de humo del tráfico, hasta un viejo barrio de Chicago cerca de Humboldt Park. Aparqué al final de la manzana, frente a una iglesia ucraniana con el icono de una Virgen que antes lloraba pero ahora se limita a mirarte. Aun así, la gente sigue yendo y dejando dinero.

Salí del coche y recorrí la calle con la vista. A mi izquierda, una hilera de edificios de piedra gris que se perdía a lo lejos. A mi derecha, un coche aparcado en batería junto al bordillo. Dos figuras sentadas en la parte delantera. Una de ellas tamborileaba con los dedos por todo el salpicadero. Se oía un bajo resonando en los altavoces de la parte trasera. Me acerqué a uno de los edificios de dos pisos para ver el número y retrocedí. Una gárgola de piedra, con la cara restregada y desgastada por el tiempo, sonreía desde el tejado.

Media manzana más abajo encontré la dirección que estaba buscando. En los últimos meses de su vida, John Gibbons había alquilado allí una habitación. Eso me dijo él, al menos. Como el resto de la calle, no era gran cosa. Y para un hombre en la supuesta flor de la vida, aún menos. Para mí, en todo caso, era un punto de partida.

Crucé un patio de césped desaliñado que daba a un porche todavía más desaliñado. Mientras caminaba, primero noté y luego oí una especie de crujido. Era comida para gatos esparcida por el suelo que iba aplastando a cada pisada. Debería habérmelo tomado como un signo de mal agüero, pero no lo hice.

La puerta se abrió rechinando apenas unos centímetros. Luego un poco más. Una mujer de cara afilada me espiaba desde el umbral.

—Buenas —dije.

La mujer se ladeó un poco y la pálida luz la iluminó mejor. La cara era más ovalada de lo que había creído en un principio, con pómulos altos y negras sombras debajo. El pelo más bien ralo, diluido por el tiempo y la falta de sol. Unas gafas gruesas precintaban dos ojos marrones punteados de negro que me examinaron despacio y luego recorrieron el resto de la calle.

Pensé que quizá no me había oído, y estaba a punto de hablar otra vez cuando ella emitió un ruido: algo a medio camino entre un chillido, un gruñido y una risita. Luego la oí arrastrar los pies en el interior de la casa.

—Soy amigo de John —dije—. Me refiero a John Gibbons.

—Pues venga a pagarme su alquiler —me propuso ella.

Puse un pie en el umbral. La pesada puerta de arce me aplastó el dedo gordo.

—No meta el pie ahí —dijo a través del portal ahora cerrado.

Yo di unos saltitos apenas, como si no me doliera.

—Me ha pillado el pie, señora...

Miré el buzón que estaba encima del de Gibbons.

—Señora Mulberry.

Juraría que oí un graznido, aunque me costaría mucho explicar cómo suena un graznido exactamente.

—Lo tiene bien merecido, señor amigo de John Gibbons. ¿Qué es lo que quiere?

—Nada, señora Mulberry. Sólo ese alquiler atrasado que sé que John le debía. Quiero pagarle la diferencia...

La gran puerta se abrió repentinamente al mismo tiempo que se encendía una luz en el interior.

A través de la cortina vi a una mujer que no parecía tener edad, en el peor sentido de la expresión. Quizá tuviera sesenta, quizá ochenta años. Se la veía demasiado grisácea y desenfocada como para deducirlo. Llevaba encaramados dos gatos, uno en cada hombro, y entre sus pies se enroscaban cuatro o cinco más. En las escaleras que tenía detrás había aún otros gatos y unas cuantas crías. Algunos llevaban bolsas de hielo en miniatura atadas a sus cabezas diminutas. Mulberry debió captar mi mirada.

—Tienen migrañas. Por el calor, ¿sabe?

—Pero si estamos en octubre.

Me lanzó una mirada rápida, ampliada por sus gafas enormes.

—Bueno, qué más da —dije.

Había entrado por fin en la casa, en una sala de estar llena de felinos con sus respectivas deposiciones. Me tapé la cara con un pañuelo. A mi izquierda había un cuarto pequeño. En su interior, un escritorio cubierto de recortes de periódico, platos con restos de comida y un cenicero desbordado de colillas. En la pared había un tablón de anuncios con Post-it pegados y fichas clavadas con chinchetas. Mulberry sacó un libro de contabilidad de un archivador gris que tenía junto al escritorio y lo abrió ante mí. Las entradas estaban escritas a mano con bolígrafo y con una letra inmaculada. La casera admiró su obra un momento y luego levantó la vista.

—¿Ha traído un cheque? —preguntó

Sus ojos pequeños se concentraron en el movimiento de mi mano mientras rebuscaba en el bolsillo del abrigo.

—En realidad, señora Mulberry, tengo algo mejor que eso.

Le mostré mi carné de investigador privado.

—Estoy aquí porque John Gibbons ha muerto.

El libro de contabilidad se cerró de golpe. Mulberry miró el nombre en el carné y luego volvió a concentrarse en mí.

—La policía ya ha estado aquí. Vinieron y se fueron, señor Kelly. Quiero que se vaya usted también.

Las cabecitas de los gatos brillaban desde todos los rincones de la habitación. Algo se deslizó por mis tobillos, pero yo no di un salto.

—Necesito su ayuda, señora Mulberry.

—Lo han asesinado, ¿no? —Su sonrisa mostraba una dentadura de tal aspecto que era mejor no mirarla.

—Sí, en efecto.

—La policía no me lo dijo. Pero yo lo comprendí igualmente. Como en el programa *Ley y Orden*. ¿Fue una muerte muy cruel?

—Le dispararon en el estómago y lo dejaron morir en el muelle de la Navy. No debe de ser agradable.

La casera se inclinó hacia delante y me tocó el brazo.

—¿Lo tiraron al lago? Se supone que se quedan azules cuando los sacan del lago.

Negué con la cabeza.

—No, el cuerpo fue encontrado en el muelle.

Sus ojos adquirieron un brillo de cobre. Un gato de angora subió al diván y se colocó a su lado. Los otros gatos se apartaron.

—Éste es *Oskar*. Se escribe con k. Es mi álter ego.

Yo asentí y miré al gato ronroneante y a la casera chiflada.

—Le he puesto loción para aclarar el pelo. Ahora lo tiene del mismo color que el mío.

Tenía que reconocer que la semejanza era extraordinaria.

—¿Quiere subir y ver la habitación de John?

Asentí otra vez y ella me indicó una escalera oscura.

Capítulo 14

Subí la escalera, crucé un vestíbulo oscuro y entré en una habitación aún más oscura. En un rincón había una cama medio torcida con sábanas grises. Una persiana rota cubría la única ventana, aunque por una rendija se colaba una rodaja de luz que iluminaba la pared opuesta.

Me volví y me encontré a Mulberry pegada a mi espalda. Su gato de angora se me enroscó en el tobillo.

—¿Puede dejarme un poco de sitio? —le dije.

La casera dio medio paso atrás. Eso era dejarme sitio para ella. La nariz le brillaba un poco mientras hablaba.

—La policía registró los cajones.

Me señaló un aparador desvencijado que había junto a la ventana.

—Pero no se llevaron nada. Les dije que, si lo hacían, les obligaría a firmar. ¿Quiere ver el formulario? Lo escribí en un ordenador.

Me acerqué al aparador y abrí algunos cajones. No había gran cosa. Dos pares de pantalones, algunas camisas.

—¿Ninguna billetera o algo así, señora Mulberry?

—No. Sólo tenía el traje que llevaba puesto. Un hombre modesto.

Asentí.

—Bastante buena persona —dijo. Como si yo no la creyera.

—¿Ningún otro objeto personal? —pregunté—. ¿Papeles, libros, esa clase de cosas?

Mulberry se puso ambas manos en la barbilla y meneó la cabeza. Luego cogió al gato y empezó a acariciarlo. El animal me miraba fijamente y a mí me costaba apartar la vista de él.

—Ella también me preguntó eso —dijo Mulberry.

—¿La detective?

—No. La mujer que vino después.

—¿Qué mujer?

—La de la televisión. Ya sabe. Esa zorra pelirroja.

—¿La del Canal 7?

—Ésa. Se presentó ayer por la tarde y estuvo hurgando entre sus cosas, igual que usted.

—Igual que yo, ¿eh?

—Sí. Tampoco se llevó nada. Me dijo que no se lo contara a nadie.

Me senté en la cama.

—Hija de puta —murmuré.

El gato de angora siseó y Mulberry arqueó la espalda. O quizá fuese al revés.

—No diga palabrotas delante de *Oskar*. No le gusta que los extraños digan esas cosas.

La mujer extendió las ropas de Gibbons, colocó encima lo que parecían ser unos útiles de afeitado y lo dejó todo listo para meterlo en una bolsa. Mi antiguo compañero había muerto solo y había ido a parar a una fosa. El resto de su vida estaba allí, en aquella habitación oscura y sucia, metido en una bolsa de supermercado.

—Tampoco es tan terrible.

Mulberry hablaba en voz baja y con un ojo cerrado. El otro, marrón y acuoso, parecía enorme a través de la lente de sus gafas.

—¿Qué cosa no es tan terrible?

—Morir solo. Una vez que has perdido todas tus oportunidades, tampoco es tan terrible.

—¿Eso cree?

—Sí. Debería irse ya.

Me encogí de hombros, saqué un billete de veinte dólares y lo dejé sobre la cama.

—Para que compre comida a los gatos —le dije a la mujer.

También le pedí que me llamara si encontraba algún documento personal o algún libro de Gibbons.

—¿Y la policía qué? —me dijo.

Puse otro billete de veinte.

67

—¿Y la pelirroja?

Dos más.

—A esa zorra no le dé nada —le dije.

Mulberry sonrió y se le formaron unas pompas de saliva verde entre los incisivos. Salí de la casa a toda prisa, prometiéndome a mí mismo que me lavaría los dientes y usaría hilo dental. Con regularidad y energía.

Capítulo 15

Volví a mi oficina y me senté rodeado del silencio de media mañana, con la esperanza de que todas aquellas mujeres que habían irrumpido en mi vida empezaran a encajar de algún modo.

La casera me había mentido. No tenía ni idea de por qué.

A mi clienta le gustaba amenazarme con una pistola y pretendía que resolviera un crimen del que yo era sospechoso.

Luego estaba la tercera mujer, la que a veces me invitaba a una copa y que sin duda me estaba utilizando para conseguir un buen reportaje. Todo lo cual estaría muy bien si hubiera una posibilidad aunque fuese remota de que se acostara conmigo. Por lo menos, eso fue lo que me dije a mí mismo.

Suspiré y puse los pies en alto. En una esquina de mi escritorio descansaba un ejemplar de la *Odisea*, justo al lado de un bote lleno de balas de nueve milímetros. Lo abrí y seguí las andanzas de Ulises, que fue hechizado por Circe y pasó un año en su isla, por no decir directamente en su cama. No me parecía el peor plan del mundo, salvo cuando Circe intentó convertir a Ulises en un cerdo. La vida puede ser complicada, sobre todo cuando hay mujeres por medio.

Dejé a Homero y me hice un resumen de la situación. Necesitaba un curso acelerado (aunque fuese poco selecto) sobre un antiguo caso de violación que quizás había provocado ahora un asesinato. Y me parecía saber dónde podría encontrarlo.

Capítulo 16

*E*l almacén de pruebas del condado de Cook está ubicado en la esquina de la Veintisiete con Rockwell, en el West Side. Un montón de ladrillo rojo y blanco, rodeado de alambre de púas y de un patio desierto que alberga en su interior los restos de todos los crímenes de Chicago. Tiene ocho pisos y está abarrotado hasta los topes.

Ray Goshen medía metro noventa y era tan delgado que tenía que dar vueltas por la ducha para que el agua llegara a mojarle. Sus hombros eran tan anchos como mi puño y el cuello no le sostenía la cabeza, que tendía a ladearse hacia la izquierda, aunque a veces, cuando se enfadaba, yo habría jurado que se inclinaba hacia la derecha. Tanto si era de un lado como del otro, siempre tenía la sensación de que debía mirarle de reojo y nunca acababa de comprender lo que decía. No porque la cabeza tuviera que ver con eso. Ladeada o no, las palabras salían igual de su boca, o eso tendería uno a creer. Sea como fuere, en el mundo de las pruebas policiales, era Ray Goshen quien tenía las llaves del reino. Bajó a recibirme con la cabeza ladeada hacia la derecha y, como de costumbre, no parecía muy contento.

—¿Qué estás haciendo aquí, Kelly?

—Eh, Ray, yo también me alegro de verte.

—La última vez que viniste no me trae buenos recuerdos.

La última vez que había estado allí fue un año atrás. Me habían dado un soplo sobre unas películas caseras que un asesino llamado Richard Lake había filmado en su celda de la prisión de Stateville. Él y sus colegas fumando marihuana y pasándoselo en grande. Una clienta me pidió que localizara las cintas. Goshen me dejó echar un vistazo entre algunas pruebas del almacén y yo encontré la cartera de Lake. Había un número de teléfono, y veintitrés años después, seguía funcionando. Alguien contestó. Era una medio hermana de Richard Lake. Ella tenía una copia de la cinta en cuestión y estaba más que dispuesta a negociar. Unos cuantos dólares más tarde, ya tenía la cinta en mi poder. Una semana más tarde, mi clienta la emitió en las noticias de las diez. Yo no estaba al tanto de esa parte del trato. Aunque si lo hubiera estado, tampoco estoy seguro de que eso hubiera cambiado las cosas, al menos para mí. Sí que las cambiaba para Ray.

—Siguieron el rastro de la cinta hasta aquí, ¿sabes? —dijo Goshen.

Lo sabía, pero simulé que no.

—Me hicieron toda clase de preguntas. Por poco pierdo mi trabajo.

También lo sabía. La verdad es que me mantuve al tanto de todo el proceso. Desde cierta distancia. Por suerte, mi clienta tenía ciertos escrúpulos, al menos cuando se hallaba sometida a presión. Todos tienden a tenerlos cuando se les presiona. Así que hizo una llamada y Ray Goshen conservó su puesto. De lo contrario, mi clienta habría perdido el suyo. Eso es lo que yo le dije, en todo caso. Goshen lo atribuyó a su buena estrella, lo cual ya estaba bien.

—No me debes nada, Ray. Ya lo sé.

—Qué cabronazo... Y ahora es por Gibbons, ¿no?

Asentí. Goshen conocía a Gibbons. Era él quien controlaba las pruebas de su antiguo distrito.

—Yo no lo maté, Ray.

—No me digas, Kelly. Eso no significa que no vayas a acabar en la cárcel.

—Es poco probable.

Ray me echó una mirada como de no creer la mitad de lo que le había dicho. Yo mismo no creía la mitad de lo que decía. Además, Goshen no podía resistir la tentación de hacerse el importante con sus pruebas. Pero, por otro lado, le encantaba la sangre. Yo lo sabía y contaba con ello.

—¿Qué es lo que quieres?

—Un antiguo expediente —dije—. Quizás encuentre una conexión. Aunque es probable que no.

71

—¿Tienes el número del caso?

—No. Sólo tengo el nombre de la víctima y una fecha.

Le puse un trozo de papel delante. Goshen encendió su linterna y lo enfocó; luego desvió el haz de luz.

—¿Violación o asesinato?

A la sonrisa de Goshen le faltaban algunos trozos. Lo cual, unido a su inseparable linterna, venía a ser como hablar con una calabaza de Halloween; una con el cuello roto. Aun así, él tenía las llaves. El guardián del reino.

—Violación —dije.

Goshen se rascó las partes y empezó a reírse.

—¿Qué edad tenía la chica?

—Diecinueve, quizá veinte.

Eso todavía le excitó más.

—Vamos.

Atravesamos la primera planta entre hileras de estanterías que se elevaban nueve metros hasta el techo y que estaban atestadas de toda clase de cosas: cuchillos y alicates, machetes, porras; planchas de madera y patas de cama, rollos de cuerda, bramante, cuerda de piano, sábanas. Instrumentos de asesinato y violación, o simplemente para causar lesiones. Unos sellados en plástico, otros embutidos en cajas de cartón y otros dejados sin más por ahí con una etiqueta y unos cuantos garabatos ilegibles.

Goshen dobló una esquina y se dirigió a una pequeña oficina. Había luz dentro. Junto a la oficina se veía una puerta negra de metal. Goshen sacó una llave y la metió en la cerradura.

—Aquí hay toda una historia.

Abrió la puerta y encendió la luz. La habitación parecía una antigua alacena. Ahora estaba repleta de cajas marrones por un lado; en el otro había una hilera de estantes de madera. Di un paso y estornudé. Todo estaba cubierto de polvo.

—Mira las cajas —dijo Goshen.

Lo hice.

—Mira los estantes.

Ídem.

—Esto es de Grime. No todo, de hecho. Tenemos otras tres habitaciones para el muchacho. Pero aquí hay un buen material.

Goshen sacó un montón de revistas de *scouts* femeninas

que habían pertenecido a John William Grime, el famoso mimo callejero y asesino en serie de Chicago. Parecían revistas normales, salvo que todas las *scouts* estaban desnudas.

—Encontraron cajas enteras de estas en su casa. Puto enfermo.

Manoseó una de las revistas, la dejó en su sitio y cogió una bolsita de plástico con un anillo de adolescente dentro.

—¿Ves esto? Es el anillo de Suzanne Carson. Lo encontraron en el desván. ¿Te acuerdas de Carson?

La recordaba. Cualquiera que conociera un poco la historia criminal de Chicago lo habría recordado. Ella fue la última víctima de Grime. La Chica de la Puerta de al Lado. La que llevó a la policía hasta la casa de la calle Hutchinson y hasta las quince chicas que tenía enterradas debajo. Goshen jugueteaba con el anillo a través de la bolsa de plástico.

—¿Vienes mucho por aquí, Ray?

Durante un momento me pareció ver un matiz hambriento en sus ojos y en sus labios. Enseguida se le pasó y dejó el anillo.

—Mi trabajo es mantener todo esto en orden. Venga, vamos.

Cerramos el armario de las escobas de Grime y entramos por la puerta de al lado. La oficina de Goshen era pequeña y estaba abarrotada de cajas de pruebas. En un rincón había un carrito lleno de pistolas y rifles.

—Los llevarán a fundir la semana que viene —dijo. Como si aquellas pistolas precisaran una explicación.

Las paredes se hallaban cubiertas de un tipo de polvo que sólo puede ser fruto de la desesperación. La única decoración era una chica de calendario de agosto de 1983. La chica parecía tener unos trece años y estaba desnuda. No coquetamente desnuda, sino de un modo inquietante.

—¿Te gusta? —dijo Goshen. Lo tenía detrás, con la barbilla casi pegada a mi hombro.

—Es un poco joven, Ray.

Se encogió de hombros, rodeó el escritorio y se sentó.

—Siéntate.

Sacó de un cajón un libro grandioso de tapas rojas. Lo abrió y empezó a pasar páginas despacio y con gran cuidado.

—La chica. ¿Qué edad dices que tenía?

73

—Unos veinte.

—Violada, has dicho.

—Eso es.

Goshen dejó de pasar páginas.

—¿Se resistió?

—¿Está en ese libro, Ray?

Goshen me miró como si yo tuviese que estar contento por no haber sido embutido bajo la casa de Grime una buena temporada.

—¿Cómo cojones voy a saberlo? Déjame mirar.

Volvió a concentrarse en el libro.

—¿Pasa mucha gente por aquí? —pregunté.

—Claro —dijo Goshen—. Agentes de policía. Ya sabes qué clase de tipos vienen por aquí.

Eché una mirada a hurtadillas a las páginas del libro. Las entradas estaban todas escritas a mano. La primera página que vi era del 1 de enero de 1934. Goshen se detuvo.

—Sí, sí, lo sé. Una puta antigualla. Pero ¿sabes qué? El hecho de escribir a mano obliga a la gente a pensar lo que escribe. Y además, es difícil de cojones disimular tus garabatos, si es que lo has intentado. Así pues, a la mierda los ordenadores, ése es nuestro lema. Que todo el mundo escriba a mano. Seguimos añadiéndole páginas al libro. Y aquí lo tienes.

Goshen volvía a pasar páginas otra vez. Cada una de ellas era muy grande y había que utilizar las dos manos para pasarla.

—¿Ésta es la única copia? —pregunté.

—Maldito pesimista. Sí, es la única copia y ha sido la única durante casi todo el siglo pasado. Malditos pesimistas.

Dejó de pasar páginas.

—Allá vamos. El crimen se cometió en 1997, ¿cierto?

—Cierto.

—Busquemos el número de expediente. Página por página. Aquí. Esto abarca desde 1980 hasta finales de los años noventa.

Goshen sacó las pinzas del libro y separó el centenar de páginas que abarcaban dos décadas de crímenes de Chicago.

—No me lo desordenes —dijo.

—Entendido.

Quince minutos después, Goshen encontró la entrada.

—Joder, Kelly.

—¿Sí?

—Elaine Remington, 24 de diciembre de 1997.

—Sí.

—La próxima vez me traes el puto número del caso. Hice una búsqueda de estas mismas pruebas el otro día.

—¿Para quién?

Goshen cerró el enorme libro de golpe, se sonó la nariz en un cubo que tenía bajo el escritorio y cruzó las piernas.

—Para un par de capullos de la oficina del fiscal.

—Mierda.

—Sí. —Goshen sonrió—. La cuestión es que odio al fiscal del distrito más aún que a un pobre infeliz como tú.

—Qué suerte la mía.

—Lo has captado. Les dije a los dos que estaba todo numerado. Adelante, ya podéis empezar a buscar.

—¿Cuánto duraron?

—El primero, como una hora. El segundo era uno de esos tipos dinámicos. Se tiró el día entero. No pasó de la primera planta.

—¿Crees que consiguió algo?

—Sé con toda seguridad que no. La primera planta no pasa de 1975.

—Eso no se lo dijiste a los chicos de la oficina del fiscal, ¿no?

Goshen me lanzó la mirada inexpresiva de un burócrata dispuesto a permanecer así hasta que yo lo dedujera por mí mismo. O, al menos, hasta la hora de cerrar.

—¿Tienes un mapa de este lugar? —le pregunté.

Goshen se dio unos golpecitos en la frente.

—Aquí está todo. Pero hay que hacer la pregunta correcta. Vamos.

El ascensor era de tipo jaula, con una de aquellas manivelas antiguas que debías mantener bajada hasta llegar a tu planta. Goshen lo accionó con una llave que parecía un esqueleto y empezamos a subir. Él permaneció con los ojos fijos en la manivela. No porque no supiera cómo manejarla, sino porque la otra alternativa era mirarme a mí, lo cual no me reconfortaba precisamente. Pero aun así, estábamos en marcha.

—Quinta planta —dijo Goshen—. Desde 1990 hasta 1999.

Abrió la puerta de la jaula y salimos. Las hileras de estantería metálica llegaban hasta el techo, que debía quedar a una altura como de cuatro pisos. El destello de lo que quizás eran bombillas llegaba apagadamente desde allá arriba, del todo inútil salvo para recordarte que tenías que volver abajo a coger una linterna. Por suerte, Goshen venía preparado. Subió a una carretilla elevadora y sacó la linterna del bolsillo.

—Vamos —dijo, y puso en marcha la carretilla. Subí y arrancamos.

—Un lugar bastante grande, esta planta.

—Montones de putos enfermos, Kelly. Montones de putos enfermos. Aquí está. La segunda mitad de los años noventa.

Goshen pasó la linterna por una zona de cajas negras cubiertas de polvo y oscuridad, olvidadas por completo. Catalogadas por él.

—Ponte esto.

Me tendió un par de guantes de látex y una mascarilla blanca. Yo empecé por un extremo del pasillo; él por el otro. El trabajo era lento, caja por caja. Sacar una del estante, abrirla, rebuscar entre los materiales diversos de antiguos crímenes.

Una parte del material era estrictamente forense: bolsitas de plástico con pelo, manchas de sangre o recortes de uñas.

Luego estaban los ecos de lo que había sido una vida.

En una caja, libros para colorear, dibujos inacabados, el nombre de un niño escrito con ceras: todo salpicado de sangre. En otra, un CD de Pearl Jam, *Ten*, con el nombre AMANDA garabateado en la cubierta junto a una flor. Debajo del álbum, un calendario de 1996, lleno de fechas que ya no importaban. El encuentro no se produjo. Una vida sin vivir y ahora olvidada.

Dos horas después, encontré una caja pequeña con la fecha 24-12-97 escrita en un lado. Se me encogió el corazón por dos motivos. Ésa era la fecha de la agresión de Elaine Remington. Y todavía mejor: la firma que figuraba en la caja era la de Gibbons.

Goshen estaba a la vuelta de la esquina buscando en otro pasillo. Corté el precinto y encontré un simple sobre de papel manila en su interior. Parecía intacto, con el nombre de Gibbons, las iniciales y la fecha escritas en el sello rojo. Rompí el sello y saqué un solo objeto: una blusa verde acuchillada por muchos lugares y cubierta de sangre seca que había adquirido el color del óxido. Sentí a mi lado una presencia.

—¿Qué es eso? —preguntó Goshen.

Le enseñé la caja.

—La fecha es la correcta y tiene el nombre de Gibbons —dije—. Pero no hay número de caso.

Goshen cogió el sobre y le dio la vuelta. Tenía los dedos delgados y las uñas largas y andrajosas.

—No hay nada en el sobre tampoco —dijo pestañeando—. Casi como si alguien hubiese querido que se perdiera.

—Estoy pensando que esta blusa es la que llevaba la víctima.

—Estoy pensando que por una puta vez puede que tengas razón. Volvamos a la oficina.

Nos sentamos con dos latas de cerveza Old Style y la blusa entre ambos. Estábamos casi en invierno en Chicago, pero en el cubículo de Goshen era mediados de julio. Un ventilador ronroneaba en un rincón. Sin quitar los ojos de la blusa, pero sin tocarla en ningún momento, Goshen abrió su lata y se echó la mitad entre pecho y espalda, pasando por una nuez de Adán de increíble tamaño.

—Oficialmente —dijo—, esta prueba no existe. No hay número de caso, ni informe de entrada ni ningún signo de identificación.

Goshen estiró el cuello, puso los ojos en blanco y empujó la blusa con un bolígrafo.

—Tengo que subir y limpiar el desbarajuste de cojones que me has dejado ahí arriba. Y tengo mucho que hacer cuando vuelva. Así que no quiero verte aquí ni necesito más distracciones. ¿Lo has entendido?

Lo había entendido.

—Realmente no te cae bien el fiscal, ¿no?

Goshen me echó una mirada vacía y se largó. Como buen funcionario, cultivaba los odios institucionales, alimentaba desaires que de otro modo habrían caído en el olvido y le sacaba brillo al rencor como si se tratase de oro puro. Fuera lo que fuese lo que le hubieran hecho los de la fiscalía, había sido un mal negocio para ellos. Para mí, en cambio, era una historia completamente distinta. Recogí con cuidado la blusa y me deslicé fuera del almacén, tan rápido y tan discreto como pude.

Capítulo 17

Volví a mi oficina y puse la blusa verde en uno de esos escondites secretos que te enseñan en la academia de detectives privados, también conocido como «el último cajón de la izquierda». Luego puse la radio. Estaban dando un reportaje sobre la actualidad más candente de los Cubs. Serénate, corazón mío.

Escuché atentamente, sumido en profundas reflexiones, como por ejemplo qué clase de hombre pagaría 136 millones de dólares a Alfonso Soriano por jugar al béisbol y dónde, díganmelo por favor, podría encontrar yo un trabajillo como ése. Luego me fijé en un papel que me habían deslizado por debajo de la puerta. Pita a Domicilio ofrecía una pita especial de gambas a la parrilla con cebolla y salsa *wasabi*. Apagué la radio y me disponía a salir cuando sonó el teléfono. No reconocí el número pero respondí igualmente.

—Kelly, soy Vince Rodríguez.

La voz del detective parecía algo tensa. Cualquiera que fuese el asunto del que quería hablar, era evidente que había estado dándole vueltas y que se sentía incómodo.

—¿Ya has comido? —le pregunté.

Le conté lo del especial de Pita a Domicilio. Pareció razonablemente impresionado.

—Nos vemos allí —dijo—. En media hora.

Lo encontré en un cubículo junto a la ventana. Yo me imaginaba que sólo podía querer una de dos cosas: ayuda para un caso o ayuda con Nicole. Apenas me hube sentado descubrí la respuesta.

—Tú y Nicole —dijo.

—¿Sí?

—Sois amigos desde niños.

—Nicole te lo ha contado, ¿no?

—Algo.

—Ella creció en la misma calle que yo, un par de puertas más abajo, en el West Side. Yo cuidé de ella entonces. Ahora creo que es ella la que cuida de mí.

Eché una mirada rápida al menú y seguí hablando.

—¿A qué viene ese interés, detective?

Intenté decirlo sin acento burlón. Al otro lado de la mesa, el Señor Imperturbable parecía abochornado.

—Seguramente te lo habrá dicho. Tenemos una especie...

—¿Una especie?

Di un sorbo de agua y esperé.

—Ya sabes cómo son estas cosas. En el trabajo y tal.

Apareció una camarera. Los dos pedimos el especial. Rodríguez, además, un té helado.

—Si le gustas, no intentes comprenderlo —dije—. Tómatelo como una bendición. Reza para que no se levante un día y cambie de opinión. Al menos eso es lo que yo haría. ¿Sólo querías preguntarme eso, detective?

—Más o menos. Quería ver..., ya sabes.

—¿Si éramos algo más que amigos?

—Eso.

Me encogí de hombros.

—Nunca lo hemos sido. No en ese sentido.

Creí que Rodríguez lo iba a dejar correr ya. Me equivocaba.

—¿Le pasa alguna otra cosa?

—¿Qué quieres decir?

—No sé. Es como si sufriera por algún motivo. Cuando tú viniste la otra noche, parecía un poco aliviada. Al menos, a mí me lo pareció.

—¿Nicole significa mucho para ti?

—¿Tú crees que me gusta hacer el ridículo ante un ex policía al que apenas conozco?

—Tiempo al tiempo. Espera a que ella lo vea más claro. A que te vea más claro.

—Estoy pensando que quizá no deberíamos trabajar juntos. A lo mejor eso facilitaría las cosas.

—No puedo responder por ti.

Rodríguez echó un sobre de azúcar en su té y observó cómo se disolvía.

—Yo no me he casado nunca —dijo—. Ni divorcios ni nada de eso. Tú fuiste policía. Ya sabes a qué me refiero.

Lo sabía.

—Dale tiempo —dije—. Ella lo vale.

Llegó nuestro pedido y comimos un rato en silencio.

—¿Algún progreso en ese caso de violación?

—Todavía estoy a la espera de los resultados de Nicole en el laboratorio —dijo—. Si puede sacar ADN de esas sábanas, quizá tengamos algo. Por cierto, ¿qué es exactamente lo que te hace pensar que el tipo es un asesino?

Me encogí de hombros.

—Tu víctima dice que ya había acabado de violarla. Asunto concluido. Y no obstante, el tipo continúa jugando con el cuchillo. Se lo pasa por las costillas, le desgarra el lateral del camisón. Le hace pequeños cortes en el cuello. ¿Por qué?

Rodríguez aguardó.

—Estaba jugando con ella —dije—. Igual que el gato juega con el ratón. A ver si aún se la ponía dura. A ver si conseguía arrancarle un poco más de excitación. Un tipo como ése está buscando algo; algo a lo que dar rienda suelta.

—Y entonces la mata —concluyó Rodríguez.

—Eso es lo que hace el gato con el ratón.

Volvió a aparecer la camarera. Rodríguez pidió otro té helado.

—He estado preguntando sobre ti —dijo—. He oído que eras bastante bueno resolviendo casos.

Tenía razón. En 2003 hubo en Chicago seiscientos nuevos homicidios. Yo resolví veinticinco en ocho meses y trabajando solo. El siguiente tipo consiguió resolver la mitad de casos y trabajaba casi todo el tiempo con un compañero. No le conté nada de todo esto a Rodríguez, aunque era agradable que alguien de la Central se acordara.

—De eso hace ya algún tiempo —dije.

—¿Y cómo lo llevas?

—Si te refieres a si me asaltan recuerdos por las noches, la respuesta es sí. Pero la cosa mejora con el tiempo.

Rodríguez se comió su última gamba y pareció reflexionar en las pesadillas que aún estaban por llegar. Yo pensé en los muertos que seguían vivos bajo mis párpados.

—¿Y por qué no le ocurrió eso a Miriam? —dijo.

—Si hubiese que adivinar, yo diría que de algún modo ella le tocó la fibra. En un cierto sentido.

—No sé si me convence esa idea, Kelly.

—No digo que ella le diera pena, no. Esos tipos sólo se compadecen de sí mismos. Pero la forma de hablar de esa chica, las cosas que le dijo, su modo de comportarse... eso disparó la autocompasión del tipo.

—Y le salvó la vida a ella —dijo Rodríguez.

—Es sólo una teoría.

—Ya. Quizá la próxima no tenga tanta suerte.

La Palm de Vince empezó a sonar. La abrió, leyó el mensaje y tecleó una respuesta. Enseguida se levantó, dejó unos billetes en la mesa y cruzó el restaurante. Yo le seguí.

—Conservas tu instinto, Kelly. Tenemos otra posible agresión sexual. Sólo a dos manzanas de aquí y todavía en curso. ¿Te apuntas?

—¿Estás seguro?

—Dicen que eras muy bueno. O sea que... ¿por qué no? Eso sí, no dispares a nadie a menos que disparen ellos primero.

Subimos a su coche y doblamos en Clark hacia el norte. Rodríguez habló por radio.

—Aquí Rodríguez. Estoy dos manzanas al este, en dirección al 807 en curso. ¿Me recibes?

La respuesta llegó crepitando.

—Afirmativo. Hay dos coches patrulla en el lugar. Los agentes están registrando el edificio en busca del sospechoso.

Llegamos a un edificio llamado Belmont Arms, cerca de Belmont y Sheffield: un bloque de tres pisos con el portal situado en el centro.

Dos agentes de uniforme, uno bajo y otro alto, permanecían en la entrada de un callejón en el flanco sur del edificio. El bajo dio un paso al frente. Rodríguez sacó su placa justo cuando el micrófono que el agente tenía en el hombro empezaba a sonar. Éste apretó un botón para silenciarlo y echó un vistazo a la placa del detective.

81

—Sí, señor. La agresión se ha producido en el callejón. Luego el sospechoso ha corrido a esconderse en el edificio. Tenemos dos unidades en el interior. Aguarde un segundo.

Se alejó un poco, masculló alguna cosa por el micrófono y regresó de nuevo.

—Están en el primer piso. Si quiere entrar, le esperan allí.

Rodríguez le pidió una radio al agente y se dirigió hacia el edificio. El agente nos seguía y continuaba hablando.

—El sospechoso es un varón blanco, uno ochenta de estatura, setenta y ocho kilos, lleva cazadora negra y tejanos. Según la víctima, tiene la cara tapada y está armado con un cuchillo.

Rodríguez sacó su pistola y entró en el edificio. Yo le seguí. Subimos las escaleras y encontramos a dos agentes esperándonos. La escalera estaba débilmente iluminada; en las paredes grises se dibujaban algunas franjas de luz de la calle, que se colaba por dos ventanucos muy altos. El mayor de los dos agentes nos dijo que nos apresurásemos.

—La otra unidad está vigilando las salidas de la parte de atrás. El pasillo se extiende en ambas direcciones desde la escalera.

—¿Cuántos apartamentos hay en cada piso? —preguntó Rodríguez.

—Tres. No sabemos quiénes son los inquilinos.

—O sea, que el tipo podría estar en cualquiera de ellos.

—Sí, señor. En cualquiera de los tres pisos.

—De acuerdo. Primero vamos a recorrer todo el edificio, para ver si hay alguna entrada forzada. Si no, revisaremos los apartamentos uno a uno. Llamen a la puerta, identifíquense y pidan permiso para entrar.

Los dos agentes se pegaron al lado izquierdo del descansillo, doblaron la esquina con precaución y desaparecieron. Rodríguez y yo nos deslizamos por la otra esquina con las pistolas desenfundadas. A unos seis metros había una puerta entreabierta, con la luz del interior derramándose en el pasillo. Rodríguez se acercó en silencio. No había signos de que la puerta hubiera sido forzada. Rodríguez empujó la puerta apenas unos centímetros, luego un poco más. Yo veía por encima de su hombro un vestíbulo y, más allá, una sala de estar.

Rodríguez me hizo un gesto con la cabeza y luego cruzó el

umbral, rápido y encogido. Yo le seguí con la pistola preparada, respirando despacio y registrándolo todo con la mirada. A mi izquierda había un sofá cama desplegado, una televisión de diecinueve pulgadas encendida (emitía *La juez Judy*, pero sin voz) y las ventanas que daban a Belmont. Rodríguez se deslizó por la sala de estar, cruzó otro pasillo y se detuvo. Me hizo un gesto para que me colocara tras él.

—Sangre —susurró señalando una mancha a lo largo del zócalo. Luego dobló el recodo y entró en la cocina. Había más salpicaduras de sangre por las paredes que iban hacia lo que parecía una despensa. Fue allí donde encontramos al viejo, doblado en el último rincón de su apartamento. En el último rincón de su vida.

La cartera que guardaba en el bolsillo nos reveló que su nombre era William Conlan. Llevaba un suéter con coderas pasado de moda y unas gafas de lectura torcidas pero todavía puestas. Tenía los ojos abiertos, los labios separados y los dedos de su mano derecha apuntaban en nuestra dirección, como llamándonos por señas. En el cuello tenía un cuchillo de mango negro clavado hasta la empuñadura. La sangre se derramaba por el suelo y se estaba extendiendo rápidamente a nuestro alrededor. Rodríguez pidió ayuda por radio, se puso en cuclillas y le buscó el pulso. Nada.

Llegaron los enfermeros y empezaron a trabajar. Yo rodeé el charco de sangre para ver mejor el cuchillo. El mango era viejo y estaba resquebrajado. Fui a la cocina y abrí los cajones.

—¿Qué has encontrado?

Era Rodríguez, con las manos y los antebrazos manchados de rojo.

—Tendrías que haberte puesto guantes.

Abrió el grifo y se lavó la sangre.

—No me preocupa que un viejo de ochenta años pueda contagiarme el sida. ¿Has encontrado el cuchillo?

Le mostré el cajón lleno de cachivaches, incluidos tres cuchillos de mango negro idénticos al de la despensa.

—Todo debe de haber empezado aquí —dije.

—La víctima de la agresión ha dicho que el tipo tenía un cuchillo en el callejón —dijo Rodríguez—. ¿Por qué no usar el suyo?

83

Me encogí de hombros.

—Quién sabe. Quizás es que le ha quitado éste de las manos al viejo y se lo ha clavado. En todo caso, ha habido un poco de lucha hasta la despensa.

—El tipo no puede andar muy lejos —dijo Rodríguez y se acercó a una ventana pequeña en la parte trasera de la cocina. Estaba medio abierta y daba a una hilera de tejados que discurrían hacia el sur junto a las vías del tren elevado—. ¿Qué te parece? —preguntó.

—Creo que vale la pena echar un vistazo.

Rodríguez trepó por la ventana y yo le seguí.

Capítulo 18

Salí por la ventana a una escalera de incendios. Estaba cayendo la noche sobre la ciudad y la estructura de hierro crujía con el viento.

Los tejados de Chicago son planos en su gran mayoría y están cubiertos de cartón alquitranado gris o de duro caucho negro. A menos, claro, que el tejado esté situado en el número 3600 de North Sheffield o en el 1000 de West Waveland. En ese caso, por supuesto, estará cubierto de gradas, de latas de cerveza y de fanáticos borrachos que han pagado doscientos dólares por cabeza para ver cómo descubren los Cubs nuevas maneras de perder un partido de béisbol. Pero estoy divagando.

Rodríguez encendió una linterna y asomó la cabeza por el borde de la salida de incendios. El tejado contiguo estaba un poco por debajo del nuestro. La distancia entre ambos parecía de un metro y medio; no mucho si te hallas en tierra firme, pero bastante más cuando estás a cuatro pisos del asfalto.

—Parece factible —dijo el detective. Aunque sonaba más como una pregunta que como una afirmación.

Yo asentí y pasé una pierna por el borde. Antes de que Rodríguez pudiese detenerme y, sobre todo, antes de que yo pudiera pensármelo demasiado, me di impulso contra la reja y salté. Cubrí la distancia con facilidad. También me pillé un pie contra el parapeto de piedra que protegía el borde del edificio contiguo y me fui de cabeza contra el suelo. Oí un golpe sordo a mi lado y enseguida unos pasos alejándose.

—Vamos, Kelly. Ese tipo no nos va a esperar.

Yo solté la maldición obligada y seguí la luz de su linterna. El tejado estaba desierto. Sólo se veía un aparato de aire acondicionado, como es natural apagado ahora que empezaba el invierno. La única entrada era una puerta metálica cerrada por dentro. Rodríguez enfocó el haz de luz por encima del callejón hacia el siguiente edificio. Estaba al menos a nueve metros.

—Como no sea Carl Lewis el sospechoso —dije—, me imagino que se habrá abstenido de intentarlo.

Rodríguez enfocó hacia abajo y observó el callejón, por si nuestro hombre creía que podía volar. Pero no había ningún cuerpo apelotonado en el suelo.

—Mierda —murmuró el detective.

Señalé la vía del tren elevado que discurría agazapada junto al edificio.

—¿Qué te parece?

Rodríguez descubrió con su linterna una escalera de servicio atornillada junto a la vía que quedaba al alcance de la mano desde el borde del tejado.

—Vamos —dijo.

Subimos la escalera hasta las vías de la línea Marrón. Rodríguez enfocó su linterna hacia una barra de metal que corría junto a la vía.

—El tercer raíl, Kelly. Vete con cuidado.

El tercer raíl impulsa el tren elevado con sus 600 voltios de corriente reforzada y ofrece una muerte instantánea a quien se atreva a tocarlo. Me mantuve a distancia prudencial.

—Si ha llegado hasta aquí, probablemente se ha dirigido hacia el sur —dije—. Lejos de la escena del crimen.

Rodríguez asintió y empezamos a avanzar al trote. La siguiente parada era Diversey, a menos de un kilómetro tal vez. La linterna nos iluminaba un trecho de medio metro. Aparte de eso, sólo contábamos con los jirones de luz de la calle que se colaban entre la estructura de acero. Yo empecé a notar una vibración bajo los pies que se fue convirtiendo en el retumbar todavía lejano de un tren. Nos detuvimos para escuchar mejor.

—¿En qué dirección va?

—No estoy seguro —dijo Rodríguez—. No hay problema si está de este lado. Tiene espacio de sobras para pasar.

Me alegró que lo creyera, pero no dije nada. El ruido se detuvo. Seguramente el tren estaba recogiendo pasajeros. En el silencio resultante, oí un tropezón, tal vez una maldición y luego ruido de pasos.

—Está allí —dije.

Rodríguez comenzó a avanzar otra vez. Veinte metros después, empezamos a vislumbrar la silueta de una persona: sólo una mancha oscura deslizándose por la vía. A lo lejos, el retumbar del tren empezó a oírse de nuevo y a tomar velocidad.

—¿Podemos atraparle? —preguntó Rodríguez.

Yo hacía atletismo en secundaria. Con el viento detrás o en una buena pista, puedo hacer un kilómetro en cuatro minutos. Pero en la vía de un tren, en plena noche, con 600 voltios zumbando sólo a medio metro, quizá no sea tan rápido.

—Dame la linterna —dije.

El siguiente andén debía de estar a unos cuatrocientos metros. Y supuse que nuestro hombre me llevaba doscientos de ventaja. Lo único a mi favor era que yo tenía linterna y él no. Me puse a correr o, por mejor decir, a andar a paso largo. A mis espaldas, el ruido había desaparecido de nuevo mientras el tren se detenía en Belmont. Esquivé una rata que correteaba por la vía y apreté el paso. Había empezado a sudar a base de bien y vislumbraba una mancha amarilla al fondo: Diversey. Me detuve cerca del andén, miré alrededor y escuché. La vía estaba aquí rodeada de edificios más altos, locales comerciales sobre todo, con lo cual no llegaba el menor atisbo de luz de la calle. No se oía ningún roce, ningún rumor. Ni el menor indicio de movimiento. Entonces el estruendo empezó de nuevo; ahora mucho más cerca. Miré hacia atrás justo cuando una luz blanca aparecía al doblar una curva. El expreso de las 7:05 de la línea Marrón llegaba puntual.

Recorrí a toda velocidad los últimos veinte metros y me encaramé con dificultades en el andén. Había diez personas esperando y pasando el rato de maneras diversas. Una pareja se magreaba en un banco. Tres personas llevaban auriculares y seguían el ritmo con los ojos cerrados. Dos tipos leían el *Chicago Tribune*; uno el *Sun-Times*. Otro tecleaba con furia en su Palm, esperaba un momento, se reía solo con la misma furia y volvía a teclear. Finalmente, había una mujer encerrada en su propia isla, hablando sola sin esperar respuesta. No me pareció que ninguna de esas diez personas pudiera ser un violador desesperado. Peor aún: ninguna de ellas me prestó la menor atención, por mucho que yo surgiera de la noche de Chicago con una pistola en una mano y una linterna en la otra.

87

A los treinta segundos de mi llegada, el tren cruzó rugiendo la estación sin aminorar lo más mínimo la marcha. Veinte segundos después, Rodríguez surgió de la oscuridad y trepó al andén.

—Ha sido divertido —dijo.

—Había que intentarlo.

Él asintió.

—Voy a pedir que un par de agentes interroguen a esta gente por si han visto algo.

—Joder, el tipo podría haber recorrido la vía en cueros y nadie se habría enterado.

Rodríguez se encogió de hombros y se alejó con la radio en la mano. Yo bajé a la calle. Me alcanzó en la acera.

—Tengo que volver a Belmont y ocuparme del cadáver. Necesitan que alguien se quede con la víctima de la agresión hasta que llegue el equipo de Nicole. ¿Puedes echarme una mano?

—Claro.

—Serán sólo diez minutos. No le preguntes nada. No la toques. Limítate a sentarte y esperar.

—¿Dónde está?

—En un coche patrulla en el callejón. Ya he dado orden de que te dejen pasar. La chica se llama Jennifer Cole. Y otra cosa, Kelly...

—¿Qué?

—Tiene doce años.

—Fantástico.

—Lo dicho. De simple niñera. Si habla, limítate a escuchar.

Caminamos hacia el norte por la avenida Sheffield. Rodríguez al encuentro de un viejo que había sido acuchillado en su propia casa, yo al encuentro de una chica de doce años atacada en su propia ciudad. No estaba seguro de qué era peor.

Capítulo 19

*E*ncontré el coche patrulla donde se suponía que había de estar. Jennifer estaba sentada en la parte trasera. Yo me senté delante. Había un panel de plexiglás entre ambos.

—Hola, Jennifer. Me llamo Michael.

La chica estaba envuelta en una manta. Aun así, advertí el rojo y plata del uniforme del colegio que llevaba debajo. Con la barbilla apoyada en las rodillas, miraba por la ventanilla las entrañas del tren elevado. Tras un momento, cambió de posición y me respondió.

—Eh.

Nada más que eso. Eh.

—Yo no soy poli —dije—. O sea, que no tienes que contestar un montón de preguntas.

Tenía el pelo de color zanahoria, ojos verdes bien separados y un montón de pecas entre ambos. Se le veían morados en el cuello, en los brazos y bajo la mandíbula. Estaban adquiriendo un tono amarillento y daban la impresión de haber sido producidos por la presión de la mano, del puño de un hombre.

—Si no eres poli, ¿qué haces aquí?

—Antes era poli. Ahora soy detective privado. A veces echo una mano.

—Ya... Un tipo me ha atacado.

—Lo sé, Jennifer.

—Ah, bueno.

Bajó la cabeza, volvió a apoyarla en las rodillas y suspiró.

—Están buscando a mis padres. Se van a cabrear pero bien.

—Yo no me preocuparía por eso, Jennifer.

—Tú no sabes cómo son. Se van a cabrear.

—¿Tienes doce años?

Asintió.

—Volvía a casa desde el colegio.

—¿Y has dado un rodeo?

—Iba a tomar el tren elevado hasta el centro. Quería pasarme por la tienda de Apple.

—Una tienda muy chula.

—Está abierta hasta las nueve. Pero por eso mismo se van a poner como locos.

—No lo creas.

—Tú no conoces a mi padre.

Pensé en las instrucciones de Rodríguez. Lo de no hablarle a la chica. La volví a mirar y olvidé las instrucciones.

—Cuéntame cómo es.

—Mejor que no.

Silencio. Prosiguió al cabo de un rato.

—Me ha pillado con la pelota de baloncesto.

—¿Con la pelota de baloncesto?

—Yo estaba cruzando el callejón, que queda un poco aislado de la calle por esos trastos.

Señaló dos grandes contenedores verdes. Entre nosotros y la ilusión de seguridad de Belmont.

—Él ha salido de la nada. Ha chutado la pelota con el pie o con la pierna. Algo así. Justo hacia el callejón.

Miré hacia fuera. Una pelota roja, blanca y azul de la liga de baloncesto había rodado hasta una de las vigas metálicas que sostenían el tren elevado.

—Y tú has corrido tras la pelota —dije.

—He dado un paso.

—Cualquiera habría hecho lo mismo. Puro instinto. Y él lo sabía.

—¿Eso crees?

—Sí, Jennifer. Eso creo.

—Él me seguía, me empujaba, con el cuchillo. Me ha puesto una mano en la boca y ha empezado a arrastrarme.

Me fijé en unos escalones de piedra en el lateral del edificio Belmont Arms. Al pie de los escalones había una puerta de madera. Daba la impresión de que no la habían abierto desde hacía mucho tiempo. Deduje que era allí donde tendría que haber ido a parar Jennifer Cole. Al sótano del Belmont Arms, donde la agresión se habría convertido en violación y quizás en algo peor.

—¿Cómo te has escapado?

—Le he arañado. Le he mordido. Él me ha soltado y yo me he puesto a gritar. Entonces ha echado a correr.

La voz se le quebraba. Me enseñó los dientes como para demostrarme que podía morder. Luego empezó a llorar. En silencio. A su pesar. Como si necesitara que le dieran permiso. Yo aguardé. No tenía ni idea de lo que venía a continuación, de lo que debía venir a continuación.

—¿Le has visto?

Negó con la cabeza.

—Soy una estúpida de mierda.

—No es culpa tuya, Jennifer.

No sabía qué mas hacer para consolar a la chica que estaba al otro lado del plexiglás. Jennifer era una prueba a la espera de ser procesada; otro caso en el que ponerse a trabajar. Un mensaje en la radio del coche patrulla aceleró la conversación.

—Creo que tus padres están aquí —dije—. Voy a ir a mirar. Pero antes tengo que hacerte una pregunta más. Esos morados en el cuello y en los brazos no te los has hecho hoy, ¿verdad?

Jennifer bajó la vista hacia sus brazos y meneó la cabeza.

—¿Quién te los ha hecho, Jennifer?

Se encogió de hombros y se secó la nariz.

—Mi padre se pone como loco a veces.

—¿Cómo de loco, Jennifer?

—Muy loco. Como un puto loco.

Apoyé una de mis tarjetas contra el plexiglás.

—Jennifer.

Levantó la vista.

—¿Ves este número?

Asintió.

—Memorízalo. Llama cuando tengas un problema. A cualquier hora. ¿Entiendes lo que digo?

Asintió.

—¿Has memorizado el número?

Volvió a asentir.

—Repítemelo.

Obedeció.

91

—Muy bien. Recuérdalo y procura resistir hoy. Mañana las cosas estarán mejor.

Dejé a la chica donde la había encontrado y caminé hasta la parte delantera del edificio. Nicole acababa de llegar.

—Tu víctima está en el coche patrulla —dije.

—Gracias. Ya me han dicho que estabas aquí. Dos agresiones sexuales en dos días. ¿Cómo se explica eso?

—Puro azar, supongo. ¿Crees que están relacionadas?

Nicole se encogió de hombros.

—Seguramente no. Ambos agresores utilizan un cuchillo para reducir a la víctima, pero éste es más osado. A la luz del día en una calle transitada. Y, además, éste ha matado a una persona.

—La víctima de la agresión es una cría, Nicole.

—Lo sé. Ahora vamos a atenderla. ¿Dónde está Vince?

—Arriba, ocupándose del cadáver. La víctima dice que ha arañado al tipo y que le ha mordido la mano. Igual habría que buscar algún resto de sangre.

Nicole meneó la cabeza.

—Por ahora no hay rastros de sangre. Pero hemos encontrado esto.

Uno de los técnicos del laboratorio le pasó una bolsita. Había un condón usado en su interior.

—¿Dónde?

—Ahí, en el callejón.

—No tiene sentido. La cría dice que se ha zafado de él.

—Quieres decir que no la ha penetrado.

—Eso.

Nicole le devolvió la bolsita a su ayudante.

—Ocurre muy a menudo. Estos tipos se ponen un condón antes de la agresión. Se excitan durante el forcejeo. Pierden el control.

Se encogió de hombros.

—Como te digo, pasa continuamente. Lo bueno es que conseguiremos una descripción que contrastar con nuestras bases de datos. A ver qué sale. Parece que nuestra víctima es una chica dura.

—No creo que le quede otro remedio —dije—. Mírale los morados que tiene en la cara y en el cuello.

—¿El agresor...?

—No. Su padre. Parece que está usando a la chica como saco de boxeo. Ella le tiene pánico.

—Nos ocuparemos de ello.

—¿Eso qué significa exactamente?

Nicole alzó la barbilla y cruzó los brazos sobre el pecho.

—Quiere decir que los Servicios de Familia hablarán con sus padres y harán lo que puedan. No podemos pedir más, Michael.

No me pareció que tuviera sentido discutir, de modo que no continué.

—De acuerdo, tengo que irme corriendo.

Nicole quería decirme algo más, pero yo ya la había dejado en la boca del callejón y había cruzado la calle. La zona estaba acordonada con cinta adhesiva y se había empezado a formar una pequeña multitud detrás. Desde dentro del cordón, una mujer policía estaba hablando con un hombre que llevaba un abrigo de pelo de camello.

—Sí, señor —decía la agente—. Su hija está bien. La están examinando ahora mismo, luego podrá verla.

El hombre tenía cuarenta y pocos y unas entradas muy pronunciadas. Mucho no le faltaba para empezar a disimularlas con el pelo de los lados. Un tipo grande pero blando; un blando de clase media. Demasiados nachos, demasiadas horas de sofá. El abrigo, así y todo, era elegante.

—Escuche —dijo—: Mi hija esta ahí atrás. Me han dicho que ha sido víctima de una agresión. Quiero verla. Ahora.

Mientras hablaba, empujaba a la agente con la mano apoyada en su chaleco antibalas. Ella le agarró la mano y se la retorció. Al hombre le flaquearon las piernas. La policía le habló deprisa pero con calma.

—Comprendo que esté alterado, señor. Comprendo que se trata de su hija. Pero tiene que atenerse a las reglas. Regla número uno: póngame la mano encima, a mí o a cualquier otro agente, y nosotros le ponemos las esposas y lo metemos en un coche patrulla. ¿Está claro?

No aguardó a que le respondiera. No lo necesitaba. Yo me acerqué mientras ella se alejaba. El padre de Jennifer todavía estaba sacudiéndose la mano y murmurando para sí.

—Zorra de mierda.

—Perdone, caballero.

Le pasé ante los ojos lo que podría haber sido una placa, aunque no lo era.

—¿Qué quiere?

—¿Usted es el padre de la víctima?

—¿Me va a dejar verla?

La arrogancia había desaparecido. En su lugar, sólo quedaba la cautela instintiva de un cobarde.

—Venga por aquí, caballero.

Me lo llevé un poco más allá de la multitud, hacia la zona por donde pasaba el tren elevado. Unos cuantos pasos para quedarnos solos, o al menos lo bastante solos.

—¿Qué quiere?

Vista de cerca, su cara era tan blanda como el resto. Una parte de mí se compadecía del tipo, por todo lo que iba a tener que pasar con su hija. Pero esa parte de mí no intervenía en aquella conversación.

—Su hija, caballero. Parece temerle más a usted que al hombre que acaba de atacarla. Según mi punto de vista, eso lo convierte a usted en una de dos cosas: en un pedófilo o en uno de esos capullos que disfrutan golpeando a su hija. Yo voto por esta última opción, pero lo que aquí importa es... qué opina usted.

El tipo podía hacer dos cosas: asustarse y negarlo todo o enfurecerse y negarlo todo. No me sorprendió demasiado cuando soltó un juramento y me embistió tratando de cogerme por el cuello del abrigo. Falló y se fue directo al suelo. Yo le seguí hasta allí, le deslicé la mano izquierda por debajo del cuello, lo puse de pie otra vez y lo aplasté contra la pared. Con la mano derecha abrí el cierre de la cartuchera y saqué la pistola. La sostuve en el reducido espacio entre ambos. Él abrió los ojos de par en par cuando sintió el cañón contra su cuerpo. Noté un olor a orina y retrocedí un paso.

—Nos complace contar con su atención —dije—. Se lo voy a poner muy sencillo: a usted le obligarán a reunirse con gente de los Servicios de Familia, asistentes sociales, esa clase de chorradas. Le dirán que tiene que controlar su genio con Jennifer, especialmente después de haber sufrido este trauma. Usted hará caso o no hará caso. A mí me importa un bledo.

Aumenté la presión sobre su cuello. Su respiración se hizo más dificultosa y sus ojos se concentraron en el extremo hueco de la nueve milímetros. Con el rabillo del ojo, vi que una parte de la multitud agolpada fuera del cordón nos observaba a través de las vigas del tren elevado. Interpuse mi cuerpo entre él y cualquier posible audiencia.

—¿Me está escuchando? —dije—. No hable, basta con un gesto.

Movió una vez la cabeza.

—Voy a encargarme de controlar a Jennifer de vez en cuando. A ver qué tal le va el colegio. ¿Tiene alguna objeción?

Negó con la cabeza.

—Estupendo. Si me entero de algo (mañana, la semana que viene, el mes próximo, dentro de cinco años), si me llegan noticias de Jennifer, iré a buscarle. Y volveremos a hablar. Sólo que entonces se comerá una de éstas. Trágico suicidio. Estilo Chicago. ¿Usted cree que estas cosas no pasan aquí? Piénselo mejor. Y ahora salga de una puta vez de mi vista y vaya a consolar a su hija.

Lo solté y el tipo se fue al suelo. Trató de taparse el traje que ya había manchado. Yo regresé otra vez esquivando las vigas metálicas, crucé el callejón y pasé el cordón de cinta adhesiva.

La mayoría de la gente diría que sólo se trataba de un par de morados. Me pasé de la raya, tuve una reacción excesiva, hice más daño que otra cosa con tanta brutalidad. La mayoría de la gente, sin embargo, no se ha puesto nunca en la piel de un policía. Nunca han visto a una niña de diez años a la que su chulo pone en venta en una esquina y a la que luego le arranca la ropa y le da una soberana paliza. O a un niño de once años encadenado al radiador y alimentado con comida para perros por su madre por pura diversión. O a una chica de trece esposada sobre un colchón y obligada a abrirse de piernas hasta que acaba desgarrada por dentro y muere de camino al hospital. La mayoría de la gente no ve esta clase de cosas; una pequeña parte de lo que los adultos pueden hacer a los niños. Por eso la mayoría de la gente no tiene una reacción excesiva.

Caminé hasta la estación del tren elevado, pasé el torniquete y accedí al andén. Había un par de chicas cerca, las típicas adolescentes conectadas a sus Ipod y hablando al mismo tiempo. Una charla intrascendente: colegios, chicos, ropa, chicos, películas, chicos. Yo me senté y las escuché. Nunca me habían llegado a resultar tan agradables todas aquellas estupideces.

95

Capítulo 20

A la mañana siguiente, Jennifer era la noticia del día. Primera página del *Chicago Sun-Times*. Las víctimas de agresiones sexuales de doce años, sobre todo si son blancas, suelen ejercer ese efecto en los periódicos.

William Conlan aparecía también. Tres frases, cinco párrafos en todo el reportaje. Por lo visto, los viejos que viven solos no están tan cotizados.

Me encogí de hombros y di un sorbo a mi café. Al final de aquella misma semana caerían ambos en el olvido, barridos por el aluvión de nuevos crímenes, de nuevos cadáveres y nuevos reportajes.

En cuanto dieron las ocho, cogí el coche y me dirigí hacia el sur por Racine. Giré en Fullerton a la derecha, fui bordeando el parque Lincoln y seguí hacia el oeste en dirección al parque Humboldt. El sol brillaba con fuerza. No hacía muchísimo frío, pero el aire era gélido. Nevaría por la noche.

Aparqué a una manzana del apartamento de John Gibbons, abrí el maletero y saqué una bolsa de cuero. Si Gibbons estaba trabajando en la violación de Elaine Remington, debía tener un expediente en su habitación. Quizá la casera sabía dónde. Quizá no. En todo caso, tenía que estar en la casa. De ahí la bolsa de cuero.

En su interior había dos pares de guantes de látex, una linterna, cuerda y un juego de ganzúas. Me había fijado en una tarjeta clavada en el tablón de anuncios de la oficina de Mulberry. Era una cita con el médico para aquella mañana a las ocho y media. Me puse los guantes, me subí la cremallera del abrigo y consulté mi reloj. Las 8:45. Hora de ponerse en marcha.

La puerta resultó mucho más fácil aquella segunda vez. En menos de un minuto, las dos cerraduras cedieron y me encontré en el interior. La luz de la mañana se filtraba entre los árboles y proyectaba formas extrañas sobre las paredes. Encendí la linterna y crucé la sala de estar en dirección a la oficina donde la vieja guardaba sus libros de registro. La puerta estaba cerrada. La empujé.

Mulberry estaba sentada detrás del escritorio en una silla giratoria pasada de moda. Llevaba un vestido azul y un broche verde, el pelo recogido con horquillas y zapatos de tacón. Se había arreglado para su cita, aunque ya no necesitaba ningún médico. Ni ahora ni nunca.

Examiné más de cerca su cara. Tenía los ojos un poco salidos, la boca entreabierta y churretes de sangre seca bajo los orificios de la nariz, en los labios y la barbilla. Empujé suavemente el cuerpo con el pie, apenas unos centímetros. Una pierna se desplazó sobre la otra, descubriendo una masa de carne blanca surcada de venas, con una pizca de lividez debajo. Mulberry llevaba un rato muerta.

Me alejé del cadáver y recorrí todo el cuarto con la luz de la linterna. El archivador estaba abierto y su contenido esparcido por el suelo. No vi nada que valiera la pena tocar o llevarse. Rodeé con cuidado el escritorio y abrí los cajones. Allí tampoco había nada. Retrocedí, sentí un estremecimiento y miré a mi espalda. Un par de ojos brillaban en la oscuridad. *Oskar* se encaramó en silencio en el hombro de la casera. El cadáver volvió a desplazarse. El gato saltó blandamente al suelo. Advertí entonces que Mulberry tenía en un brazo las marcas de dos pinchazos rodeadas de un morado. Enfoqué la manga de su vestido y vi los dos agujeros correspondientes: eran los efectos de la clásica porra eléctrica que provoca descargas de 50.000 voltios en intervalos de cinco segundos. Lo suficiente para noquearte, aunque no para matarte. Por lo visto, alguien se había olvidado de explicárselo a Mulberry. Apagué la linterna y decidí echar un vistazo arriba.

La habitación de Gibbons estaba a mi izquierda. Un crujido del suelo de madera, sin embargo, me desvió hacia la derecha. Al final del pasillo había dos puertas. Giré el picaporte de la primera y la entorné; no había luz al otro lado. Alargué la mano y

97

palpé el suelo. Frío. Seguramente un baño. Empecé a cruzar el umbral, apenas unos centímetros. Oí un sonido metálico, sentí un pinchazo en el hombro izquierdo. Supe casi de inmediato lo que era, lo que se avecinaba. Y luego lo sentí.

La primera sacudida hizo su efecto porque me caí de rodillas. Estaba incorporándome cuando llegó la segunda ráfaga. Sentí que se me tensaba todo el pecho y que se me aceleraba el corazón. Otra ráfaga más y me encontré tendido en el suelo, con un Volkswagen encima y sin poder respirar. Mi último pensamiento antes de desmayarme fue que un ataque al corazón es un modo infernal de morirse.

Capítulo 21

*M*e desperté tendido en el suelo. Las luces seguían apagadas, la casa estaba en silencio. Oí un carrito de helados que recorría la calle tintineando, noté un soplo de aire y vi una esquirla de luz que rebotaba en el espejo del tocador. Me incorporé lentamente e hice inventario. Unas cuantas quemaduras, por supuesto, y el hombro dolorido por efecto de la porra eléctrica. Seguía vivo, sin embargo, y eso me daba cierta ventaja respecto al cadáver que estaba enfriándose en el piso de abajo. Me eché un poco de agua en la cara y luego miré por la ventana entreabierta.

Por allí debía de haber salido el tipo, seguramente recorriendo un trecho por el tejado y dejándose caer luego en el patio. No sabía por qué no me había matado. Quizá él creía que me había dejado muerto. Qué sería lo que andaba buscando era una pregunta aún más interesante.

Bajé al piso de abajo. Un reloj en la pared me informó de que ya era media tarde. Había estado desmayado bastante tiempo. Crucé de puntillas la sala de estar y el comedor. Mulberry seguía sentada en la oficina, muerta del todo. *Oskar* se deslizó junto a mí y subió de un salto al escritorio. Contempló a su dueña un momento y empezó a lamerle la sangre de la cara. Pensé que ya era hora de irse.

Dos manzanas más tarde, entré en un *drugstore* White Hen y compré aspirinas, agua y café. Conduje otro par de manzanas, vi una cabina de teléfono y avisé a la policía.

Mientras conducía hacia casa pensé en la vieja, en aquel punto de avaricia que tenía en la mirada, y me pregunté si no habría sido ella la que habría invitado a la muerte a cruzar el umbral de su puerta. Luego saqué un número de teléfono del bolsillo. Me dolía la cabeza, pero tampoco tanto. Había sido un largo día y no había nadie en casa esperando para hacerme la cena y vendarme las heridas. Se me ocurrió que me sentaría bien un trago. Y sabía exactamente dónde tomarlo.

Capítulo 22

*E*l bar resultaba muy cálido con sus paredes de madera y con una luz suave que se refugiaba en los rincones. Una mujer con un traje de *tweed* y un hombre con chaquetón marinero se apiñaban junto al fuego, alimentado con la cantidad justa de turba. Al otro lado, un viejo con un gorro de lana le daba un trago a su pinta de cerveza mientras su colega sacaba un *bodhrán*, un tipo de tambor irlandés, de su estuche. Un tercero se les unió con su acordeón. El de la pinta de cerveza tenía un violín en el regazo. Lo cogió con una mano y sostuvo el arco con la otra. Por lo visto, la sesión estaba a punto de comenzar.

—¿Qué desea?

El acento de la camarera era del oeste de Irlanda; de la zona de Galway. Sus rasgos, típicamente irlandeses, con la frente despejada, el pelo castaño y las orejas pegadas al cráneo. Tenía ojos azules e inquietos.

—Guinness —dije.

Me acomodé para disfrutar del ritual. El vaso limpio y bien sujeto en el soporte de latón. El chorro perfecto. Llenó tres cuartos del vaso y lo colocó sobre una caja de madera que había encima del surtidor. Mientras dejaba reposar la cerveza, limpió un cenicero, anotó un pedido y sirvió una Carlsberg. Luego terminó de llenar mi pinta, coronándola con una capa de espuma densa y dulce como la nata.

—Fantástico —dije con mi mejor acento irlandés.

—Déjese de comedias. Usted es un yanqui de los pies a la cabeza, y eso es lo que hay.

Le guiñé un ojo y ella me dedicó media sonrisa. Megan era lo mejor de The Hidden Shamrock y una de mis camareras favoritas. Yo no había cruzado aquella puerta desde hacía más de un año, pero daba igual. La Guinness que servían allí seguía siendo la mejor de Chicago. Gibbons lo sabía y había convertido el Shamrock en su local habitual. Llamé a la camarera otra vez y le pregunté por mi antiguo compañero.

—Ya lo creo que estuvo aquí —dijo—. El jueves por la noche. Se sentó un poco más allá de donde está usted ahora.

Megan le daba sorbos a una taza de té. Lo tomaba muy fuerte, con leche y dos terrones.

—¿Había una rubia con él? —pregunté.

—Sí. Ha estado viniendo casi todas las noches. Esa tipa no trae más que problemas.

Saqué un número de teléfono del bolsillo. El número que Elaine Remington había garabateado en mi espejo.

—¿Sigue siendo éste el número del bar?

—Sí.

—¿Un teléfono público?

Negó con la cabeza y señaló el teléfono que había detrás de la barra.

—Ya no tenemos teléfono público. ¿Para qué, con los móviles y todos esos cacharros de mierda? Además, esto parecía una puñetera centralita los viernes por la noche.

—Ya me lo imagino —dije—. ¿Hasta qué punto conocía a John?

—Como a cualquier otro cliente, ni más ni menos. ¿Tiene algún problema?

—Lo encontraron muerto el domingo por la mañana. En el muelle de la Navy.

Megan contempló un momento los posos del fondo de su taza. Luego seguí su mirada a través del local. Elaine Remington estaba en la puerta.

—Supongo que se refería a ésa.

—En efecto.

Me levanté del taburete y fui a su encuentro. Esta vez no llevaba pistola. O por lo menos no la apuntaba en mi dirección.

—Por fin aparece —dijo.

—¿Esperaba encontrarme aquí?

—Vengo casi todas las noches. Supuse que tarde o temprano acabaría presentándose. ¿Por qué no me invita a una copa?

Megan nos esperaba en la barra con una botella de Jameson en la mano.

—¿Lo de siempre? —preguntó.

Elaine asintió. Megan sirvió dos whiskys solos. Mi cliente se tomó el primero de un trago. Luego se inclinó hacia mí, por si tenía frío, supongo.

—Me tomo cada noche siete de éstos —me dijo.

—Tanto si los necesita como si no.

Pidió el tercero, se echó el segundo entre pecho y espalda y soltó una risita.

—Es usted un tipo guapo —dijo.

—Y usted habla demasiado.

—Aun así, lo es.

Había oído antes esa conversación entre una rubia y un detective. Elaine encendió un cigarrillo, me echó el humo a la cara y prosiguió.

—Gibbons era más bien como un padre. Ya sabe, esa clase de relación. ¿No quiere uno?

Me eché un poco hacia atrás y la observé trabajar. Ni el menor temblor en su mano mientras subía y bajaba el vaso. No parecía fácil.

—¿Por qué lo hace?

Se secó la boca y luego una pizca de humedad en el rabillo del ojo.

—Me mantiene en forma. Ya sabe, algunos se toman su café con leche. Yo me tomo siete. Y luego busco compañía.

El bar estaba en silencio ahora. Bueno, no realmente, pero lo parecía. Ella llenaba por completo mi campo visual y yo modelaba en torno a él toda mi mente. Aunque no quisiera, seguía sintiendo el calor. Algunas mujeres tienen ese efecto en los hombres. La charla absurda prosiguió.

—Déjeme preguntarle una cosa, señor detective. ¿Qué sabe usted sobre violaciones?

Me encogí de hombros.

—¿Ha conocido a alguna chica que haya sido violada?

—A muchas —dije.

—Me refiero a conocer realmente. En el sentido romántico.

Volví a encogerme de hombros. Ella afiló el cuchillo.

—¿Cree que podría, ya sabe, estar con ella después de algo

así? Déjeme expresarlo mejor: ¿después de que alguien la hubiera hecho suya de esa manera?

Miré hacia la barra. Más que nada porque no sabía adónde mirar.

—Eso es lo que pensaba —dijo y vació el cuarto whisky.

Yo la interrumpí e intenté arreglarlo.

—Usted fue tratada brutalmente y casi asesinada, Elaine. Eso es un acto de violencia, simple y llanamente.

—Respuesta de manual, señor Kelly. Eso es lo que enseñan en la academia de policía.

Hablaba en voz un poco más alta, aunque todavía controlada. Estaba borracha, pero no tanto como yo esperaba.

—Sé que fue policía. Me lo contó Gibbons.

Asintió con una pequeña sonrisa. De un modo astuto, aunque sin razón aparente. Luego cogió el cigarrillo, que estaba casi apagado en el cenicero, le dio una profunda calada y dejó salir el humo lentamente. Yo parpadeé y me la imaginé a los cincuenta y tres años, sola, en el bar de un hotel. Todavía capaz de provocar alguna mirada ocasional. Todavía dando guerra. Exhaló el resto del humo, que se mezcló con un rayo de luz procedente de la calle. Ahora tenía el rostro completamente relajado. O, también a los cincuenta y tres, convertida en una mujer con estilo. En la playa, bronceada, llena de salud, con chófer, con flores frescas en todas las habitaciones y el almuerzo servido en un patio junto con unos refrescos. Dos caminos. Su futuro puesto en una balanza. Como todo el mundo, tendría que elegir. Una pequeña decisión pondría las cosas en marcha, la conduciría por una u otra senda: cáncer de pulmón en un cámping de caravanas o un hogar en La Jolla, California. La elección estaba en su mano. Como todo el mundo, la tomaría y ni siquiera se daría cuenta.

—Su amigo estaba intentando ayudarme —dijo—. Al menos, eso me dijo. Y ahora está muerto.

—¿Cree que podría haber sido el tipo que la atacó?

—Lo he pensado.

Le di un sorbo a mi pinta y me concentré en un cartel que decía UN BUEN DÍA PARA UNA GUINNESS con un tucán negro debajo.

—Es algo que le da a uno que pensar —dije.

Sonrió otra vez de un modo que no era cálido ni tierno.

—Es algo que me hace cerrar con llave por las noches.

Megan se acercó. Elaine parecía estar mejor ahora y pidió un vaso de agua. Yo saqué un bloc de notas y un lápiz.

—¿Va a escribirme una carta? —dijo sacudiéndose el pelo suelto.

—Sólo pretendo poner en orden algunas ideas.

—Debería hacerse con un portátil.

—Y usted debería llevar correa.

—¿Qué le pasa, Kelly? Estamos los dos en el mismo bando. Usted necesita encontrar al asesino y, si no me equivoco, el asesino necesita encontrarme a mí. Todo encaja.

—Utilizarla como cebo es mala idea.

—¿Por qué?

—Por una razón. Los clientes muertos no suelen pagar.

—Todavía tengo la pistola.

A mí me encantó enterarme de que mi clienta iba armada aún y así se lo dije. Ella se mordisqueó una uña y se contempló en el espejo de detrás de la barra. Le costó un rato cansarse de eso. Luego se ventiló la sexta y la séptima copa. Sin ningún problema.

—La cuestión es, señor Kelly, que yo soy capaz de hacerlo.

Por si sirve de algo que lo diga, entre la nube de humo y el tono de la charla, ella encajaba en su papel a la perfección. Al menos aquella noche, en un bar caldeado, donde las palabras son palabras y no entrañan consecuencias.

Miré la vidriera que daba a la calle. Un polvo de nieve de finales de otoño caía rápida y blandamente, cubriendo el asfalto de la calle Halsted. La gente de Chicago lo llama «nieve del lago». Más allá del blanco de la nieve, se veía el resplandor de los neones y la maraña de tráfico y de gente. De pronto, una ráfaga de viento despejó el aire de nieve, se abrió un hueco entre los coches y una figura femenina cruzó la calle corriendo. Tenía la cabeza cubierta con un periódico. Saltó el río de hielo y nieve sucia de la cuneta y alcanzó la acera. Yo me disponía a desviar la mirada cuando ella alzó la cabeza. Por un momento, pareció como si Diane Lindsay supiera perfectamente dónde estaba yo y qué hacía en aquel lugar. Sólo por un momento. Luego la sorpresa inundó su rostro. Me hizo un gesto con la mano, se dirigió hacia la puerta y entró en el Shamrock.

—Disculpe un segundo.

Me levanté de mi taburete e intercepté a la periodista antes de que se acercara demasiado a mi cliente. No estaba seguro de si quería que se conocieran. Y aún tenía menos claro por qué. No importa: Diane pasó de largo por mi lado mientras Elaine se ponía de pie y se arreglaba con un par de gestos.

—Hola, soy Diane Lindsay.

Se estrecharon la mano como si llevaran tiempo esperándolo. Diane se sentó, Elaine también. Diane me hablaba a mí, pero mantenía la mirada fija en Elaine.

—¿La nueva clienta, Michael?

—Algo así —dije.

—¿Usted no sale por la televisión? —preguntó Elaine.

Diane se quitó unos guantes de cuero, se inclinó en su asiento y estudió a mi cliente como si se tratara de un vaso de leche caliente en un caluroso día de verano. Sólo cuando terminó se dignó contestar.

—Sí, trabajo en televisión. ¿Y su nombre es?

—Elaine. Elaine Remington.

—Encantada de conocerla, Elaine.

Diane me apuntó con un dedo.

—Si no le molesta que le pregunte, ¿para qué necesita a este tipo?

—No me molesta en absoluto. Fui violada cuando era todavía una cría. El señor Kelly me está ayudando a buscar a aquel hijo de puta.

—¿Puedo preguntar para qué?

—Más que nada para mirarle a los ojos, enseñarle las cicatrices y demostrarle que he sobrevivido pese a todo.

Elaine dio un sorbo al vaso de agua.

—Luego, por supuesto, rezaré una oración, sacaré mi pistola y lo mandaré directamente al Día del Juicio Final. Amén.

Elaine se rio con tanta fuerza que le salió el agua por la nariz y casi se ahoga. Yo miré a Diane, que se encogió de hombros. Mi cliente prosiguió.

—Era broma. Me crié en una familia baptista. Me encantan ese tipo de venganzas virtuosas. ¿Usted también tuvo una educación religiosa, señorita Lindsay?

—No demasiado.

—Pues yo sí. Yo y todas mis hermanas. Todavía permanecemos muy.unidas. La religión tiene ese efecto en las familias.

—Me imagino. Déjeme hacerle una pregunta, Elaine. ¿Recuerda los detalles de la agresión?

—Algunos. ¿Por qué?

—Es que resulta curioso —dijo Diane—. Después de todos estos años, aparece usted por aquí en busca del malvado, e incluso se las arregla para encontrar a un héroe.

Diane se inclinó hacia delante. Elaine hizo lo mismo.

—Como si tal vez todo fuera puro cuento, Elaine, si entiende lo que quiero decir.

Diane sonrió. Elaine le devolvió la sonrisa y se apartó la blusa del hombro, lo justo para mostrar el arranque de su cicatriz, todavía de color púrpura, todavía llena de rabia.

—Eche un vistazo, Diane. Éstas no te las regalan al grito de «simulemos que hemos sido folladas por un cierto tipo de pervertidos».

Diane se echó hacia atrás, apretó los labios y aún se las arregló para darle un sorbo a su pinta de cerveza.

—Lo siento. A veces los periodistas necesitamos poner a prueba a la gente.

—No pasa nada, señorita Lindsay.

Las dos mujeres chocaron sus vasos. Luego Elaine se puso de pie. Diane siguió su ejemplo.

—De hecho, me encantaría que me contara toda su historia algún día —dijo—. Y a los espectadores también.

Elaine, ya con el abrigo, se encogió de hombros, se puso unos auriculares y encendió un Ipod que llevaba en el bolsillo.

—Quizá —dijo—. Vamos a ver por dónde se decantan las cosas. Aquí tiene un número donde localizarme.

Le garabateó el número a Diane. Luego a mí.

—No se olvide de mí, señor Kelly.

—Descuide —dije.

Se me acercó y me abrazó. Fue medio incómodo, pero breve. Luego desapareció. Diane alzó un dedo.

—Tengo que hablar un segundo con ella —dijo, y salió tras Elaine Remington en medio de la nieve.

Capítulo 23

*L*e di unos sorbos a mi cerveza y observé a través de un re-molino de viento y nieve. Diane Lindsay estaba en la esquina de Halsted y Diversey, dándole la espalda al lago y sacudiéndo-se de la cabeza y de los hombros el azote furioso de la tormen-ta. Elaine se acurrucaba junto a ella, balanceaba su peso a uno y otro lado y pateaba el suelo en medio de la noche. Ahora Dia-ne se inclinaba hacia delante mientras hablaba y llenaba el es-pacio entre ambas con una sensación de energía que se percibía a distancia. Elaine se apartaba de ella un poco, de un modo su-til pero indudable, con el pie más atrasado aguantando todo el peso de su cuerpo. No parecía que dijera gran cosa. Más que nada escuchaba mientras Diane no paraba de gesticular. Yo me preguntaba qué cosa podía retenerlas tanto rato. Me pregunta-ba cómo le estaría yendo a la reportera. Parecía una tarea dura la que se había propuesto.

Diez minutos más tarde, Diane regresó al bar. Yo me había trasladado a un cubículo de la parte trasera y estaba dando buena cuenta de un plato de salchichas con puré de patatas. A mi izquierda tenía el bloc de notas y el lápiz. Había en sus pá-ginas pensamientos variados, tal como me habían venido a la cabeza.

—¿Qué tienes en ese bloc? —preguntó.

—Me estás tapando la luz.

Diane se sentó. Megan anotó su pedido.

—Este cubículo es mío, ¿sabes? —dije.

—¿Quieres que me vaya?

—No, puedes quedarte.

—¿Qué tienes en ese bloc, pues?

Le di la vuelta para que pudiese leer mis garabatos.

—Estoy tratando de aclarar cuántas personas han contratado mis servicios en los últimos dos días y para qué. Y la conclusión a la que llego es que tengo al menos dos nuevos clientes.

—Uno de los cuales está muerto.

—Exacto. Y luego estás tú.

—¿Yo salgo ahí?

Se acercó un poco el bloc con la mano. Yo tiré de él. Sus uñas, pintadas de rojo oscuro, arañaron la página. Un chirrido apagado, pero a su manera violento.

—Consíguete tu propio bloc —dije—. ¿Cómo te ha ido con ella?

Diane se encogió de hombros.

—No me ha ido mal. Podría hacer un par de cosas con su historia. Sólo quería explicarle cuáles son las opciones, para que se lo pensara.

Megan le sirvió un whisky caliente. Desde el otro lado del cubículo olí el Jameson perfumado con clavo. Una bebida estupenda para una noche de principios de invierno.

—¿Qué te ha parecido? —pregunté.

—¿Tu clienta?

Asentí.

—Tiene problemas.

—¿Tú crees?

—Sí.

—¿Por qué la has acosado de esa manera?

—¿Por qué no? A veces, es la única manera de pillar a la gente con la guardia baja, de sacarles la verdad lo quieran o no.

—¿Y? —pregunté.

—La violaron.

—Sí, es cierto. Y para ella es como si hubiera ocurrido ayer.

—Lo cual puede resultar peligroso.

—Lo sé —dije—. Gibbons estaba trabajando en su caso cuando lo mataron.

—¿Cómo es que heredaste su lista de clientes?

Moví los hombros. Hacia arriba, luego hacia abajo, un par de centímetros. Diane aguardó un momento, luego cambió de tema.

—He oído que estuviste retenido en la oficina del fiscal para mantener una charla sobre Gibbons.

—¿Te has enterado de eso?

—Sí.

Diane miró su reloj.

—También me han dicho que ya no te consideran sospechoso.

—¿Y eso estropea tu gran reportaje?

—Dímelo tú.

—Todavía queda el asesinato —dije—. Todavía queda por resolver la antigua violación. Si quieres apuntarte, quizá resulte interesante.

—¿Ésa es toda la información que tienes? —preguntó.

—¿Qué más debería saber?

—Justo antes de salir de la redacción, registramos un aviso de la emisora de la policía. Han encontrado el cadáver de una mujer en casa de Gibbons.

—¿Y?

—Hice una llamada. Era su casera. Una mujer llamada Edna Mulberry.

Diane le dio un sorbo a su whisky, se arrebujó en su abrigo y miró por la ventana. En la calle Halsted la nieve seguía cayendo, ahora más densa y con más fuerza.

—Es duro cuando la muerte pasa tan cerca —dije.

—Yo hablé con ella hace dos días, Kelly.

—Y yo la vi ayer.

—A mí no me fue de gran ayuda.

—Lo sé.

No estaba seguro de si estaba jugando a póquer o consolando a una amiga. Pensé que era más seguro dar por sentado lo primero. Al menos, hasta nueva orden.

—¿Estás siendo sincero conmigo, Kelly?

—Quizás. ¿Y tú?

—Yo estoy un poco tocada.

—Se llama muerte. A mí solía atacarme en la columna. Me entraba frío por todo el cuerpo.

—¿Se acaba superando?

—Por desgracia, sí. Pero créeme: quedas mejor parado cuando te provoca náuseas. Eso demuestra que eres humano.

Diane apartó su copa y se puso los guantes.

—¿Vives por aquí cerca, Kelly?

—A un par de kilómetros.

—¿Está bien caldeado?

—Se puede intentar —dije.

—Pues vamos.

Salimos del Shamrock y nos internamos en una especie de relación. A corto plazo, me apetecía. A largo plazo, quizá no tanto.

Capítulo 24

*M*e quedé dormido con una mujer a mi lado, pero me desperté solo. El teléfono estaba sonando y cogí el auricular pensando que sería Diane Lindsay para explicarme por qué. Pues no exactamente.

—Estoy a veinte minutos de su casa. Creo que sería buena idea pasarme por ahí para charlar un poco.

Su voz sonaba desganada. Me hacía pensar en largas tardes en un bar oscuro, donde los parroquianos consumen whisky barato y humo reciclado y donde cada uno mira fijamente a su respectivo pasado. En otras palabras, su voz no sonaba bien. Especialmente, a las nueve de la mañana.

—Y buenos días tenga usted, detective Masters.

—Sí, eso. ¿Quiere café?

—Hay un Dunkin' Donuts en Clark y Belmont. Tráigase un par. El mío, estilo Boston.

El detective colgó antes de que pudiera explicarle que era con nata y azúcar. Quizá ya lo sabía.

Me restregué la cara ante el espejo del baño, me di un minuto y luego dejé de lado la noche anterior. Ella me había preguntado por qué no me quitaba la camisa. Yo le dije que soy un tipo modesto, y eso le pareció simpático. La verdad, sin embargo, me estaba mirando desde el espejo: dos morados con dos pequeños pinchazos en la zona donde un asesino me había usado como acerico.

Apenas había terminado de ducharme y de vestirme cuando Masters llamó al timbre. No sonreía precisamente, pero al menos traía los cafés y una bolsa llena de lo que supuse serían donuts. Nos sentamos ante la mesa de la cocina, nos partimos la media docena de dónuts rociados con miel, nos servimos los cafés y fuimos al grano.

—Permítame que le haga una pregunta, Kelly. ¿Hace usted un esfuerzo para ser un capullo de mierda o es algo genético?

Le di un sorbo a mi café y saboreé el momento. Es importante hacerlo cuando se trata de un buen momento. Una vez que abres la boca, se transforma en otra cosa. Quizá mejor; probablemente, peor.

—¿Cuál es exactamente el problema, detective?

—Ya sabe cuál es el problema. ¿Qué demonios estaba haciendo en el almacén de pruebas?

—Trabajar en un caso.

—¿Eso es lo único que tiene que decir?

Mojé un dónut, pero lo mantuve demasiado rato en el café y perdí la mitad.

—Maldita sea —exclamé—. No soporto que me pase esto.

—Por los clavos de Cristo —dijo Masters haciendo ademán de marcharse. Yo lo detuve.

—¿Quiere un chorro de algo en el café?

—¿Quiere dejar de hacer el capullo?

Asentí. El detective apuró su taza y me la acercó.

—Guárdese el café y venga ese chorro.

Me hice con una botella y serví una dosis para cada uno.

—Fui allí para hablar con Goshen sobre la violación de Elaine Remington. Simplemente para husmear.

—¿Qué encontró?

—Nada —dije. Eso era mentira. Ocurre a veces.

—El fiscal ya no le considera sospechoso en el asunto Gibbons —dijo Masters.

—Lo sé. Siempre ayuda tener alguna prueba.

—A veces hay que intentarlo, Kelly. Ya sabe cómo funcionan estas cosas.

Me vino a la mente la imagen de Gerald O'Leary y asentí.

—¿Sin rencores? —preguntó el detective.

Me encogí de hombros.

—Muy bien. Hablemos de Mulberry —dijo.

Levanté una ceja y oculté con un dónut el resto de mi rostro.

—Vamos, Kelly. Sé que habló con la casera. Tengo incluso la sensación de que quizá fue usted quien encontró el cadáver. O sea, que hablemos del asunto.

113

—¿Mulberry está muerta?

Masters se removió en su asiento, respiró hondo y luego suspiró. Estaba tratando de pescar algo y los dos lo sabíamos.

—Sí, está muerta. El asesino dejó el lugar patas arriba. Suponemos que se trató de un robo. Si usted supone otra cosa, ésta es la ocasión de decirlo.

El detective se echó hacia atrás, le dio un sorbo a su Jameson y aguardó. Yo me tomé un minuto, que en realidad no necesitaba, y respondí:

—Creo que Gibbons le dio algo o dejó algo en su habitación. Fuera lo que fuese, les costó la vida a ambos.

—Déjeme adivinar —dijo Masters—. ¿Usted cree que tiene algo que ver con el asunto Remington?

—Sí.

—¿El asunto que le llevó al almacén de pruebas?

—Es sólo una teoría.

—¿Y por qué?

—Gibbons había trabajado en el caso como patrullero —expliqué—. Remington lo localizó años después y le pidió que le ayudase a resolverlo. Luego lo mataron a él.

—Y eso es todo.

—Por ahora.

Masters me miró de mala gana. Apuró su whisky con un poco de sifón y se puso de pie.

—Voy a ver los resultados de la autopsia. ¿Quiere acompañarme?

—No, gracias.

—¿Qué va a hacer usted?

Saqué un volumen de Cicerón del cajón de la derecha y se lo mostré.

—Leer —dije. Masters echó un vistazo al título, sacudió la cabeza y se fue.

Dejé el Cicerón sobre la mesa y saqué del cajón de la izquierda un antiguo expediente de homicidio. El tren elevado retumbó cerca, sonó un claxon y se oyó a los lejos un rumor de tormenta. Yo no me di cuenta. Seguí pasando páginas y leyendo.

Capítulo 25

*E*l paquete había llegado por FedEx justo antes de que aparaciese Masters. Yo sabía que Mulberry no era lo que se dice una naturaleza generosa; si se había decidido a hacer semejante envío, seguramente valía la pena echarle un vistazo, y no con un poli de Chicago espiando por encima de mi hombro.

La casera no había incluido una nota ni una explicación, sólo un antiguo expediente policial. En su momento, habría sido descrito como un «expediente extraoficial». Los policías de Chicago eran conocidos por ellos. O sea, un duplicado del expediente oficial, sólo que con unas cuantas cosas que quizá fuese mejor que la defensa no supiera.

¿Encontrabas una huella que no encajaba? Abrías un expediente extraoficial.

¿Manchas de sangre que no querías que apareciesen en el juicio? Las metías en el expediente.

¿Un testigo potencial que te iba a desbaratar la acusación? Lo enterrabas en el expediente extraoficial.

Contribuía a que las cosas avanzaran una vez que llegaban a juicio. Naturalmente es ilegal, es inmoral y provoca que vayan a la cárcel personas inocentes. Pero, bueno, en la gran ciudad las cosas a veces funcionan así.

Aquel expediente constaba de diez páginas: copias de papel carbón de color rosa, sin duda mecanografiadas en una de las máquinas de escribir eléctricas que había visto en Town Hall. El nombre de Elaine Remington figuraba en la primera página: un informe escrito ni más ni menos que por el sargento John Gibbons en persona. El resto no parecía gran cosa. Un informe del médico que atendió a Elaine sobre el terreno, otro de la enfermera de Urgencias y el de seguimiento que había realizado el compañero de Gibbons y que estaba firmado también por el oficial al mando, Dave Belmont.

Pasé deprisa todas las páginas hasta la última, esta vez una copia de papel carbón de color verde de la oficina del fiscal. Material de rutina también: «Agresor desconocido ataca a una mujer blanca. Sin restos forenses aprovechables. Sin sospechosos conocidos. Se efectuará seguimiento. Firmado: Bennett Davis, ayudante del fiscal del distrito».

Bennett llevaba tres años en su puesto en 1997. Ya era una estrella. El nombre de Elaine Remington probablemente no le diría nada, pero me hice una nota mental para preguntarle.

Volví al principio del expediente y empecé a leer. Apunté en un bloc de papel rayado cada uno de los datos que podían constituir una información. Los reorganicé e intenté buscar las conexiones entre ellos. Además de Davis, había al menos cuatro nombres en mi lista, gente con la que tenía que hablar. Cogí el teléfono y empecé a hacer llamadas.

Una hora y media después, sabía más cosas y las entendía menos. Había empezado llamando a un amigo de la oficina del secretario de estado de Illinois. Por diez dólares puedes obtener una copia del permiso de conducir de cualquier persona, que incluye entre otras cosas su dirección. El proceso suele requerir dos semanas por correo. Mi amigo lo hace por teléfono bajo mano.

El primer nombre que le pasé fue el del jefe de Gibbons, Dave Belmont. Dejó de renovar su permiso en 2004 cuando murió de un ataque cardíaco masivo, lo cual tenía sentido para mí.

Los siguientes fueron Joe Jeffries y Carol Gleason. Jeffries conducía la ambulancia que llevó a Elaine al hospital; Gleason era la enfermera de urgencias. Según el Departamento de Vehículos Motorizados, los dos habían cambiado de estado: Jeffries se fue a California y Gleason a Arizona.

Me metí en Internet y busqué sus nombres en Google. Nada. Probé con algunas variantes en otros buscadores. Nada tampoco. Luego me zambullí en Nexis, una base de datos de recortes de prensa.

En 2003 el *San Francisco Chronicle* publicó un recuadro de doscientas palabras sobre un tal Joe Jeffries, que había quedado primero en un concurso de pesca de lubina. La fotografía mostraba a un niño de diez años sosteniendo un pescado más grande que él. Tipo equivocado. En 2004, una tal Carol Gleason se zampó trece perritos calientes en tres minutos y se proclamó ganadora del Concurso de Perritos Calientes del Día del Trabajo en Tucson. Podría ser mi chica. Saqué una pequeña biografía y descubrí que Carol era ama de casa y que había residido toda su vida en el desierto. Taché a la reina del *hot-dog*.

Luego accedí a una parte del periódico en la que todo el mundo acaba teniendo su oportunidad: la sección de necrológicas. Jeffries me costó una hora. El conductor de la ambulancia murió en 2000 en la habitación de un hotel, cerca del muelle de los Pescadores de San Francisco. El periódico hablaba de circunstancias sospechosas sin añadir nada más. Imprimí la noticia y me puse a trabajar en Gleason. Ella me costó un poco más, pero al final la encontré en un recorte del *Arizona Republic*. Un solo párrafo: enfermera retirada, oriunda de Chicago, cuarenta y tres años, muerta en 2002 de un disparo durante un robo en su propia casa. Había una fotografía de ella con su uniforme de enfermera y muy sonriente. El texto decía que dejaba marido y cuatro hijos y que todo el mundo la echaría de menos. Fin de la tragedia. Siguiente.

El nombre que quedaba en mi lista era el de Tony Salvucci, un sargento en funciones administrativas que se hizo cargo del sospechoso de Gibbons. Éste fue fácil de localizar porque permaneció en el Cuerpo y llegó a ser teniente antes de que lo matasen a tiros. Dos en la cabeza en 2004, en un callejón del sur de Chicago. Conocía la zona; no era precisamente un gran lugar para morirse, aunque la verdad es que nunca he encontrado ninguno que lo sea.

Busqué el número de la brigada criminal de Phoenix e hice una llamada al desierto. Le dije a una mujer que tenía información sobre un antiguo asesinato, le di el nombre de Carol Gleason y esperé diez minutos.

—Detective Reynolds, ¿en qué puedo ayudarle?

Sonaba viejo y cansado, un poli sin familia ni amigos, envejecido prematuramente y no muy contento de estarlo. En otras palabras, justo lo que andaba buscando.

—Michael Kelly. Investigador privado de Chicago.

117

—Nos alegramos por usted, Kelly. ¿En qué puedo ayudarle?

—Me gustaría conseguir alguna información sobre un viejo homicidio. El nombre de la víctima es Carol Gleason.

Reynolds no perdió ni un segundo en responder.

—Mire, Kelly, ahora tenemos estos teléfonos nuevos. Me costó una semana y media aprender a contestar con el maldito cacharro. El caso es que hay una gran pantalla que viene con el teléfono y que me dice con quién estoy hablando, supongo que por si soy tan capullo como para olvidarlo. También me dice quién está en espera y por qué quiere hablar conmigo. De manera que estoy mirando ahora la pantalla y aquí dice: «Kelly, Michael. Afirma que tiene información sobre el asesinato de Carol Gleason». La parte operativa de la frase es: «tiene información». No «quiere información», la tiene. Porque si pusiera «quiere información» puede estar seguro, maldita sea, de que no hubiera atendido la llamada. Así pues, ¿en qué puedo ayudarle exactamente?

—Perdone, detective. Se habrá producido un error en el ordenador.

—Ya. Que se joda el ordenador.

—Exacto —dije—. Escuche, si me da sólo diez minutos...

—Le doy la mitad.

—¿Se acuerda del caso?

—Yo me encargué de la escena del crimen. Debe de hacer cuatro, cinco años. Un disparo en el pecho. Nunca se resolvió. Para decirle la verdad, fue un poco raro.

—Raro, ¿por qué?

—Bueno, lo que dijimos a la prensa fue que se trataba de un asalto, un robo que salió mal, en fin, esa clase de caso. Pero, para mí, no acababa de encajar en ese esquema.

—¿Por qué no?

—Vamos a ver, Kelly, ¿le importaría decirme por qué le interesa esta historia? Antes de que siga adelante y vaya demasiado lejos.

Le expliqué quién era Carol Gleason en otra vida, en otra época.

—O sea, ¿que ella era la enfermera que se hizo cargo de esa agresión sexual?

—Exacto.

—Y su nombre aparece en su antiguo expediente.

—Eso es.

—Todavía no veo qué relación puede tener su muerte.

—No estoy seguro de que tenga relación —dije.

—Pero quiere asegurarse.

—Algo así.

Hubo una pausa. Densa. Luego Reynolds se decidió.

—A primera vista parecía un robo. La puerta delantera forzada; indicios de lucha en la sala de estar. El problema es que no faltaba nada. Las joyas y el dinero de arriba, intactos.

—¿Violación?

—Nada.

Oí ruido de papeleo mientras Reynolds sacaba el expediente.

—Luego estaban las fotos de la autopsia —dijo el detective—. Esto no se reveló a la prensa. A Gleason la ataron antes de dispararle. Trató de zafarse. Tenía morados considerables en los brazos y las muñecas.

—Suena a ejecución.

—Exacto. Y ahora aparece usted con su nombre en un antiguo expediente. Y me pregunto si no será ésa la conexión que faltaba. Quizá la mataron por eso.

—O quizás estemos persiguiendo a los mismos fantasmas.

—Podría ser. Le propongo una cosa, Kelly. ¿Por qué no intercambiamos los expedientes? Usted accede a los archivos del homicidio de Carol y yo echo un vistazo a su expediente extraoficial. Para ver si algo encaja.

Acepté. Reynolds me prometió que haría una copia del expediente de Gleason y me la mandaría por FedEx.

—De la manera que trabajan aquí, quizá tarde una semana o así —dijo el detective de Phoenix.

—Tendrá una copia de lo mío a finales de esta semana.

—Está bien, Kelly. Avíseme si encuentra algo.

Colgué, rodeé con un círculo el nombre de Carol Gleason y marqué el número de móvil de Masters.

—Sí.

—Soy Kelly de nuevo.

—Ya.

—¿Qué tal la morgue?

119

—Dando saltos de alegría. La casera de Gibbons le manda recuerdos.

—¿Cómo murió?

—Eso no es asunto suyo, qué demonios.

Esperé. A veces, basta con eso.

—Shock eléctrico masivo —dijo.

—¿Accidental?

—Con una porra eléctrica. El forense dice que el aparato debía de estar trucado para administrar el doble de la dosis normal. Al menos 100.000 voltios. Le destrozó el corazón.

Tragué saliva y comprobé mi pulso sobre la marcha: 100.000 voltios y todavía seguía con su tictac.

—¿Kelly, sigue ahí?

—¿Conoce a un policía llamado Tony Salvucci?

La voz del detective me llegó ahora con un matiz de irritación.

—Lo conocía. Lo mataron en un tiroteo hace dos años. ¿Qué pasa con él?

—Está relacionado con la violación de Remington.

Oí el zumbido del tráfico a través de la línea y, de repente, el rugido de la bocina de un camión.

—¿Cómo es eso?

—Él se hizo cargo del informe de Gibbons. Y fichó al sospechoso.

—¿Cómo ha encontrado su nombre?

Esperaba esa pregunta, pero seguí como si nada.

—Mire, Masters, aún no sé cómo encaja todo esto, pero eso no quiere decir que no vaya a acabar encajando. Me gustaría echar un vistazo al expediente de la muerte de Salvucci.

—¿Del asesinato de un policía? Ni hablar.

Me lo había temido y tenía preparada una petición de reserva.

—¿Y el expediente de Remington? Todo lo que tenga sobre el caso.

—¿Qué sabe usted sobre casos antiguos reabiertos?

—Miro en la CBS a la rubia de *Caso abierto*.

Me llegó a través del teléfono una especie de resuello. Pareció costarle un esfuerzo, pero no colgó.

—Tenemos ahora una brigada especializada en casos antiguos. Se dedica a aclarar antiguos crímenes. Utilizan mucho el ADN y todas esas chorradas.

—Impresionante ¿no?

—Quién sabe. ¿Ha visto alguna vez a Bill Kurtis en el canal A&E?

—¿El tipo con esa voz tan grave? —dije.

—Es de Chicago. Muy amigo del alcalde. La cuestión es que tiene un programa. No el de la rubia. Estos tipos hablan de casos reales.

—*Expedientes fríos.*

—¿Lo sigue?

—Lo vi una vez.

—Presenta antiguas investigaciones con todos los datos forenses.

—Un *CSI* con casos reales.

—Como quiera. Bueno, Kurtis le estuvo dando la lata al alcalde sobre el asunto, diciéndole que hay policías por todo el país resolviendo casos antiguos y que en Chicago nadie ha hecho absolutamente nada. De manera que ahora tenemos una brigada de casos antiguos. Tienen todos esos expedientes amontonados en alguna parte.

—Entonces, ¿hablo con ellos sobre Remington?

—No se moleste. Les he pasado el número del caso después de que habláramos esta mañana. La brigada no tiene ese expediente.

—¿Y deberían?

—Sí, alguna cosa deberían tener. Lo cual me lleva a preguntarme cómo puede usted sacar nombres de un expediente que el Departamento de Policía de Chicago dice que no existe.

Me daba cuenta de que Masters quería colaborar. Y también me daba cuenta de que yo necesitaba a alguien de mi lado.

—Tengo un expediente extraoficial del caso.

—Que encontró en casa de Mulberry.

—No. Mulberry me lo envió por FedEx. Lo recibí esta mañana, justo antes de llegar usted. Tengo el resguardo para probarlo.

—Puede ser. Pero usted estaba en la casa.

Me pregunté cómo lo sabía. Con policías veteranos como Masters, a veces se trata de pura intuición.

121

—De acuerdo, estaba allí. No toqué nada. Y di el aviso.

Silencio.

—¿Quiere ver el expediente?

Más silencio. Por fin dijo:

—¿Conoce el Mr. Beef de River North?

Yo no sabía de nadie en Chicago que valiera la pena que no conociese The Great Beef en la calle Orleans.

—Mañana, a las doce y media —dijo el detective—. Traiga el expediente o no se moleste en venir.

Masters colgó. Volví a hojear el antiguo expediente, tratando de encontrar algo que pudiese valer la vida de una persona. Fue inútil. Luego saqué la blusa que había encontrado en el almacén de Goshen e hice una última llamada.

Después de colgar, me quedé con una sensación de culpa. Sólo un rato. Luego se disipó, como de costumbre. Se trataba de una antigua amistad, demasiado antigua para no echarme una mano. Y yo lo sabía.

Capítulo 26

*E*l Centro Científico Forense del estado de Illinois está ubicado en la manzana del número 1900 de West Roosevelt Road, a un par de kilómetros del lugar donde la vaca de la señora O'Leary le dio la coz al farol que quemó la ciudad entera.[3] Llegué allí justo cuando acababan de dar las seis. El laboratorio era grandioso y parecía vacío. Nicole estaba sentada en su cubículo.

—Déjame verlo, Michael.

Puse el expediente extraoficial sobre su escritorio. Ella alzó la nariz. Yo no sabía si era un gesto dirigido a mí, al expediente o a ambos. Luego se puso unos guantes de látex y empezó a pasar páginas.

—¿Sacaste este expediente de la casa de esa mujer?

—Me lo envió ella.

—¿La casera de Gibbons?

—Sí.

—¿Y ahora está muerta?

—Electrocutada.

—¿Un accidente?

Negué con la cabeza.

—No es probable. Por cierto, el fiscal del distrito me exonera de cualquier cargo respecto a Gibbons.

—Tal como Bennett prometió.

—Él raramente se equivoca.

—Me alegraré por ti mañana —dijo Nicole—. ¿Qué es lo que quieres ahora?

---

3. Según una leyenda periodística, el Gran Incendio de Chicago (1871) se originó en el establo de una tal Catherine O'Leary, cuando su vaca *Daisy* derribó un farol de una coz. *(N. del T.)*

Saqué una hoja del expediente con el informe hospitalario y se la entregué.

—Es de la enfermera de urgencias en 1997. Dice que mi clienta fue intervenida quirúrgicamente cuando ingresó.

—¿Elaine Remington?

—Sí. He llamado al hospital, pero se niegan a darme más información.

—Fue hace casi diez años. Quizá ya no tengan nada. Y aunque lo tuvieran, no creo que fuese de gran ayuda.

—¿Y un kit de violación?

—Si el hospital recogió un kit, tendría que tenerlo la policía.

—Eso espero.

Nicole cerró el expediente y lo empujó hacia mi lado.

—Llévatelo. Yo no lo he visto.

Me lo guardé en la chaqueta y esperé. Nicole suspiró y se acercó a una ventana.

—¿Qué sabes realmente sobre violaciones, Michael?

—Es la segunda vez que me lo preguntan en los dos últimos días.

La figura de Nicole se reflejaba con una delgadez inverosímil en el cristal curvo. Tras una pausa, se volvió hacia mí.

—No me refiero al acto en sí mismo, me refiero a algo que quizás es peor: en el laboratorio lo llamamos el aspecto político de la violación. Puede llegar a ser algo muy escurridizo. Quiero decir: en un asesinato la víctima está muerta. Tienes esa certeza. En una violación..., no tanto.

Cruzó la estancia, puso su tarjeta de identificación sobre un escáner y abrió una gran puerta gris.

—Ven.

Entramos en una sala frigorífica llena hasta el techo de estantes de acero con kits de pruebas forenses.

—Aquí están los casos antiguos de violación del condado de Cook.

—¿Cuántos tenéis?

—En esta sala hay casi mil quinientos kits. Todos ellos contienen semen u otro fluido corporal que debería someterse a un análisis de ADN.

Solté un silbido.

—Esto no es nada —dijo Nicole—. En el sur de la ciudad

tenemos un antiguo matadero reconvertido en almacén frigorífico. Allí hay otros mil quinientos.

—¿Todos a la espera de ser analizados? —pregunté.

—Es difícil de decir. Hay muchas pruebas que son demasiado antiguas y se han degradado. No queda tanto que analizar. Pero, aun así, conseguimos algunos resultados positivos.

—¿Cuántos?

—Yo he analizado personalmente como un centenar de kits antiguos y he obtenido diez positivos.

—¿Alguna condena?

—Ocho de esos diez. Y todavía mejor: acabamos relacionando a tres de los agresores con otros casos. Uno de esos tipos había violado a veinte mujeres y matado a dos de ellas.

Salimos de la sala frigorífica y Nicole cerró de un golpe la puerta.

—El problema es que estoy yo sola.

—Y que hay miles de kits.

—Exacto. Además, cada análisis cuesta dinero; hasta cinco mil dólares puede llegar a costar un análisis de ADN. Y ahí es donde se complican las cosas.

—Tienes que decidir cuál se analiza y cuál no.

—En realidad, eso lo decide el fiscal del distrito.

—¿Qué casos acaban enterrados?

—¿A ti qué te parece?

—Me imagino que no se analizarán demasiados kits procedentes de las damas de la noche.

—Las putas no son violadas en el condado de Cook, ¿no lo sabías? ¿Y qué me dices si eres negra? La próxima orden de prioridad que reciba para analizar el kit de una mujer negra... será la primera.

—Conozco a una periodista con la que tendrías que hablar.

—¿Diane Lindsay? No es tan fácil, Michael. Si quiero continuar en mi puesto.

—Piénsalo.

—Hablemos de tu clienta. Ella no es una prostituta y tiene la suerte de ser blanca. El problema es que no es nadie. Un caso demasiado antiguo que todo el mundo ha olvidado.

Nicole se sentó ante la pantalla del ordenador y tecleó los datos de Elaine.

—Veamos qué es lo que tenemos. Será cosa de un minuto.

Volví a entrar en la sala frigorífica y me dediqué a leer etiquetas mientras ella trabajaba. Cada kit tenía el nombre de la víctima y la fecha de la agresión. Tras el nombre de la víctima había una serie de fechas y de letras rodeadas con un círculo. Le pregunté a Nicole, aunque ya me imaginaba la respuesta.

—La F significa «fallecida» —dijo—. La A significa que el delito fue acompañado de una agresión violenta. Le dije a mi jefe que yo creía que todas las agresiones sexuales eran violentas.

—¿Y estabas equivocada?

—Fíjate en las violaciones durante una cita. La chica que bebe demasiado en una fiesta. Esos casos van a parar al final de la lista en lo que se refiere a la práctica de análisis. Es lo que llamamos el síndrome «ella se lo buscó».

Nicole levantó la vista de la pantalla y continuó tecleando.

—Tengo a tu chica. Por lo visto, todas las pruebas físicas, incluido el kit de violación, fueron destruidas en 2004.

Palpé el sobre acolchado que llevaba en el bolsillo. En su interior, una blusa cubierta de sangre. Por el momento pensé que era mejor hacerse el tonto. Cosa que, además, se me daba muy bien.

—¿Por qué habrán hecho una cosa así?

—Porque ha prescrito el período legal. Técnicamente, el fiscal del distrito podría ejercer aún la acusación si obtuviera una identificación mediante ADN. Pero en los casos en los que no se ha identificado al sospechoso las pruebas suelen destruirse.

—Lo cual no tiene mucho sentido, ¿no?

—Actualmente, no. Yo puedo obtener ADN de una muestra de hace cincuenta años.

Mi amiga se encogió de hombros.

—Como te he dicho, no puedes entender realmente lo que es la violación hasta que no entiendes sus aspectos políticos.

—Pero ¿tú puedes analizar pruebas tan antiguas?

—Te lo acabo de decir, Michael. ¿Qué es lo que quieres?

—Quizás un pequeño análisis de ADN. Entre tú y yo.

—¿Estamos hablando de esa mujer?

Asentí, saqué el sobre y lo dejé encima del escritorio. Nicole lo miró sin tocarlo.

—O sea, que algo sí tenías.

—Del almacén de pruebas. Sin nombre, sin número y convenientemente traspapelado.

Nicole se puso unos guantes nuevos, cogió el sobre y examinó su sello.

—¿Lo abriste tú?

—Hace un par de días. El sello estaba fechado y firmado. Esas iniciales son de Gibbons.

—¿Y la fecha?

—La del día de la agresión de Elaine Remington. Hace nueve años.

Miró por el lado abierto del sobre y luego lo sacudió para que saliese la blusa. Examinó con los dedos los agujeros de las puñaladas.

—¿Cuántas veces fue apuñalada esta mujer?

—No estoy seguro, aunque yo diría que unas quince.

—¿Y dices que sobrevivió?

—Más o menos. Se toma siete whiskys al día. Aunque se le da bastante bien.

—Debe de tener serios problemas.

—Seguramente. Ahora se ha convertido en mi cliente, y éste es su intento definitivo de encontrar una respuesta.

Nicole volvió a meter la blusa en el sobre, pero no lo cerró.

—Sígueme.

Cruzamos una serie de puertas y un pasillo hasta llegar a otro laboratorio completamente blanco.

—Ésta es la zona preliminar de extracción de ADN. Lo primero que he de hacer es examinar la prenda y averiguar qué tipo de pruebas podría practicar.

—¿Estás segura de querer hacerlo?

Nicole extendió la blusa en la mesa de reconocimiento y me tendió unas gafas.

—Dejemos eso. Y ponte las gafas.

Sacó un instrumento alargado de una funda adosada a la mesa y apagó las luces.

—Esto es un láser ultravioleta. Lo usamos para buscar fluidos corporales que el ojo humano no puede detectar a simple vista.

Mientras hablaba, una intensa luz de color verde iluminó

127

una parte de la blusa desgarrada. Nicole continuó hablando mientras recorría la prenda con aquella luz.

—Las diferentes longitudes de onda de la luz reaccionan con los diferentes fluidos y hacen que brillen de un modo peculiar. Dependiendo de cómo ajuste el láser, puedo detectar manchas de sangre, de saliva y, por supuesto, las más populares: las de semen.

—¿De qué color es el brillo del semen?

—El color de la suerte es el amarillo. Más o menos como ese de ahí.

Nicole señaló con un dedo enguantado la parte inferior derecha de la prenda. Una zona amarillenta, translúcida al láser verde, justo debajo de una gran mancha de sangre. Nicole marcó la zona cuidadosamente con alfileres y sacó varias fotografías. Luego examinó el resto de la blusa y encontró otros tres puntos posibles.

Tras una hora de trabajo, apagó el láser y volvió a encender las luces.

—Creo que tenemos algo.

—¿Estás segura?

Nicole cogió unas tijeras y empezó a cortar muestras de las zonas marcadas.

—Voy a hacer un análisis químico para asegurarme, pero fíate de lo que te digo. Alguien manchó de semen esta blusa.

Nicole colocó cada trozo recortado en una bolsa de pruebas con una etiqueta. Luego cerró la zona de inspección y me guio otra vez hasta su cubículo.

—Puedo empezar la extracción de ADN esta noche.

—¿Cuánto tiempo necesitarás?

—Normalmente, estaríamos hablando de seis semanas. Pero si dejo todo lo demás, puedo tener resultados preliminares en veinticuatro horas.

—¿En qué estás pensando?

—En dos cosas. Primero, quiero que este material probatorio salga de mi vida lo más pronto posible. Segundo, deberías conseguir que tu amiga se pusiera en contacto con ciertas personas que conozco.

—Cuando terminemos, hablaré con ella.

—Hazlo, Michael.

—Está bien. Ahora, una pregunta: supongamos que obtenemos una huella genética. ¿Qué pasa entonces?

—Déjame que lo adivine —dijo Nicole—. Pretendes que contrastemos esa huella en el sistema CODIS.

CODIS era la base de datos genéticos del Estado, donde se registraba el ADN de miles de criminales de todo el país.

—¿Sería posible hacerlo?

—Tal vez quedase constancia, pero seguramente podría ocultarlo. El problema real vendrá si encuentras una concordancia entre esa huella genética y alguna de las registradas en la base de datos. Tendrías un nombre y no podrías hacer nada.

—Legalmente —dije.

—Exacto, Michael, legalmente. Porque lo más probable es que esa prueba, y también la búsqueda en el sistema CODIS, carecieran de validez legal.

—Consigamos ese nombre, Nicole. Luego ya veré qué hago.

Mi amiga estaba a punto de responder cuando oímos voces al fondo del pasillo. Nicole empaquetó la blusa y la deslizó en un cajón de su escritorio.

—Me guardo esto y ya te llamaré cuando tenga algo.

Sacó una de sus tarjetas de un bolsillo y escribió algo al dorso.

—O mucho me equivoco o no tienes demasiada vida social últimamente. Esto, por lo menos, te obligará a salir de casa.

Nicole me deslizó la tarjeta por la superficie de la mesa. Al dorso había escrito: «Hotel Drake, viernes a las 20:00».

—Es este viernes, en el salón principal. No te retrases y ponte algo que no tengas tirado por el suelo. O sea, esmoquin.

—¿De qué se trata?

—Es una velada benéfica de la Asociación de Voluntarios contra la Violación. Todos estos asuntos de los que hemos estado hablando y que quizá le sirvan de ayuda a tu chica. Habrá un montón de mujeres.

Sonreí.

—No te alegres demasiado. Te va a costar 500 dólares la entrada.

—Está bien.

—Y la mayoría de mujeres que verás allí han sido violadas,

o sea, que ándate con cuidado. Por cierto, acudirá también la señorita Lindsay

—¿De veras?

—Ya lo creo. Así podremos veros juntos en sociedad.

Noté un cierto calorcillo en la cara y bajé la vista.

—O sea, que os estáis acostando —dijo Nicole.

—No es eso exactamente.

—Nunca lo es. Pero allí estará, de todos modos. Y ahora sal de aquí. Todavía me quedan un buen par de horas de trabajo.

—Gracias, Nicole.

—No me des las gracias hasta que veas el resultado.

No parecía contenta. Y no podía culparla. Yo no tenía derecho a pedirle ayuda, pero lo había hecho igualmente. Ahora tendríamos que afrontar las consecuencias.

Capítulo 27

*S*alí del laboratorio un poco después de las nueve. El tráfico nocturno no era muy denso y me dirigí sin pensarlo hacia el lago, una zona que quedaba peligrosamente cerca del edificio de apartamentos de Annie. A veces parece como si mi coche tuviese voluntad propia; toma las curvas necesarias a derecha e izquierda para depositarme en la manzana donde ella vive. Yo permanezco sentado una hora más o menos en la oscuridad, sin vigilar realmente, sin acechar; sólo jugando con la posibilidad. Para pensar. Y sobre todo, para torturarme.

Aquella noche, sin embargo, el coche hizo zig, en lugar de zag, y dobló a la izquierda para alejarme de Annie y llevarme hacia algo parecido a un futuro. Diane abrió la puerta antes de que yo hubiese acabado de subir la escalera. No preguntó qué tal me había ido el día, ni tampoco deseaba hablar de la noche anterior o del día siguiente. Simplemente tomamos una copa y disfrutamos de la tranquilidad. A veces, basta con eso. Aquella era una de esas veces. Luego nos fuimos a la cama. Me quedé dormido antes de tocar la almohada.

Capítulo 28

*R*iver North es la respuesta de Chicago al Soho de la Costa Este o a Venice Beach en la Costa Oeste. No es que sea una gran respuesta, pero, qué demonios, estamos en el Medio Oeste.

Hace veinte años esa zona estaba llena de hoteles destartalados y de almacenes. Ahora los almacenes se han convertido en galerías de arte, y las pensiones y hoteluchos, en condominios de un millón de dólares. Las aceras son amplias, tienen un aire impecable y están llenas de hombres que se visten en Ted Baker y llevan un maletín en la mano. Las mujeres resultan muy agradables a la vista. Chicas jóvenes, de unos veinte años o de treinta y pocos, que llevan coches deportivos y un *piercing* en el ombligo. Tatuadas y conectadas de modo permanente a su móvil, se acurrucan en torno a un ejemplar de *Cosmopolitan* en bares como el Martini Ranch a la espera de ser descubiertas, o mejor, de encontrar a un banquero que las traslade directamente a un dúplex en Winnetka, con 2,5 hijos y una cuenta abierta en el Club North Shore Country. Si falla todo lo demás, las mujeres se emborrachan en River North, bailan en la barra del Coyote Ugly y deambulan en busca de diversión, encarnada a veces en tipos como yo.

En el corazón de River North hay una entrada sin pretensiones, puro ladrillo rojo con un escaparate de vidrio de marco blanco. En el exterior hay un sencillo cartel iluminado donde puede leerse, en grandes mayúsculas negras, MR. BEEF. Para un observador inexperto, podría parecer un garito de sándwiches cualquiera. En su interior, sin embargo, las cosas son muy distintas. En su interior, de hecho, uno accede a un estado de conciencia distinto.

A la izquierda está el mostrador, poblado por tres o cuatro empleados que se gritan entre sí en distintos idiomas. Al otro lado del mostrador están los clientes, especímenes variados del nativo del Medio Oeste, disecados y expuestos al público.

Espécimen número 1: Gran barriga colgando por encima de un cinturón de cuero con hilachas, tejanos Wrangler, botas de trabajo Red Wing y un llavero tintineando en la cadera.

Espécimen número 2: Gran barriga colgando por encima de un cinturón de cuero de imitación, traje de Men's Warehouse, zapatos Florsheim resquebrajados y un móvil sujeto junto a la cadera.

Espécimen número 3: Gran barriga colgando por encima de un cinturón con bolsillo para el dinero, pantalones de seda Tommy Bahama, mocasines Cole Haan y un impreso de carreras de caballos embutido en un bolsillo lateral.

Y así sucesivamente.

Cada día, toda clase de nativos del Medio Oeste hacen cola en fila india entre fotografías de Leno, Letterman, Sinatra y, por supuesto, de Da Coach.[4] El nativo, de todos modos, no presta atención a esas caras colgadas de la pared. Él está allí para rendir homenaje a la verdadera estrella del espectáculo: el famoso Da Beef. Finas lonchas cortadas de un asador y metidas en un delicado panecillo italiano. La carne puede ser con o sin salsa; picante, dulce o ambas cosas a la vez. Con salsa significa que el sándwich queda bañado por entero en su propio jugo antes de que te lo envuelvan y te lo manden de un empujón hasta tu lado del mostrador. Picante y dulce se refiere a los pepinillos.

Hay que pedir uno picante, dulce y con salsa, que tenga de todo. También, mientras preparan el sándwich, puedes pescar algunos de los comentarios más obscenos que el hombre haya concebido jamás. Suelen proceder de los habituales (edad media, 107 años), que constituyen el gallinero de la función y se atrincheran en los taburetes junto a la vidriera de la calle durante todo el día y cada día del año. Toman café y hablan de

4. Jay Leno y David Letterman son presentadores de televisión muy populares. Da Coach, un legendario jugador de fútbol y entrenador de los Chicago Bears. *(N. del T.)*

sexo, que probaron por última vez cuando Cristo era carpintero. Tipos simpáticos, tipos graciosos. Mucha peluca, muchas cadenas y mucho agarrarse unos a otros. Hay cosas peores que hacer a los 107 años. Como estar muerto.

Llegué con diez minutos de retraso a mi almuerzo con Masters. Pedí un Da Beef dulce con salsa y encontré al detective en el rincón del fondo, bajo un póster de *Reservoir Dogs*. Tenía un palillo en la boca, estaba tomando una Coca-Cola y picando unas patatas fritas.

—Siento haberme retrasado —dije.

Masters me echó un vistazo y soltó un gruñido.

—Cada vez que vengo aquí me pregunto por qué demonios se me ocurre comer en otros sitios. Espere un momento, voy a buscar otro sándwich.

Cinco minutos después, los dos estábamos servidos. Yo con mi almuerzo y el detective con un bis del suyo.

—Usted quería hablar del expediente —dije.

Masters cogió su bocadillo con las dos manos, le dio un mordisco y me miró con los hombros encorvados mientras masticaba. No era bonito. Tampoco pretendía serlo. Luego se bebió un cuarto de litro de refresco y eructó.

—¿Dónde está?

Saqué un fajo de papeles del bolsillo interior.

—Como le dije por teléfono, me los mandó la vieja por FedEx.

—¿Esto son copias?

—Sí. Yo tengo el original.

Otro eructo. Más sutil esta vez. Luego el típico ruido de sorber con la caña cuando Masters llegó al fondo del vaso.

—Me lo figuraba —dijo el detective.

—Hay también una copia del recibo de FedEx.

—No se apure, Kelly. No me lo imagino matando a Mulberry, ni tampoco matando a Gibbons. Ya se lo dije, eso eran cosas del fiscal.

Masters extendió los papeles por la mesa y les echó una mirada rápida.

—Informe policial, examen médico e informe de seguimiento. No veo aquí nada que valga mucho la pena.

Yo permanecí en silencio. Masters prosiguió.

134

—Me he encontrado cinco nuevos asesinatos sobre mi mesa esta mañana. Un triple homicidio en el West Side y una mamá que les dio a sus dos críos una buena dosis de lejía.

—Qué bonito.

—En otras palabras, no tengo tiempo para esta mierda.

Masters enrolló el envoltorio del sándwich y lo tiró a un barril que estaba a un metro. Luego dobló las copias del expediente y se las metió en el bolsillo trasero.

—¿Quiere saber lo que creo? —dijo.

—Claro.

—Gibbons estaba en el lugar equivocado y a la hora equivocada cuando fue al muelle de la Navy. Consiguió que le atracaran y que le disparasen luego por si acaso.

—Encontraron la cartera en el cadáver.

—A la casera de Gibbons le entraron a robar.

—¿Cuántos tipos entran a robar con una porra eléctrica trucada con efectos letales?

—Son cosas que pasan —dijo Masters—. Sobre todo, a las mujeres que viven solas.

—¿Ninguna conexión entre ambas muertes?

—Yo no veo ninguna.

—**Usted no se cree todo esto.**

—**Muéstreme una conexión y le escucharé.** —Se levantó para irse—. ¿Sabe?, podría acusarle de seis delitos distintos, empezando por obstrucción a la justicia y por alteración de la escena de un crimen.

—Pero no va a hacerlo —dije.

—Lo haré si vuelve a ocultarme información.

Asentí como si lo hubiera entendido y pensé en el paquete que le había dejado a Nicole.

—La próxima vez que encuentre un cadáver —prosiguió el detective—, coja el teléfono y llámeme. Les he dicho a esos tipos de ahí que pagaba usted la cuenta. Se paga antes de salir. Gracias.

Masters salió a la calle. Yo me entretuve masticando un poco de hielo y preguntándome cuánto habría comido el tipo realmente.

135

Capítulo 29

*E*staba sólo a media manzana de Mr. Beef cuando la Mafia de Chicago metió la pezuña en mi vida. Lo hicieron mediante una nota sujeta bajo el limpiaparabrisas de mi coche: «Vente a tomar unos *cannoli*».

Levanté la vista. En la esquina de Superior y Franklin, bajo la vía del tren elevado donde suelen filmar la serie *Urgencias*, hay una especie de café —casi una choza— llamado Brett´s. A través del vidrio de la entrada vi a Joey Palermo, que levantó su taza de expreso en mi dirección. Me guardé la nota en el bolsillo y fui a su encuentro.

—Vinnie quiere hablar contigo —dijo.

—Cómo, ¿ni siquiera «hola»?

Palermo era uno de los lugartenientes de alto nivel de Vinnie DeLuca, el *capo di capi* de Chicago. Conocía a Joey desde mi época de policía. Un tipo grande, simpático. Podía aplastarte la laringe como si fuese un vaso de plástico y presentarte sus más sinceras disculpas mientras tú te asfixiabas hasta morir contemplando sus mocasines con borlas.

—El jefe dice que es un asunto de cierta importancia. No será más de media hora.

Joey abrió la puerta de Brett´s. Le seguí. Los *cannoli*, de todos modos, tampoco tenían muy buen aspecto.

Capítulo 30

*P*ara quienes prefieren los perros al béisbol, justo al sur de Wrigley Field se encuentra su equivalente canino, conocido entre la población local como Wiggley Field. A aquella hora no había nadie en el parque para perros, salvo un viejo sentado en un banco que estaba fumándose un cigarrillo y tratando de no hacer caso del caniche que tenía al lado.

Vinnie DeLuca había vivido en el barrio durante la última década. Por qué motivo, eso nadie había conseguido averiguarlo, aunque muchos lo hubiesen intentado. Vinnie había empezado a los nueve años como chico de los recados de la banda de Capone en el sur de Chicago. Ahora tenía ochenta y seis. Era el último eslabón vivo de Scarface y había sido el líder indiscutible de la organización durante al menos las tres últimas décadas.

Vinnie pertenecía a la vieja escuela. ¿A cuál iba a pertenecer, a su edad? A finales de los años 70 cedió el tráfico de drogas y armas a las bandas de Chicago: primero a los Gangster Disciples, luego a los Latin Kings. Ahora daba la impresión de que cambiaban de nombre cada semana. Vinnie todavía se quedaba con una parte, pero él nunca miraba atrás. En lugar de eso, la Familia había hecho negocios en el centro de la ciudad infiltrándose en el mundo de las grandes corporaciones. Sabelotodos metidos en la Bolsa y el Mercado de Valores, en LaSalle Street, y también en las secciones de crédito de los bancos y en sus salas de juntas. Millones de dólares recién blanqueados iban a parar a inversiones inmobiliarias, supermercados y centros comerciales. Vinnie, desde luego, no se metía en ningún negocio sin tener a un político o dos en el bolsillo. Con el dinero que podía donar en las campañas electorales, la Familia incluso se podía permitir el lujo de escoger.

El viejo raramente aparecía en público en la última época. Le observé desde el coche mientras él terminaba de fumar su cigarrillo y tiraba la colilla al suelo. El caniche levantó una pata y se puso a mear encima. Vinnie le dio una patada al chucho, sacó lo que parecía un impreso de carreras del bolsillo trasero y empezó a estudiarlo. Salí del coche y caminé hacia el parque. Vi a Joey Palermo bajándose de un Lincoln media manzana más abajo. Luego divisé dos coches más. Tras sus cristales ahumados habría tipos armados esperando, observando y seguramente aburridos, pero dispuestos a matarme de todos modos.

Palermo entró en el parque antes que yo y se sentó en un banco a cierta distancia de Vinnie. Joey tenía un vaso de Starbucks, pero ningún perro. Sacó de una bolsa un *cannoli* de Brett´s y no me miró siquiera cuando pasé por su lado.

—¿Tú eres Kelly?

Vinnie hablaba sin levantar la vista de su impreso.

—Sí.

—Siéntate.

Vinnie me indicó con un gesto el espacio que quedaba libre a su lado. Yo me senté.

—¿Te gustan los perros?

—Sí.

—Hace dos meses que le estoy dando matarratas a este bicho. Míralo al muy cabrón. Nunca había tenido tan buen aspecto.

Intentó darle otra patada, pero esta vez falló.

—Un perro de caza, todavía; lo sacas por ahí, mata a unos cuantos patos... eso vaya y pase. Pero esta cosa... Resulta embarazoso. Mi esposa lo adora, qué le va uno a hacer.

—¿Tal vez una nueva esposa?

—Es una idea.

El viejo dobló el impreso de carreras y me dio la mano. Un montón de huesos delgados, venas y carne fofa; el apretón de un anciano que no tiene tiempo ni necesidad de impresionar a nadie, incluyéndote a ti.

—Joey me dice que eres de fiar.

Me encogí de hombros. Vinnie tenía un termo a sus pies. Lo cogió y se sirvió una taza de café.

—¿Quieres un poco?

—No, gracias.

—Joey tiene más tazas, si quieres.

—Estoy bien, Vinnie.

Dio un pequeño sorbo y se relamió los labios dos o tres veces, como para refrescarles el concepto del gusto.

—Mierda de café. ¿Lo hueles?

Asentí. Parecía fuerte y aromático.

—No tengo olfato, ni gusto ni nada. Este maldito veneno que me meten en las venas. Quimioterapia, menuda mierda. ¿Te la han dado alguna vez?

Meneé la cabeza. Vinnie dobló un dedo como apuntándome.

—Dentro de cuarenta años, recuerda lo que te digo. Hazte un favor a ti mismo. Busca un buen baño y cómete una bala.

Vinnie se inclinó hacia delante. Una ráfaga de viento se coló entre nosotros y me trajo su olor de decadencia.

—Me paso la mayor parte del día en el baño —dijo—. Estos capullos esperan fuera, tratando de averiguar si todavía respiro. Me paso dos o tres horas ahí, rellenando la hoja de las carreras, disfrutando de un poco de paz y tranquilidad. Si quieres comerte una bala, el baño es un lugar tan bueno como cualquier otro.

Yo estaba sopesando si debía agradecerle a Vinnie los consejos, pero el viejo siguió enrollándose.

—No vas a morir hoy, Kelly. No me digas que la idea no se te ha pasado por la cabeza. A cualquiera que viene a verme, se le pasa esa idea por la cabeza. Volverás a tu casa y seguirás viviendo. Follándote a tu mujer, a tu chica, o lo que sea.

El viejo sacó un puro ennegrecido de un bolsillo interior, echó un vistazo a su alrededor, como desafiando a que intentasen detenerle. Nadie lo hizo y Vinnie DeLuca lo encendió.

—¿Qué opinas de nuestro fiscal del distrito, el señor O'Leary?

Vinnie desvió un poco el rostro para que le diera el sol. El cambio fue sutil pero indudable. La máscara de la muerte había desaparecido. Negocios a la vista.

—Tenemos alguna cuenta pendiente —dije.

DeLuca dio otro pequeño sorbo de café, asintió con un gesto casi imperceptible y cruzó las piernas. Llevaba pantalones negros de lana y zapatos negros con gruesas suelas de goma.

139

—Quizá tengamos intereses comunes en esto. En llegar a verle en una mala posición.

Vinnie le hizo un gesto a Joey, que se había acercado un poco. Ahora se sentó también en el banco.

—¿Conoces a Joey? —dijo el viejo—. Sí, ya sé que lo conoces. Un contacto de la oficina del fiscal acudió a él hace un par de semanas. El caballero necesitaba los servicios de alguno de los muchachos. Interesante ¿no?

Asentí. Vinnie asintió a su vez.

—Eso pensé yo también. Alguien de dentro quería información sobre un caso en el que estaba trabajando tu compañero.

—Mi antiguo compañero —dije—. Pero le sigo, continúe.

—Yo le dije a Joey que adelante.

—Para ver qué pasaba —dije.

—No está de más saber en qué puede estar interesada la oficina del fiscal. Especialmente en un trabajo como el nuestro. ¿Joseph?

Vinnie DeLuca le dio una calada al puro y luego bajó la cabeza y hundió la barbilla en el pecho como si tanto esfuerzo lo hubiese agotado. Joey retomó el hilo donde él lo había dejado.

—Me vi con ese tipo sólo una vez. En un puesto de perritos calientes en Cicero Street. Yo no le conocía. Parecía bastante nervioso. Me dijo que era un asunto privado. Le presioné un poco y me dio a entender que era alguien de la oficina del fiscal el que estaba interesado.

Palermo se encogió de hombros.

—Quizás estaba mintiendo, no sé. Se suponía que yo tenía que encontrar todo lo que pudiera sobre la antigua violación que Gibbons estaba investigando. Tenía que ver si podía localizar el expediente del caso.

—Y entonces Gibbons apareció muerto.

Vinnie levantó la vista y volvió a unirse a la conversación.

—No fue cosa nuestra, Kelly. Que quede claro.

—Ni siquiera llegué a hablar con Gibbons —dijo Joey—. Y si lo hubiera hecho, no habría sido en ese plan.

—Ese fiscal del distrito, O'Leary —dijo DeLuca—. Él arruinó tu carrera. Lo sé porque nosotros le ayudamos.

Los ojos de Vinnie recorrieron mi rostro sin captar ningún signo. Continuó hablando.

—El asunto me intriga. Y creo que quizá te intriga también a ti.

—¿Qué cree que puede haber en ese expediente? —dije. Vinnie se puso de pie.

—No sé lo que hay en el expediente, pero creo que lo tienes tú o que podrías conseguirlo. En cualquier caso, yo te he dado la información. Si me beneficia lo que acabes haciendo, tanto mejor. Si no, qué se le va a hacer.

—Sólo para que lo sepa, es probable que utilice esta información.

—A mí eso no me preocupa.

—Lo sé, Vinnie. Y a mí, ¿debe preocuparme?

—Tú seguirás viviendo cuando yo esté bien enterrado, Kelly. Pero recuerda lo que te he dicho.

—¿Del expediente?

—Del baño y de la bala. Venga, Joey. Coge los *cannoli* y vamos.

Capítulo 31

*E*l hotel Drake es un clásico de Chicago. Anchas aceras y puertas giratorias; porteros con abrigo negro que avisan a los taxistas de un silbido y que llaman dama o caballero a cualquiera. Una alfombra roja asciende las escaleras, cruza un vestíbulo enorme y termina en un mostrador de recepción atendido por viejos con gafas de montura negra que se les escurren por la nariz. Esos tipos se conocen todos los secretos de Chicago: cómo conseguir una mesa junto a la ventana en el restaurante NoMI, entradas para la exposición de Monet en el Art Institute o, todavía mejor, una buena localidad para el partido entre los Bears y los Packers. Se las saben todas y no comparten con nadie sus secretos. Te pasan una nota con disimulo y aceptan en el momento oportuno un billete doblado de cincuenta dólares.

—Eh, Eddie.

En tiempos, Eddie Flaherty boxeaba por dinero. Como la mayoría de irlandeses, sabía encajar un golpe. Y como la mayoría de irlandeses, un día encajó demasiados. Ahora, Eddie era relaciones públicas del Drake y se dedicaba a facilitarles contactos en la ciudad a los jugadores y celebridades que venían de fuera.

—Kelly, ¿qué demonios te trae por aquí?

—Ha pasado mucho tiempo.

—Cuatro o cinco años al menos. Eras policía. Luego saliste en los papeles y dejaste de serlo. Supuse que habías tenido una mala racha.

Me encogí de hombros.

—Como te decía, ya ha pasado mucho tiempo.

—¿Y qué te trae por aquí?

Yo llevaba esmoquin, pajarita gris y gemelos. Aun así, Eddie no lo captaba, de modo que le pasé mi invitación por encima del mostrador. El antiguo boxeador sacó sus gafas de lectura.

—¿Has oído hablar de este grupo? —le pregunté.

—Asociación de Voluntarios contra la Violación. Claro; éste es el tercer año que se reúnen aquí. Gente influyente, abogados, médicos, jueces. Un montón de mujeres que han sido, ya sabes, violadas. Mal asunto. Pero buena gente.

—¿Sabes quién controla el cotarro?

—No. Cambian a menudo, cada año. Creo que lo organiza una jueza, pero no sabría decirte gran cosa más.

—Gracias, Eddie.

—De nada. ¿Vas a asistir, entonces?

Pasé los dedos por la solapa del esmoquin.

—Ése es el plan.

—A muchos los encontrarás en el Palm Court bar, tomándose un té y demás antes de que empiece la función.

Di un golpe con los nudillos en el mostrador, atravesé el vestíbulo y me dirigí al Palm Court. Entre helechos y estatuas de mármol, acompañado por música de arpa y por el rumor de las fuentes, espié a los distintos grupos de mujeres. De dos en dos o de tres en tres, las chicas se estaban dando un festín rodeadas de fuentes de pecaminosos sándwiches en miniatura y de bandejas de postres enormes (también pecaminosos), mientras se tomaban una taza de té tras otra. Encontré un asiento libre, pedí un Earl Grey, cerré los ojos y me concentré en la música del arpista. No tocaba nada que yo reconociese, de manera que volví a abrir los ojos y eché una ojeada.

Me llamó la atención una mujer de cuarenta y pocos años justo en el momento en que estaba cruzando las piernas. Era espectacular en ese típico estilo de la riqueza con solera. Tenía el pelo rubio a mechas, una dentadura blanquísima y un suave bronceado que hablaba a gritos de unas vacaciones soleadas lejos del abrazo mortal del inminente invierno de Chicago. Tenía la boca esculpida y la nariz afilada de la aristocracia. Sus ojos eran grandes, profundos, inteligentes, con un matiz burlón agazapado detrás. Habría estudiado en Northwestern o en la Universidad de Chicago; era una mujer de éxito, una mujer atractiva y lo sabía. No jugaba en mi liga probablemente, o eso se creía ella al menos. Cuando me tiré a la piscina, sin embargo, no pareció sorprendida.

—Me encanta este rollo —dije.

—¿Rollo?

—El té, la música, el lugar.

—Será que viene mucho por aquí, ¿no?

Por lo visto, los tipos irlandeses con la nariz torcida no eran una visión frecuente en el Palm Court. Yo no hice caso de su pulla y continué.

—No es que sea un habitual precisamente. Pero siempre me gusta tomarme un té.

Levanté mi taza en su dirección.

—No lo dudo, señor Kelly. Aunque dicen los rumores que en ocasiones le añade algo un poquito más fuerte.

Detuve la taza a un par de centímetros de mis labios y la volví a depositar en el plato.

—Me temo que estoy en desventaja, señorita...

Ella me tendió la mano. Un apretón enérgico. Un apretón elegante. Un apretón agradable.

—Rachel Swenson. Soy copresidenta de la asociación y amiga de Nicole Andrews. Le he dicho que venía a refugiarme aquí antes de empezar. Ella me ha pedido que cuidase de usted.

—O sea, ¿que tenía el Palm Court bajo vigilancia?

—En realidad, he empezado en el Coq d'Or.

Señaló con un gesto la gran puerta de roble que conducía al bar principal del hotel Drake.

—Me he pasado allí quince minutos. Me han dado tres números de teléfono y la llave de dos habitaciones, y un agente de la brigada contra el vicio me ha pedido mi identificación. He pensado que era el momento indicado para tomarse un té y que usted podría cuidar muy bien de sí mismo. Entonces vengo aquí y me encuentro sentada frente a un irlandés con cara de armar camorra, aunque con cierta inteligencia adicional.

—¿Así es como me ha descrito Nicole?

—Más o menos. ¿Entramos ya?

—¿Debemos?

—Soy la anfitriona.

Rachel se incorporó con un solo movimiento. Tenía ese modo de moverse de Grace Kelly en *La ventana indiscreta*;

144

una impecable y elegante agilidad que no se aprende y en la que ni se piensa siquiera, a menos que no la tengas, claro, en cuyo caso no dejas de pensar en ella. Mientras la seguía, yo iba pescando las palabras que ella dejaba flotando por encima del hombro.

—¿Quiere preguntármelo ahora o prefiere después?

—¿Preguntar el qué?

Se detuvo a mitad de la escalera por la que estábamos saliendo del vestíbulo y me miró.

—Cómo y por qué me convertí en copresidenta de esta asociación.

Era una pregunta interesante. Aunque no tanto como el hecho de que la señorita Swenson creyese que compartíamos un posible «después». Pero eso tendría que esperar.

—Quizá sea porque es usted mujer y una jueza —dije—. Aunque imagino que habrá algo más.

—En efecto. Nicole me contó que es usted investigador privado. Que fue policía.

Asentí.

—Entonces sabrá alguna cosa sobre violaciones.

—Lo que sé es que detestaba ocuparme de esos casos.

—¿Alguna vez ha visitado a una víctima un año después de la agresión?

Negué con la cabeza.

—¿Ha considerado el amplio espectro de este tipo de delito?

—Desde la mujer que se encuentra a un extraño en su apartamento hasta la niña que aguarda el momento en que su tío llamará a la puerta.

Rachel asintió.

—Exacto. Hay muchos tipos distintos de agresión sexual y, sin embargo, tendemos a abordarlos todos de la misma manera, como si tuviesen la misma causa y el mismo efecto en sus víctimas.

—¿Y ustedes van a cambiar todo eso?

—La violación es un delito complejo y requiere muchos más matices, señor Kelly. No tanto en la investigación como en el tratamiento de los supervivientes y en la prevención. Tenemos que empezar a hablar de estas cosas.

145

Recorrimos el resto de la escalera en silencio y entramos en la gran salón de baile del Drake. Vi a Nicole flotando entre la gente en el otro extremo de una estancia abarrotada y recorrida por un fragor de charla ligera. Vince, el Poli Moderno, estaba junto a ella. Tenían aspecto de gente feliz y exitosa, y con ganas de serlo aún más.

—Ha sido un placer conocerle —dijo Rachel—. Por si sirve de algo, su amiga Nicole tenía razón.

—¿Por qué?

—Me dijo que usted se enteraba bastante. Incluso sorprendentemente bien.

—¿Para ser un hombre?

—Para ser una persona. Créame, cuando se trata de agresión sexual y de pensamiento neandertal, las mujeres no se quedan atrás precisamente.

—¿En serio?

—El síndrome «ella se lo buscó» —dijo Rachel—, alimentado por los cuchicheos de incontables generaciones de mujeres que se juzgaban unas a otras mientras pensaban en silencio: «Gracias a Dios que no me ha tocado a mí». No me dé cuerda. Tengo que pronunciar un discurso. Ha sido un placer conocerle.

Y desapareció como tragada por una manada de mujeres ansiosas por robarle un minuto de su tiempo. Me agencié un whisky escocés en el bar y empecé a abrirme paso hacia Nicole.

—¿Qué te ha parecido nuestra presidenta?

Diane Lindsay se había materializado a mi izquierda. Se me arrimó y me puso una mano en el hombro. Si Rachel Swenson tenía buena pinta —y era indudable que sí— Diane aún la tenía mejor. Llevaba una especie de vestido, seda de color crema, que por sus ínfimas dimensiones venía a ser poco más que nada. Su cuerpo se percibía tenso y lleno de vida, aunque con un fondo de inquietud bajo la superficie. Me gustaba su forma de apoyarse en mí mientras hablaba, como si fuéramos las dos únicas personas en toda la sala. O al menos las dos únicas que contaban. Me gustaba especialmente su fragancia.

—¿Es jueza realmente? —pregunté.

—Ya lo creo. Una jueza bastante atractiva, además.

—Si tú lo dices.

—Tú también puedes, Kelly. No es pecado, ¿sabes? Por cierto, el esmoquin te queda de miedo.

—Gracias —repliqué—. ¿Habías trabajado ya con este grupo?

—Nicole Andrews y tú sois amigos ¿no?

—Sí.

—¿Y no te ha hablado de mi proyecto?

Empezamos a caminar otra vez, abriéndonos paso entre la multitud.

—¿De qué proyecto?

—Hago entrevistas a las víctimas de violación. Documento sus historias para la asociación. Sólo yo, la interesada y la cámara.

—¿Y quién puede ver esas entrevistas?

—Sólo la interesada y las personas que ella autorice. A veces no es más que una forma de catarsis. Necesitan sacar la historia que llevan dentro, hacérsela oír a alguien en voz alta.

—¿Y otras veces?

—Otras veces quieren que lo vean otras mujeres; que vean y escuchen lo que les pasó. Por lo visto, es una buena lección.

—De veras... ¿Cuántas entrevistas has grabado?

—Más de trescientas. Setecientas horas de entrevistas.

—¿Es interesante?

—Si quieres decirlo así...

—¿Tú cómo lo dirías?

Diane se detuvo y reflexionó un momento.

—¿De verdad quieres saberlo?

—Te lo estoy preguntando.

Diane me arrastró hacia la barra de un bar portátil, esperó un momento a que se despejara un poco de gente y prosiguió.

—Entre otras cosas, tengo grabadas a tres mujeres describiendo con detalle cómo mataron al hombre que las había violado. En dos de los casos, el hombre era su marido.

—¿En serio?

—Completamente. Una de ellas hizo que pareciese una caída por las escaleras. El otro caso fue catalogado como un allanamiento de morada.

Solté un silbido.

—¿Las autoridades conocen el proyecto?

—La oficina del fiscal ha intervenido en cada caso y ha revisado la grabación. Homicidio justificado. No se presentó ninguna acusación.

—¿Quién estaba a cargo?

Diane señaló a un abogado bajo y calvo, con un puro apagado en la mano y aspecto de sentirse muy incómodo.

—Hablando del rey de Roma —dijo—. Yo tengo que ir a empolvarme un poco. ¿Por qué no invitas a una copa al ayudante del fiscal del distrito?

Bennett Davies se aproximó con aire furtivo, cogió la mano de Diane y se adelantó para besarla en la mejilla.

—Señorita Lindsay, mi droga favorita de las diez. Y dos horas antes de la emisión.

Diane tenía todavía mejor aspecto cuando se sentía admirada por otro hombre. Admirada de un modo elegante.

—Gracias, señor fiscal. Si puede cuidar un momento de mi pareja, yo tengo que ir al tocador.

Diane se alejó. Bennett ocupó su lugar y le hizo un gesto al camarero.

—¿Su pareja? Esto no me lo habías explicado, Kelly. Un whisky con hielo. Gracias.

Bennett cogió el vaso, removió el hielo con los dedos y le dio un sorbo.

—¿No fumas? —pregunté.

—No está permitido. Cretinos de mierda. Pero, oye, no me cambies de tema. Diane Lindsay. Venga.

—Hermosa dama —dije.

—Sí, muy hermosa.

—Oye, Bennett. No sé si tú tuviste algo que ver con que O'Leary diera marcha atrás, ni tampoco te lo pregunto. —Levanté mi copa—. Pero si lo indicado es darte las gracias, dalo por hecho.

—Olvídalo —dijo Bennett—. No tenían nada y así se lo dije. En todo caso, ya pasó.

—Tal como habías previsto.

—Exacto. Ahora tienes nueva novia y todos contentos.

—Todos salvo John Gibbons.

—Eso, todos salvo John.

—¿En qué punto se halla la investigación?

—En ninguno —dijo Bennett—. La policía trabaja en ello, pero nosotros no estamos haciendo nada.

Me acordé de Goshen y de sus dos visitantes de la oficina del fiscal. Pensé en el expediente extraoficial y en mi charla con Vinnie DeLuca.

—¿Estás seguro de eso, Bennett? ¿Nadie está trabajando en el caso?

Se le dibujó una arruga en la frente y depositó el vaso en la barra.

—¿Qué has oído?

—Nada —dije.

Bennett se inclinó hacia mí un poco más y yo me pregunté si no estaría algo borracho.

—Entonces, ¿por qué lo preguntas?

—Muy sencillo. Policía retirado irlandés asesinado en muelle de la Navy. Da la impresión de que alguien de la oficina del fiscal debería estar ocupándose de ello.

Bennett se relajó un poco.

—Perdona, Michael. Estoy algo nervioso.

—Ya lo veo.

—Asuntos internos. Cuestiones políticas, ya sabes.

Yo no sabía nada y tampoco pregunté. Bennett Davis me lo contó igualmente.

—A O'Leary le encanta que estemos como el perro y el gato entre nosotros. Es su estilo. Así evita que nadie crezca demasiado y pueda optar al puesto máximo.

—¿Alguien como tú, quizá?

—Quizá. Nadie sabe nunca qué asuntos lleva cada uno en la oficina. Y naturalmente, todo el mundo intenta alguna artimaña para fabricarse el caso del año. En fin, un montón de chorradas.

Bennett bajó la cabeza y dio un buen trago a su bebida. Recorrió el salón con la vista y volvió a mirarme. Luego sonrió, sacó un pañuelo del bolsillo trasero y se secó la cara.

—Este tipo de cosas no son para mí —dijo—. No tengo pelo desde la secundaria y ya entonces no tenía buen aspecto.

—Vamos, Bennett, te ganas la vida ante un jurado.

—Ése es un animal completamente distinto. Allí soy yo quien tiene el control.

149

Una pareja pasó a nuestro lado. Bennett Davies saludó con una sonrisa y continuó hablando entre dientes.

—Aquí tengo que trabajar sin guión.

—Una pregunta más de trabajo, Bennett. Y ya lo dejamos.

—Claro.

—Me tropecé con un antiguo caso de violación en el que tú interviniste. El nombre de la víctima era Elaine Remington. ¿Te suena?

—¿Remington, eh? Más bien no. ¿Cuántos años hace?

—Nueve.

Bennett sacudió la cabeza.

—Maldita sea, Michael. Nueve años. ¿Fuimos a juicio?

—No.

—Hubo acuerdo antes, ¿verdad? Lo siento, chico.

—En realidad, tampoco hubo acuerdo. El sospechoso desapareció.

—¿Cómo que desapareció?

—Sí. Es igual, olvídalo. Vi tu nombre en un papel y pensé que quizá lo recordarías.

—No hay problema. ¿Sabes qué?, lo miraré el lunes. Buscaré a ver si hay algo en los archivos.

Vi a Nicole un poco más allá y ella me vio a mí. Cogió a Rodríguez de la mano y empezó a avanzar en nuestra dirección.

—Ahí viene Nicole —dije.

Bennett estiró y giró el cuello.

—¿Dónde?

—Justo detrás de ti. Está abriéndose paso entre la gente.

La cabeza del fiscal se volvió bruscamente.

—Mierda. ¿Está con alguien?

—Bennett.

—¿Está con alguien?

—Sí.

—Tengo que irme.

Bennett Davis apuró su bebida, se alejó de la barra y desapareció. Yo no dije nada. Para ser un tipo corpulento, el ayudante del fiscal sabía ser escurridizo cuando era necesario.

Capítulo 32

—¿*P*or qué tanta prisa?

Diane había regresado. Justo a tiempo para ver un ángulo posterior de la calva de Bennett.

—Es una larga historia —dije—. Por cierto, ¿somos pareja esta noche?

—¿A ti qué te parece? Saluda a Nicole.

Un grupo de hombres en plena charla dejó un hueco libre. Nicole se apresuró a ocuparlo.

—Estoy muy contenta de que hayas venido —me susurró. Luego abrazó a Diane, retrocedió un paso y nos miró con cara de «Doy mi aprobación a esta pareja». Rodríguez se deslizó a la izquierda de Nicole: suave, fresquito y listo para descorcharlo.

—Vince —dije tendiéndole la mano.

—Me alegro de verte de nuevo, Kelly.

El apretón fue más bien seco, la mirada sincera. Yo intentaba odiarle, pero él me lo estaba poniendo difícil. Nicole se lo presentó a Diane.

—Conozco esa cara —dijo Rodríguez—. Encantado de conocerla por fin, señorita Lindsay.

—Lo mismo digo, detective Rodríguez. Me han llegado unas cuantas historias.

Todos lo encontraron gracioso, menos yo. Me pregunté qué clase de historias existirían sobre Rodríguez y cómo era posible que yo no las conociera. La conversación prosiguió.

—¿Has conocido a la jueza Swenson? —preguntó Nicole.

—Me la he encontrado a la entrada —dije—. Mejor dicho, ha sido ella la que me ha encontrado a mí en medio de la multitud. Muchas gracias.

Nicole se echó a reír.

—No eres difícil de describir, Michael. De niños, su apodo en el barrio era «Irlandés». Grandes orejas, sonrisa torcida.

—Qué mono —metió baza Diane—. Cuéntanos más cosas.

Nicole estaba a punto de hacerlo cuando, felizmente, Rachel Swenson se acercó a la tarima y ajustó el micro. Las conversaciones se fueron apagando y la juez empezó a hablar.

—Hay más de cien millones de mujeres en Estados Unidos. Casi el veinte por ciento, dieciocho millones aproximadamente, han sido violadas. La mayoría, más de una vez.

»Si tienen una hija a punto de ir a la universidad, deténganse a pensar esto. Una de cada cuatro estudiantes habrá sufrido una agresión sexual cuando termine sus estudios. De ese número, el ochenta por ciento conocerá a su agresor.

»En conjunto, en este país se producen más de ochocientas mil agresiones sexuales al año. Treinta veces más que en Gran Bretaña, veinte veces más que en Japón.

»Durante las dos horas que pasaremos aquí reunidos, más de ciento cincuenta mujeres sufrirán una agresión. Durante el minuto y medio que llevo hablando, dos mujeres, en algún lugar de este país, han sido violadas.

»¿Tenemos un problema, damas y caballeros? Yo creo que sí.

Rachel se apartó un poco de la tarima y la gente recuperó el aliento. Ni aplausos ni murmullos. Un gran silencio. Yo no estaba seguro de lo que esperaban aquellas personas vestidas de gala, pero desde luego aquello no era la velada benéfica clásica de Gold Coast. La jueza volvió a ponerse frente al micrófono.

—Gracias a todos por venir. Me llamo Rachel Swenson. Soy la presidenta de la Asociación de Voluntarios contra la Violación y también su anfitriona esta noche.

Capítulo 33

—¿*Q*ué te parece?

Rachel Swenson estaba en la mitad de su discurso cuando Diane se me acercó con una taza de hielo en la mano.

—Me parece impactante.

—Tendrías que ver algunas de las entrevistas que tengo.

—Me gustaría.

Diane se paseó un trozo de hielo por la boca y lo empezó a masticar entre crujidos.

—Te creo. Pero no estoy del todo segura de que lo aprobaras.

—¿Te refieres a las entrevistas?

—Al contenido, más bien. A las confesiones. Una mujer sentada ante la cámara explicando cómo destripó a su marido como a un pescado; un tipo que la violaba cada noche de su vida. Es decir, cuando no estaba violando a sus hijos. ¿Autodefensa? ¿Venganza? La mayoría de estas mujeres te dirían que no importa, siempre y cuando el cabronazo esté muerto.

—Tú eres periodista, Diane. ¿Cómo te hace sentir a ti?

—Al principio me preocupaba.

—Parece que Bennett te ha proporcionado cierta protección.

—Es cierto. Aun así, cuanto más escucho, cuanto más conozco a esas mujeres, mejor comprendo su posición.

—¿Serías capaz de coger tú misma el cuchillo?

—No he dicho eso. Pero lo comprendo. Al menos desde su punto de vista.

—Esas cintas serían una auténtica bomba como reportaje.

—Quizá —dijo Diane—. Pero eso no va a ocurrir.

Se acercó y me besó suavemente.

—Basta ya de esto. Me da dolor de cabeza. Es bonito lo de esta noche. Me encanta.

—¿El qué?

—Esto. Estar aquí, contigo, con tus amigos. Resulta agradable. Algo así como estar en casa.

Dijo estas últimas palabras de mala gana, con una tristeza inquietante pintada en sus rasgos de un modo delicado pero imborrable. Una tristeza temblorosa ante el precipicio, ante un pozo profundo que yo podía intuir tal vez, pero que prefería no explorar. Diane me cogió una mano.

—Tengo que llamar a la redacción. Luego nos vamos.

Asentí. Me besó otra vez, un beso ligero en la frente y otro en la mejilla. La contemplé disolviéndose entre la multitud. Algo estaba ocurriendo en aquella relación. Ojalá pudiese alguien darme una pista para saber de qué se trataba.

—Eh.

Me volví. Nicole se colgó de mi brazo y empezamos a caminar por la sala.

—¿Qué te ha parecido la velada?

—¿Te refieres a las mujeres?

—Me refiero a las historias.

—¿Qué se supone que debo pensar?

Encontramos un sitio libre cerca de una hilera de ventanales que se alzaban desde el suelo hasta el techo y desde los cuales se contemplaba un río de faros que fluían en dirección norte y sur por la autopista del lago Míchigan.

—Quería que vinieras —dijo Nicole—. Quería que comprendieras.

—¿Estás pensando en meterte en todo aquello, Nicole?

Se apartó de la ventana. Alargué un brazo para detenerla, pero no hacía falta.

—No tienes por qué preocuparte, Michael. Esta chica no va a decir una palabra.

—Por mí no hay problema, ya lo sabes.

—¿Seguro?

—Diane me ha hablado de su proyecto.

—¿De las entrevistas?

—Sí.

—Ella me ha preguntado un par de veces si quería participar. Así, sin más, sin preguntar primero si había sufrido una agresión. Como dándolo por supuesto y yendo directa al grano.

—¿De veras?

—De veras. Es una mujer perspicaz, Michael. Yo en tu lugar procuraría conservarla.

—Quizá sí.

—¿Quizá? Hablemos en serio, ¿cuál sería exactamente el problema con ella? Es superinteligente, atractiva hasta decir basta, práctica, divertida, entregada... ¿Quieres que continúe?

—¿Un poco demasiado intensa, tal vez?

—La cuestión del compromiso, Michael. Ése es el problema.

—No se trata de eso, Nicole. Me gusta, de acuerdo. A lo mejor me gusta mucho. Vamos a esperar y ver qué pasa.

—Espera demasiado y el mundo pasará de largo.

Nicole se apoyó en mí y me rodeó la cintura con los brazos.

—Lo siento, Michael. Estoy poniéndome pesada, pero es porque te quiero. Un montón. Sé que no soportas oírlo, pero así es y así será siempre.

—No es que no soporte oírlo, Nicole.

—Vale, te encanta.

—Tampoco he dicho eso.

—Vaya diálogos tenemos, maldita sea.

Se echó a reír. Yo también.

—Me siento feliz, Nicole. No increíblemente feliz, pero ya llegará. Sólo quiero que sea de verdad, que sea cierto. Sobre todo, supongo que quiero merecérmelo, ¿entiendes?

—No.

—Pero confías en mí.

—De un modo inconmensurable e irracional.

—Estupendo. Ahora háblame de tu amigo, el detective Rodríguez.

—¿Tú qué opinas?

—¿La verdad?

Nicole hizo un gesto de asentimiento.

—Creo que éste es EL tipo —dije.

—¿Cómo lo has sabido?

—Lo sé.

Nicole desvió la mirada y contempló la autopista del lago

155

Míchigan y el corazón palpitante y luminoso de la ciudad más grande del mundo. Aunque parezca increíble, yo tenía a mano un pañuelo que ofrecerle.

—Gracias. Se me va a correr el maquillaje.

—No te preocupes —dije—. La felicidad tiene estas cosas.

—Sí, es por eso. Nunca lo habría creído, pero es asombroso.

Le di un minuto.

—Ha sido un largo camino, Michael.

—¿Crees que las cosas se están poniendo en su sitio por fin?

—Sí.

Empezamos a caminar. Despacio, contentos.

—Por cierto —dije—, Bennett está preguntando por ti, otra vez.

—No le he visto.

—¿Sabe lo de Rodríguez?

—Ahora sí. —Nicole sonrió—. Bennett es un tipo adorable.

—Obsesionado, como yo dije. En el buen sentido.

—¿Estás celoso, Michael?

Nicole intentó agarrarme por la parte de atrás del esmoquin, pero yo me aparté y me dirigí hacia el vestíbulo. Vi a Rodríguez en el bar y, un poco más allá, a Diane. Me sentía relajado, quizá demasiado y un poco incoherente. Me pregunté cómo estaría afectándome todo aquello de verdad. Sería interesante averiguarlo.

—¿Qué vais a hacer vosotros después? —preguntó Nicole.

—No estoy seguro. Quizá vayamos a cenar o a tomar una copa. ¿Os apuntáis?

Nicole meneó la cabeza.

—Vince tiene el primer turno mañana y yo estoy abrumada de trabajo. Por cierto, no me he olvidado de lo tuyo. Hice una extracción de ADN de esa blusa. Pronto tendré algo.

—¿Tienes tiempo para hacerlo?

—La verdad es que estamos un poco enloquecidos ahora mismo, pero conseguiré que me lo hagan. Están pasando cosas raras estos días en el laboratorio.

—¿Y eso?

—Algunas puedo contártelas, otras no.

—Adelante.

—De acuerdo. Vince y yo hemos hecho una revisión de los casos no resueltos de agresión sexual de los últimos cinco años. Nos hemos centrado en siete agresiones ocurridas en el norte de la ciudad, todas con allanamiento y todas en un área de tres kilómetros.

—¿El mismo modus operandi?

—Muy parecido. El agresor mantiene siempre su rostro tapado, por lo cual no tenemos descripción. La agresión de la otra noche, cuando me acompañaste...

—¿Miriam Hope?

—Exacto. Ella forma parte del grupo.

—¿ADN?

—Hasta ahora no. Miriam es nuestra mejor baza. Ahora mismo estoy analizando sus sábanas. Si el violador lloró, quizá haya dejado algunas lágrimas. Ésa es la apuesta.

—¿Sólo Vince y tú estáis trabajando en ello?

—Sí.

—Muy bien. ¿Y qué es lo que no puedes contarme?

—La niña de doce años...

—¿Jennifer Cole?

—Sí. Analicé el semen que encontramos en el callejón...

—¿Y?

—No puedo decírtelo.

—Pero quisieras hacerlo.

—Lo necesito, sí.

—¿Cómo podemos hacerlo, entonces?

—No lo sé aún. Dame un poco de tiempo.

Me encogí de hombros. Nicole me apretó la mano.

—Tengo que irme corriendo —dijo—. Gracias por venir esta noche. Gracias por la charla. Significa mucho para mí, Michael.

Le di un último abrazo justo cuando Diane volvía de hacer su llamada. Cruzamos las puertas giratorias del Drake y nos internamos en la noche de Chicago. Eché un último vistazo atrás y vi a Nicole mirándome y diciéndome adiós con la mano. Luego se interpuso una pareja y, cuando pasaron de largo, ya había desaparecido.

Miré hacia el vestíbulo y la vi un poco más allá, de medio

perfil, hablando con Bennett Davis. A Rodríguez no se le veía por ninguna parte. Sonreí. Como dicen los irlandeses, los tipos tenaces siempre resultan simpáticos.

Subimos a un taxi. Cené con Diane en Gibson´s. Agradable pero no del todo real. Comimos, bebimos, nos contamos historias, nos sonreímos. Metidos en nuestro papel, pero no del todo.

La dejé con un taxi en su apartamento y me fui a casa. Una hora más tarde, tenía que hacer esfuerzos para mantenerme despierto y, de hecho, fracasaba en el intento de un modo lamentable. En ese momento de clarividencia que precede al sueño pensé en Nicole, sola en su laboratorio, trabajando toda la noche hasta el amanecer. Quería levantarme, quería hacerle compañía. Pero me hundí en el sopor, en una especie de pesado silencio que se difundía en la oscuridad.

Capítulo 34

*U*nos dedos de suave luz reptaron por mi ventana y por el suelo de la habitación. Me llegaban los ruidos apagados de la mañana: un portazo, el camión de la basura arrastrándose por el callejón. Pensé en levantarme, en una taza de café y el periódico. El camión cambió de marcha y se fue alejando, y su rumor cada vez más apagado me devolvió al sueño. Luego sonó el teléfono. El identificador de llamada decía LABORATORIO DE POLICÍA DEL ESTADO DE ILLINOIS. Descolgué al tercer timbrazo.

—Hola.

—Michael, soy Nicole. ¿Te he despertado?

—Me estaba levantando. ¿Cómo es que estás ahí tan temprano?

—No podía dormirme anoche y vine al laboratorio. Pensé que podría trabajar en tus muestras antes de que llegase nadie.

—Seguramente no es mala idea.

—No tengas la menor duda.

—¿Por qué?

—Tenemos una huella genética.

—¿De la camisa de Elaine?

—Sí.

Sentí un estremecimiento en la nuca y una oleada de calor subiéndome hacia las sienes.

—¿La has podido identificar?

—La he contrastado en la base de datos CODIS hacia las tres de la mañana. Tengo una concordancia.

Yo ya estaba medio vestido y cogí un lápiz y un papel.

—Voy para allá. Dame el nombre del tipo.

—No es tan sencillo.

—¿Qué quieres decir?

—¿Recuerdas lo que te dije anoche sobre Jennifer?

—No me dijiste nada de Jennifer.

—Sí, bueno, todo eso que no podía contarte. Se ha vuelto muchísimo peor.

—¿Por la blusa de Elaine?

—Será mejor que vengas, Michael. Ahora mismo.

Capítulo 35

*L*legué al laboratorio un poco después de las seis. Dejé el coche en un aparcamiento vacío, salvo por el Cherokee plateado de Nicole. La puerta principal estaba cerrada. No se veía a nadie en el vestíbulo desde fuera. Llamé al móvil de Nicole pero no respondió. Mierda. Empecé a rodear el edificio, preguntándome si habría otra entrada. Nada.

Recorrí la parte trasera del inmueble. El tren elevado pasaba cerca. Volví a llamarla al móvil. Nada de nuevo.

El corazón se me aceleró un poco y palpé la pistola que tenía sujeta en la cintura. A mi izquierda vi una raya de color rojo oscuro que se extendía por el suelo de cemento hasta un grupo de vigas oxidadas del tren elevado. Me arrodillé y pasé la mano por encima. Todavía estaba húmeda.

Oí a lo lejos el fragor de un tren que se aproximaba. Me deslicé bajo las vías. El fragor iba creciendo muy deprisa. El suelo vibraba y el ruido del tren parecía imponerse ahora sobre cualquier otra realidad. Crucé de lado otra intersección de vigas.

Nicole estaba tendida en el suelo, con la cabeza ladeada y la boca abierta. No se oía nada salvo el tren atronando por encima de nuestras cabezas. En torno a su garganta, un collar de un rojo muy brillante se llenaba de sangre cada vez que respiraba, empapando la camiseta de la Universidad de Chicago que tenía puesta. Yo sabía lo suficiente para darme cuenta de que era sangre arterial. Seguramente una cuchilla de afeitar usada desde detrás. Sabía lo suficiente para comprender que ningún torniquete ni ninguna maniobra de reanimación o de primeros auxilios salvarían a mi amiga. Así que me limité a abrazarla. Sus ojos localizaron los míos. No trató de hablar, sólo me miró fijamente aceptando su destino. En un minuto o poco más, la luz empezó a apagarse. Me apretó la mano una vez y luego se escabulló calladamente en la hora temprana, bajo las vías del tren elevado.

La volví a dejar en el suelo y pensé en todos los momentos que no habíamos tenido, en todo lo que no le había dicho, en todas las cosas que la mayoría de la gente piensa. Demasiado en lo que reflexionar, sobre todo cuando ya se lleva mucho jugado y es demasiado tarde. Saqué mi móvil y marqué el 911. Estuve abrazándola hasta que oí la primera ambulancia. Luego la dejé por última vez en el suelo y me alejé preguntándome cuándo iba a llorar.

Capítulo 36

*T*res horas más tarde estaba en mi oficina, con la puerta cerrada y las persianas bajadas. Tenía los pies encima de la mesa y miraba fijamente a ninguna parte. Mi móvil sonaba, pero no hacía caso. Sonó también el teléfono de la oficina. Una vez. Otra. No hice caso. Luego oí pasos en el vestíbulo y un golpe en la puerta.

—¿Qué quieres? —pregunté.

Vince Rodríguez, de pie ante mí, me miraba como necesitado de instrucciones acerca de cómo vivir el resto de su vida. Como la mayoría de policías, sin embargo, estaba acostumbrado a dejar los problemas de lado, y eso fue lo que hizo.

—Cuéntame lo que ha pasado.

—Ya he hecho una declaración allí —dije—. La han grabado, o sea que puedes escucharla. Se han quedado con mi camisa, han sacado fotos de mis manos y de mis brazos, probablemente para ver si tenía marcas de cortes que demostrasen que yo le he cortado el cuello a Nicole. ¿Quieres una copa?

Saqué una botella de Powers del cajón del escritorio. Rodríguez se quitó el abrigo, lo colgó en la percha y se sentó.

—Tú no has matado a Nicole —dijo—. Eso lo sé. Y lo saben en la Central.

—Estoy impresionado.

—Lo que no entiendo es qué estabas haciendo allí.

Serví un poco de whisky, solo, en una taza de café desportillada y se lo ofrecí a Rodríguez, que me hizo un gesto de que pasaba. Agité el líquido moviendo la taza en círculo y la vacié de un trago.

—Como le he dicho a la policía, Nicole y yo habíamos quedado para desayunar. Comprueba su lista de llamadas. Me ha llamado más o menos una hora antes de que la encontrase allí.

—No tengo necesidad de comprobar sus llamadas —dijo Rodríguez—. Nicole me ha llamado inmediatamente después. Me ha dicho que había quedado contigo. No me ha dicho de qué iba la cosa, pero lo que es seguro es que no ha hablado de ningún desayuno.

Yo ya me esperaba que Rodríguez acabaría atando cabos, tarde o temprano. Parecía demasiado listo para no hacerlo. Tampoco me parecía mal. Nicole estaba muerta, tan muerta como Gibbons, tan muerta como la casera de Gibbons. Quizá Rodríguez resultase de ayuda.

—¿Cuál es la hipótesis de trabajo en la Central? —le pregunté.

Rodríguez se echó hacia atrás.

—El sitio equivocado, la hora equivocada y toda esa mierda. Nicole estuvo trabajando hasta muy tarde, decidió coger el tren elevado. O Nicole estuvo trabajando hasta muy tarde y decidió salir a fumar.

—Ella no fuma. Y su coche estaba en el aparcamiento.

—Lo dicho, todo puras chorradas. Pero realmente, ¿qué otra cosa tienen?

—Alguien ha conseguido acceder al laboratorio.

—Ya se ha comprobado. La de Nicole ha sido la única tarjeta de acceso utilizada esta noche. O sea, que a menos que su asesino haya entrado con ella, tiene que haberla atacado fuera.

—No encaja, Rodríguez. A las cinco de la mañana Nicole no tenía el menor motivo para salir afuera. Yo he hablado con ella. Me estaba esperando a mí y debería haber estado en el vestíbulo.

—Lo que nos devuelve a mi pregunta. ¿En qué la tenías trabajando?

Era más que seguro que yo había firmado de algún modo la sentencia de muerte de mi amiga al pedirle aquel análisis de ADN. Si hubiera sido posible rectificar, lo habría hecho. Si hubiese podido ocupar su lugar en la camilla del forense, lo habría hecho también. En vez de eso, trataría de que su muerte no quedara sin consecuencias.

—Estaba haciendo unos análisis para mí.

—¿De la antigua violación de la que le hablaste? Ella me contó algunos detalles.

—Sí, me imaginaba que lo haría. Le dejé una prueba. Una blusa de la víctima.

—¿De dónde la sacaste?

—Digamos, por el momento, que la conseguí.

Rodríguez asintió. Yo proseguí.

—Cuando ha llamado esta mañana, me ha dicho que había logrado extraer una huella genética. Me ha dicho que después de contrastarla con la base de datos CODIS había obtenido una concordancia. Me ha dicho que estaba relacionada con los resultados que habíais obtenido de la agresión a esa niña.

—¿Jennifer Cole? —preguntó.

—Sí.

—¿Nicole te ha dicho eso?

Asentí. Rodríguez entrelazó las manos sobre la cabeza y miró al techo.

—¿Qué estás pensando? —pregunté.

—Creo que había conseguido establecer una conexión.

—Que ha hecho que la mataran —dije—. ¿Qué pasó con Jennifer?

—Dejemos eso ahora. Tenemos que averiguar qué había encontrado Nicole en la blusa de tu chica. ¿Dónde está esa blusa?

—La tenía Nicole en el laboratorio.

—Mierda. En su cubículo no hay nada.

—¿Qué me dices de su ordenador?

—Nada tampoco, salvo los casos que tenía asignados.

—Quienquiera que la haya matado ha entrado dentro —dije—. Se lo ha llevado todo.

—Quizá no. Déjame tu ordenador.

Rodríguez rodeó mi escritorio y encendió el Mac.

—Nicole no se fiaba de su jefe —dijo el detective—. Creía que estaba confabulado con el fiscal para echar tierra sobre casos que merecían ser investigados.

—Suena típico de Nicole.

—Sí. La cuestión es que ella quería encontrar pruebas por su cuenta y creó su propio sistema de copias de seguridad.

Rodríguez sacó un objeto negro y delgado del bolsillo de su chaqueta y lo introdujo en una ranura lateral del ordenador.

—He sacado esto de su llavero. Es una memoria USB. La

165

cuestión es: ¿habrá tenido tiempo de hacer una copia de seguridad?

—¿Lo has mirado ya?

—No. Ella confiaba en ti. He pensado que podía esperarme.
Le hice un pequeño brindis con mi taza.

—Gracias, detective. No tenías por qué hacerlo.

—Sí tenía un motivo. En caso de que encontremos una pista, eso no constará en acta. Sólo tú y yo lo sabremos. Cuando
demos con él, sea quien sea el que haya matado a Nicole, no
tendrá derecho a juicio. ¿Entiendes?

Lo entendía perfectamente y así se lo dije. El detective me
hizo un gesto de asentimiento y bajó la vista.

—Perfecto.

Capítulo 37

Vince hizo doble clic en un icono que titilaba y el archivo que había en la memoria USB de Nicole se abrió. Enseguida me sentí perdido. Por suerte, Rodríguez parecía saber cómo orientarse.

—El archivo más reciente ha sido actualizado esta madrugada. Lo cual significa que probablemente hizo una copia de los resultados que te había anunciado.

—¿Podrás encontrarla?

Vince abrió lo que a mí me pareció una hoja de cálculo y empezó a leer.

—Aquí está —dijo—. Elaine Remington. ¿Es tu cliente?

Asentí.

—¿Ves estos gráficos de barras de color verde?

Volví a asentir.

—Es la huella del ADN extraído de su blusa.

Vince siguió abriendo documentos.

—No estoy del todo seguro, pero creo que ésta es la huella con la que concuerda la muestra.

Señaló otra serie de gráficos, esta vez de color rojo.

—Parece como si hubiera encontrado concordancias en doce ubicaciones distintas.

—¿Eso es bueno? —pregunté.

Vince levantó la vista de la pantalla.

—Es una concordancia muy elevada. ¿Tienes un bolígrafo?

Le pasé uno y Rodríguez empezó a tomar notas.

—Si no me equivoco, éste es el número de caso de la huella identificada. ¿Dónde tienes la conexión de Internet?

—¿Qué quieres hacer?

—Entrar en la base de datos del departamento —dijo Vince—. A ver si consigo localizar ese número de caso.

Señalé el Mac con la cabeza.

—Mejor sería que no pudieran rastrearnos.

Rodríguez se encogió de hombros.

—Seguramente tienes razón.

—Intelligentsia está aquí al lado —dije—. Tienen portátiles y línea de ADSL.

Vince sacó el dispositivo de memoria y salimos. Era casi mediodía y el café estaba muy tranquilo. Pedí uno solo. Rodríguez pidió un expreso y entró en el servidor del Departamento de Policía de Chicago.

Aguardé dando sorbos a mi café. Vince fue abriendo y pasando páginas. Quince minutos después, se echó hacia atrás, me miró, volvió a mirar la pantalla y por fin la cerró.

—¿Qué pasa?

Echó una ojeada alrededor. El café seguía casi vacío. Quizás el malvado estuviese oculto entre los granos de café tostado Arturo Fuente, a 12 dólares el kilo, aunque no parecía probable.

—Cuéntame, Vince.

El detective volvió a abrir el portátil y le dio la vuelta para que yo pudiera seguir su explicación.

—¿Qué te dijo Nicole sobre la concordancia de huellas?

—Me dijo que la muestra concordaba con una huella de la base de datos CODIS.

—¿Y ya está?

—Sí.

—De acuerdo. Si yo lo entiendo bien, tu muestra concuerda con el semen hallado en al menos dos de las mujeres víctimas de los asesinatos de John William Gray.

Me vino a la memoria Ray Goshen y su cuarto de las escobas lleno de horrores.

—¿Grime? ¿El asesino en serie?

Rodríguez asintió.

—No es posible —dije—. Grime ya estaba en el corredor de la muerte cuando mi cliente sufrió la agresión.

—No he dicho que concuerde con Grime en persona —dijo Rodríguez—. Vamos a retroceder un momento. En 1995 descubrieron quince cadáveres enterrados debajo de la casa de Grime. La mayoría llevaban ropa. Muchos tenían ligaduras en torno al cuello. Algunos estaban envueltos en sábanas. Como te puedes imaginar, un montón de material probatorio.

—Tienen un ala entera dedicada a Grime en el almacén.

—¿Sí? La cuestión es que el año pasado el director del laboratorio de Nicole decidió someter una parte de ese material a un análisis de ADN.

—El caso ya estaba resuelto —dije.

Rodríguez alzó una mano.

—«Un asunto que pertenece a la historia criminal de Chicago», alegó el director. Total, todo el mundo esperaba que las huellas genéticas fueran compatibles con las de Grime.

—¿Y no fue así?

—En la mayor parte del material encontraron el ADN de Grime. Quiero decir, su semen aparecía por todas partes. Pero se encontró también una segunda huella genética no identificada.

—¿Semen?

—En las ropas de dos de las víctimas.

—¿Cómo es que no salió publicado?

Rodríguez tomó aire.

—En el laboratorio estaban muy sorprendidos y, al principio, no pararon de hablar del asunto. Luego empezaron a pensárselo mejor. La mayoría de las víctimas de Grime eran prostitutas. Era normal que hubiesen tenido otros clientes la noche en que Grime las recogió.

—¿El mismo desconocido en dos víctimas distintas?

Vince se encogió de hombros.

—Quizás una coincidencia. Quizá no. Conclusión: la oficina del fiscal decidió silenciarlo.

—Y ahora esto.

—Sí, ahora esto. Una violación cometida dos años después de que Grime fuera a la cárcel y resulta que aparece la misma huella desconocida. Pero ése no es el único problema.

—¿Jennifer?

—Sí, Jennifer Cole. Pero no es lo que piensas.

Yo sólo podía pensar en una cara de doce años medio borrosa tras el panel de plexiglás de un coche de policía.

—Te escucho.

—A principios de esta semana Nicole analizó el semen que

encontramos en aquel callejón junto a Belmont. Y también estaba relacionado con el caso Grime.

—¿El mismo desconocido?

—En realidad, no. El semen que encontramos en el callejón presenta una concordancia exacta con el del propio Grime.

—Imposible.

—No tanto. ¿Has oído hablar de un tipo llamado Norm Shannon?

Meneé la cabeza.

—Un tipo de Milwaukee. El año pasado. Relacionado mediante ADN con tres agresiones distintas. Estaba en una celda esperando juicio cuando se produce una cuarta agresión. Y se encuentra el semen de Shannon en la cuarta víctima. Empieza a presentar recursos, cuestionando la credibilidad de los análisis de ADN, diciendo cómo es posible, exigiendo su liberación.

—¿Y?

—Resulta que Norm Shannon se masturbó en un frasco de mostaza, se lo envió a esa mujer desde la prisión y ella se lo introdujo y declaró que había sido violada. Todo por cincuenta dólares.

—Joder.

—La mujer confesó todo el plan —dijo Rodríguez—. No funcionó, pero, demonios, fue un bonito intento.

—¿Y crees que Grime ha hecho lo mismo?

—Creo que Grime tenía un cómplice cuando cometió sus crímenes. Un cómplice del que no sabíamos nada y con el que Grime sigue en contacto.

—¿Y ese tipo continúa activo?

—Eso parece. Me imagino que Grime consiguió hacerle llegar su semen y que le dio instrucciones para que lo derramara en uno de sus ataques. Quién sabe para qué; para divertirse tal vez. En todo caso, ese ataque resultó ser el de Jennifer Cole.

—¿Y ahora piensas que la blusa de mi cliente podría servir para identificar a ese tipo?

—Creo que eso es lo que Nicole te iba a contar en el laboratorio.

Permanecimos en silencio un momento mirando el archivo que nos había dejado Nicole, la pista por la que había muerto sin saberlo. Vince hizo doble clic en otro icono y se abrió una foto de periódico, una imagen de un grupo de hombres en torno a una mesa de caoba. El pie de foto decía: «El equipo que procesó a Grime». Vince amplió la foto.

—Por lo visto, Nicole ya estaba reuniendo documentación sobre Grime.

—Sí —dije mientras examinaba aquellas caras borrosas. Muchos de ellos se veían más jóvenes. Gerald O'Leary, que nunca perdía ocasión de ponerse ante un micrófono, estaba en primera fila, en el centro—. Mándamela por e-mail, Vince, ¿de acuerdo?

Le di mi dirección a Rodríguez.

—¿Cuándo es la ejecución? —le pregunté.

Vince revisó el archivo que tenía en pantalla.

—Por lo que parece, podría tocarle este año.

—¿Dónde está ahora mismo?

—En el corredor de la muerte de Menard, al lado de Saint Louis. ¿En qué estás pensando?

—Tengo que hablar con Grime.

A Rodríguez le pareció muy divertida la idea.

—Ha estado una década en el corredor de la muerte —dijo—. Jamás ha querido hablar con un policía. Nunca ha concedido una entrevista.

—A mí sí querrá verme.

—¿Por qué?

—Porque le queda menos de un año para que le claven la aguja y yo soy el tipo que va a lograr liberarle.

Rodríguez apagó el ordenador y apuró su café.

—Vamos —dijo.

—¿Adónde?

—Si te vas a encerrar en una habitación con Grime, hay una persona con la que deberías hablar primero. Voy a arreglarlo.

Capítulo 38

—¿*H*as estado alguna vez con un asesino en serie?

Rodríguez me había llevado al día siguiente a un apartamento de una sola habitación que quedaba sobre una sandwichería Jimmy John's en el barrio de Streeterville. El único ocupante del apartamento era alto y delgado, un montón de huesos y de ángulos con enormes patillas y un mostacho gris. Tendría unos sesenta años, tal vez algo más, llevaba una camiseta de cerveza Fat Tire y fumaba marihuana en cantidad. O eso deducía al menos el investigador privado que yo llevaba dentro viendo la bolsa de hierba que reposaba sobre la mesa de café.

—No, nunca —contesté.

Robert J. Trent III dio un sorbo a su té de jengibre y luego dirigió una mirada contenida a los abismos. Yo miré a hurtadillas a Rodríguez, que levantó un poco la mano pidiéndome paciencia. Según decía el detective, Trent había trabajado con más de un centenar de asesinos en serie. Más aún: había obtenido resultados concretos, proporcionando perfiles psicológicos al FBI y a otros organismos y contribuyendo a resolver casos de gran importancia. Yo nunca había oído hablar de él. Según Rodríguez, eso no era por casualidad. Trent era un especialista en psicología criminal que iba por libre: un tipo que no se había sacado ningún título ni aparecía nunca en los medios, que vivía fuera del alcance del radar, por así decirlo, porque «ahí es donde están los asesinos».

—Es complicado —dijo Trent—. Hay que tener mucha firmeza. No permitir nunca que se te metan en la cabeza. Porque una vez dentro, ya no salen de ella.

—Tampoco espero que me cause pesadillas —dije.

—Pocos se lo esperan. Conozco a un detective de homicidios que pasó un par de horas con Ted Bundy, allá en Florida. Luego se volvió a su casa. Parecía estar bien. Dos semanas después se despertó a media noche. Bundy estaba sentado al pie de su cama. Sin hacer nada, sonriendo, simplemente. La mujer del tipo tuvo que llamar al 911. Se necesitaron tres polis y una jeringa repleta de Valium para calmarlo. Dejó el Cuerpo seis meses después. Ahora está divorciado, vende material de oficina y se bebe medio litro de vodka antes de cerrar los ojos por la noche. Conclusión: estos tipos suelen apoderarse de los débiles.

—¿Qué nos puede decir concretamente sobre Grime? —le preguntó Rodríguez.

—No he hablado nunca con él. ¿Debo entender que es usted quien irá a verle?

Trent me obsequió con una visión de sus ojos húmedos y enrojecidos protegidos por unas gafas bifocales.

—Estoy tratando de conseguirlo —dije.

Trent se colocó las gafas en la punta de la nariz y cruzó las piernas.

—Muy bien. Permítame que repase los hechos esenciales. Al menos, tal como me los expuso el detective Rodríguez por teléfono.

Trent miró a Rodríguez de soslayo, como si utilizar un teléfono fuese en cierto sentido algo fuera de nuestro alcance. Luego prosiguió.

—Si lo he comprendido bien, el señor Grime se las ha ingeniado de algún modo para sacar de la cárcel su ADN y hacérselo llegar a un cómplice dispuesto a ayudarle. Mmm...

Rodríguez y yo asentimos. Trent apretó los labios, consultó sus notas y continuó:

—Ustedes, caballeros, creen que el señor Grime indujo a su cómplice a introducir el mencionado semen entre los elementos materiales de una agresión sexual, implicando así, de un modo inverosímil en apariencia, al propio señor Grime.

Más gestos de asentimiento.

—Muy bien. También sospechan ustedes que dicho cómplice se dedica y se ha dedicado a agredir a mujeres durante años, tal vez incitado y dominado por el señor Grime.

Trent ya se había embalado y esta vez no esperó a obtener nuestro asentimiento.

—Más aún: ustedes sospechan que ese cómplice participó de hecho en la serie original de asesinatos por los que el señor Grime se enfrenta en la actualidad a una sentencia de muerte múltiple. Por último, ustedes sostienen que serán capaces de demostrar todo esto mediante el análisis del ADN.

—No estoy tan seguro de esto último —dijo Rodríguez—. Tenemos el ADN del cómplice, pero ni la menor idea de quién podría ser su propietario.

—De ahí la conversación con Grime —dijo Trent.

—De ahí precisamente —respondí yo.

—¿Tiene sentido para usted todo esto? —dijo Rodríguez.

Trent dio otro sorbo de té, descruzó y volvió a cruzar las piernas, dobló un codo y sostuvo con la palma de la mano extendida su afilada barbilla. Por fin, levantó la vista y respondió.

—Sí tiene sentido, detective. Encaja a la perfección. Típico de los asesinos en serie. Típico de Grime.

—¿En qué sentido? —pregunté.

—Todo John Grime puede resumirse en dos cosas —dijo Trent—: controlar el presente y revivir el pasado. Dos drogas muy poderosas. Si, como usted sugiere, él es capaz de mover los hilos de un violador y asesino en activo, eso constituye el placer supremo.

—Revive sus propios crímenes mediante los actos de su cómplice —dije.

—Más aún, señor Kelly, más aún. En su mente, él se sitúa físicamente en la escena del crimen poniendo su propio semen. Su propia firma, si usted quiere.

—Y es él quien controla la situación —dijo Rodríguez.

Trent asintió y se removió en su silla.

—Totalmente. Es como matar y violar por control remoto, desde una celda en el corredor de la muerte. Me repugna, caballeros, pero deben admitirlo: por poco cierto que sea, resulta espantosamente impresionante.

—Impresionante de cojones —dije—. ¿Cómo podemos conseguir que hable, que nos dé el nombre de su cómplice?

Trent sacudió la cabeza.

—No sé exactamente qué podría funcionar. Pero sí puedo

decirle lo que no va a funcionar con toda seguridad. No se moleste en hacerle reconocer al señor Grime unos hechos que él se ha tomado tanto trabajo en diseñar.

—Explíquese —dije.

Trent se encogió de hombros.

—Su semen fue encontrado en una de las agresiones más recientes. Él sabe que estaba allí. En un sentido muy real, fue él quien lo puso allí. También sabe que usted sabe que el semen estaba allí y que él lo puso allí. Reconocer cualquiera de estas cosas equivale a proporcionarle más control, más goce, más razones para permanecer callado.

—Mierda —dijo Rodríguez.

—Precisamente —dijo Trent condescendiente.

—¿Qué podemos hacer, pues? —pregunté.

—Usted ¿qué quiere?

—Ya se lo he dicho, el nombre de su cómplice.

Trent reflexionó un momento antes de responder.

—Le digo lo que siempre les digo a quienes van a hablar con un asesino en serie. No mienta. Incluso el menos ingenioso de esos asesinos miente mejor de lo que ninguno de nosotros podría soñar siquiera. Con Grime, va usted a hablar con el no va más del gremio. Su coeficiente intelectual se sale de los parámetros al uso. No al nivel de un genio, pero cerca. Él tiene todo este asunto muy bien pensado.

»Dígale la verdad. Procure que sea una verdad desagradable. Algo que él no desea escuchar. Eso le otorgará credibilidad y respeto. Le dará al menos un poco de fuerza ante él. Luego tiene que convencerle de algún modo de que le conviene mucho confesar el nombre de su cómplice. En última instancia, señor Kelly, estos tipos son, a falta de una palabra mejor, unos putos egoístas. En cien ocasiones distintas actuarán cien veces en su propio interés. Ahí reside su enigma y su vulnerabilidad. Utilícelo, pero no espere demasiado tampoco.

—¿Usted no cree que vaya a hablar? —pregunté.

—Nunca se sabe —contestó Trent—. Nunca se sabe.

El experto cogió la bolsa de hierba y el papel de liar. En menos de un minuto había confeccionado un canuto de aspecto muy profesional.

—Perdone, agente, pero ya sabe, es por el glaucoma.

175

Trent lo encendió y empezó a fumar. Sólo una calada o dos. Luego sostuvo el canuto con dos dedos, cerró los ojos y se echó hacia atrás. Tras unos segundos de reposo, prosiguió.

—Le voy a brindar un elemento más de reflexión. Sólo es una conjetura, pero creo que el señor Grime tiene grandes deseos de ayudarle a identificar a su cómplice. Si no por otra cosa, para elevar la apuesta y aumentar la presión.

—Le ayuda a creerse un dios —dijo Rodríguez.

—Exacto —respondió Trent—. Él decide cuándo se termina la juerga, quién acaba siendo atrapado y en qué momento. En cuanto al propio cómplice...

—¿Sí? —dije.

—Es imposible saber cómo reaccionará ante la traición de Grime. Yo, sin embargo, me atrevería a decir lo siguiente: hay más probabilidades de que continúe la caza, de que siga atacando a mujeres...

—Hasta que lo cojan.

—No, señor Kelly. Hasta que lo maten.

Capítulo 39

$\mathscr{M}$ientras regresábamos en mi coche, pensé en lo que nos había dicho Trent. Rodríguez miraba por la ventanilla casi sin parpadear. Yo había dejado a un lado a Nicole, al menos por el momento. Rodríguez no lo había logrado del todo.

—¿Dónde te dejo? —le pregunté.

—He aparcado en Addison, a la vuelta de la esquina de tu casa.

Me detuve junto a su coche. Estaba empezando a soplar el viento del lago. Una bolsa de plástico cruzó la calle rodando y luego echó a volar y se enredó entre las ramas de un árbol. Cayeron unas cuantas gotas sobre el parabrisas, luego fueron adquiriendo ritmo y se convirtieron en un golpeteo regular.

—Iré a ver a Grime —dije mientras ponía en marcha el limpiaparabrisas—. Mandaré una carta y una solicitud para visitarle.

—Es una apuesta arriesgada.

—Pero vale la pena. Además, él nunca aceptaría verse con un poli.

Rodríguez salió del coche, pero volvió a meter la cabeza por la ventanilla. Una corriente fría y húmeda acompañó a su voz.

—Recuerda, Kelly: esto es privado. O sea, que actúa con discreción. No des nombres. No des muchos detalles, ni dentro ni fuera de Menard. Y vete con cuidado. Trent tiene razón. Grime es muy bueno haciendo lo que hace. Y todo es en su propio interés.

Asentí.

—¿Estás bien, Rodríguez?

—La verdad es que no. Aún no. Pero lo estaré.

—Ya. Necesitas un poco de tiempo.

El detective cerró la puerta con fuerza. Doblé la esquina y

recorrí media manzana. Encontré un hueco justo enfrente y me dirigí a mi edificio con la cabeza gacha para eludir los elementos, mientras iba componiendo mentalmente una carta de amor a un asesino en serie. Una ráfaga de viento me ayudó a recorrer los últimos metros hasta la puerta de mi apartamento.

Ella estaba sentada en la entrada. Poco me faltó para pisarla antes de que pudiese pronunciar palabra.

—Michael.

No había oído su voz desde hacía un año. Me trajo sentimientos que creía olvidados o reducidos a un puro recuerdo.

—Annie.

Se había puesto de pie y se apretaba contra mí, rodeándome el cuello con los brazos y con la mejilla pegada a la mía. Por un instante, todo fue como antes. Luego dejó de serlo.

—Siento mucho lo de Nicole —murmuró.

Sólo había pasado un día, pero ya parecía como si hubiese estado muerta toda la vida. Abracé a Annie con suavidad. Noté cómo se aflojaba por dentro. Ella había conocido a Nicole. No como yo, pero lo bastante para que le resultase real.

—No pasa nada —dije.

Aquellas palabras, gloriosas en su pura torpeza, flotaron en el aire mofándose de su creador. Busqué a tientas las llaves y abrí la puerta.

—Entremos dentro.

Cinco minutos después estábamos sentados en dos sillones, contemplando la lluvia a través de las ventanas. Había jirones de niebla a la deriva procedentes del lago que se pegaban a las esquinas y los callejones, que borraban las puertas y se rizaban en torno a los canalones adosados junto a mi tejado.

Por encima de la niebla se acumulaba la artillería pesada, capas de nubes veteadas de púrpura y cargadas de viento. Las ráfagas doblaban los carteles de las tiendas sobre sus amarres y también a los peatones que intentaban avanzar a duras penas en los cruces. Luego el cielo se abrió en dos y las nubes se vaciaron con ganas. La tormenta de octubre fue tan completa como repentina y pareció ensañarse contra mi ventana, donde se fue acumulando agua en una grieta del marco hasta formar un charco justo junto a la taza de té que mi antiguo amor había dejado en el alféizar.

—No has hecho arreglar esa filtración, ¿eh, Michael?

Annie se sorbió las lágrimas, limpió el charco con una servilleta y dio un sorbo de té.

—¿Cómo estás? —preguntó.

—Estoy bien.

—Perdona lo de antes. Había leído lo de Nicole en el periódico, pero hasta que no he pronunciado su nombre... No sé. He perdido el control.

Volvió a perderlo de nuevo, aunque esta vez más suavemente. Me puse a su lado y le hablé de un modo espontáneo y sin pensármelo.

—Ella te quería mucho, Annie. Sé que no habíais hablado demasiado en el último año, pero te quería. Deberías saberlo.

Noté que apoyaba todo su peso en mí, agradecida.

—Algo más, Annie. Yo estaba allí cuando murió.

Se puso rígida y levantó la vista.

—Eso no lo decía el periódico.

—Ya lo sé, y en realidad no podemos hablar de ello. Pero sí puedes saber que fue una muerte muy sórdida. Y que Nicole se comportó con gran valentía. Con una valentía de cojones.

La tristeza que esperaba sentir en mi interior no se presentaba aún. Estaba allí, pero no en primera fila. Lo que había en su lugar era un frío y feroz orgullo por Nicole y mucha rabia. No había sido consciente de esa rabia hasta que empecé a hablar, pero así es como ocurre a menudo. Annie no siguió por aquel camino. Quizás intuía que era mejor no hacerlo.

—¿Cuándo es el funeral? —preguntó.

—El martes. En Graceland, a las dos.

Asintió y se secó la nariz. Yo me incorporé y me acerqué a la ventana, para darnos un respiro a ambos. Tras un minuto, ella volvió a hablar.

—Tienes buen aspecto.

—Sí, ya lo creo. Tengo un aspecto horrible y tú lo sabes.

Me volví. Ahora estaba acurrucada, con el pelo rubio todavía húmedo de lluvia y los ojos azules agazapados tras la taza de té, como buscando respuesta en los míos a preguntas que nunca había llegado a hacerme.

—Está bien, tienes un aspecto horrible —dijo—. Yo estoy impresionante, en cambio.

Un humor tranquilo, sedante, reposado. Me volví a sentar

179

en mi silla y aguardé. Lo peor ya había pasado. Tenía la sensación de que lo imposible estaba a punto de comenzar.

—Siento que todo acabara de aquella manera —dijo.

—Lo sé.

—Pero era lo mejor.

—Ya.

—No soy una cobarde.

—Lo sé.

—¿De veras?

Pensé en aquel día. Había dejado a Annie en la cocina. Dijo que prepararía algo de almuerzo y leería un rato. Ella había estado distante, yo también. Los dos sabíamos que aquello no funcionaba y no queríamos hablar del asunto, lo cual hacía que estuviera allí en medio. La relación. Como un enorme y sonriente gorila de trescientos kilos. En los rincones de todas y cada una de las habitaciones de nuestro pequeño apartamento. Desconchando la piel de nuestra vida en común. Sonriendo y comiendo. Pedazo a pedazo. Haciéndose más y más grande. Volviéndose cada día más difícil de ignorar.

Aquella mañana en concreto, sin embargo, las cosas habían ido mejor. Hablamos de su trabajo. Hice un chiste. Ella se rio. Incluso hablamos de lo que podríamos hacer en Navidad, una conversación que daba por supuesto que habría en nuestro futuro otra Navidad juntos. Recuerdo que ella se acercó y me abrazó con fuerza antes de que yo saliese. Pensé que era un buen signo. Sólo acertaba a medias.

Corrí diez kilómetros junto al lago. Me sentía suelto y rápido. Di con un ritmo cómodo. Luego caminé un rato, disfruté del paisaje y del esfuerzo, como siempre. Habrían pasado un poco más de dos horas cuando volví al apartamento.

Entré por la puerta de atrás. La cocina estaba a oscuras; el mármol, impecable. Recuerdo que me acerqué al fregadero y toqué la esponja, todavía húmeda. Había una gota de agua colgando del grifo que cayó por fin. Quería gritar su nombre pero me contuve. En lugar de eso, entré en la sala de estar. Estaba a oscuras, como la cocina. Oí el tictac del reloj en la mesita que había junto al sofá. Lo habíamos comprado en una reventa en Wisconsin porque tenía un aspecto antiguo y enrollado. Ahora sólo resultaba ruidoso.

Después de la sala de estar venía nuestra habitación y un ropero, ambos abiertos y medio vacíos. Cerca de la puerta, encima de la mesa, una solitaria mancha de luz iluminaba un sobre blanco doblado. Me acerqué y lo cogí. Mi nombre estaba escrito en la parte superior, con un garabato rápido y familiar que me dolía mirar. Abrí el sobre y me encontré otra vez en la cocina leyendo en la oscuridad de la tarde. Las palabras desfilaban a toda velocidad mientras mis ojos recorrían a saltos las páginas, deteniéndose sólo en las frases decisivas. Hermoso. Elegante. Conmovedor. Siete páginas. Todo un discurso. Annie se marchaba. Y yo no iba con ella.

La odié. Me odié a mí mismo por odiarla. Odié el hecho mismo de estar en el apartamento, de vivir aquel momento. Lo superaría. Seguro. Pero un año después el dolor no olvidaba.

—Tampoco es tan importante —dije.

—Podría habértelo dicho. Cara a cara.

—¿Por qué no lo hiciste?

—¿Qué crees que habría ocurrido si hubiésemos hablado?

Había pensado un montón de cosas durante aquel año. Pero no en aquello.

—¿Cuántas veces habíamos roto ya? —dijo—. ¿Cuántas veces en el último año habíamos llegado a la conclusión de que se había terminado? ¿Ocho, diez, once veces al mes?

Sonreí. Con tristeza, pero sonreí.

—Por lo menos.

—Exacto. Ninguno de los dos tenía fuerzas para hacerlo cara a cara. Ninguno de los dos habría sido capaz de marcharse de esa manera.

—Pero teníamos que hacerlo.

—Sí.

—¿O sea que, al fin y al cabo, era la mejor manera?

—No era la mejor manera, Michael. Era la peor. Pero también la única. Ya te lo he dicho, lo siento.

Se secó una pequeña lágrima, dio un sorbo de té y volvió a mirar la tormenta por la ventana. Noté que movía nerviosamente un pie y que la taza le temblaba un poco en la mano. Nuestra relación ya le había pasado su factura. Yo no deseaba que le arrebatara más.

—Hiciste lo que debías, Annie. Tenías razón al hacerlo así.

Me doy cuenta ahora. Lo he sabido casi todo el tiempo, de hecho.

Ella no respondió. Permanecimos sentados escuchando el viento. Dos personas consolándose por una relación que había terminado hacía mucho y que no iba a volver. Tras un rato, se puso de pie sin hacer ruido, cogió su abrigo y se dirigió hacia la puerta. Yo la seguí. Annie se volvió entonces.

—Eres una buena persona, Michael. Por eso te quise, por eso te sigo queriendo ahora. Durante mucho tiempo creí que con eso bastaba. Para ambos. Pero resulta que no bastaba para ninguno de los dos.

—Lo sé.

Ladeó la cabeza.

—¿De verdad?

—Te vi el otro día. Por casualidad. Con ese tipo.

Ella se sonrojó más de lo que yo hubiera querido y se arrebujó en su abrigo.

—Vaya. No lo sabía.

—¿Va en serio?

Levantó la vista y me dijo la verdad. Por mucho que doliera.

—Sí, Michael. Bastante.

—Me alegro por ti.

No estaba seguro de si lo pensaba de verdad hasta que lo dije. Entonces comprendí que sí lo pensaba.

—No iré al funeral —dijo—. No creo que pueda soportarlo. Pero me pasaré por el cementerio la semana que viene. Despídeme de ella.

Me abrazó. Y luego se marchó. Me senté junto a la ventana y contemplé cómo la empujaba el viento del lago por Lakewood y luego por el cruce de Addison. En un pequeño marco, en la mesilla junto a la ventana, había una fotografía nuestra tomada el verano anterior durante un partido de los Cubs. Sábado por la tarde en el estadio. Cogí la foto y me recreé durante un momento en una recién adquirida sensación de libertad. Unida, eso sí, a la prima más desagradable de la libertad: una sensación general de aislamiento también conocida como soledad.

Capítulo 40

Nicole fue enterrada dos días más tarde, un martes a mediodía. Tenía dos hermanas. Yo me situé entre ambas, junto a la tumba, los tres cogidos de la mano. Rodríguez estaba detrás, con unas gafas oscuras protegiendo un rostro impertérrito. Annie no había venido. No me hacía falta mirar para saberlo.

Rachel Swenson hizo una lectura durante el oficio. Bennett Davis se hallaba detrás de todo, casi oculto por la multitud. Con los labios muy apretados, me hizo un gesto al pasar junto a la tumba, arrojó una rosa y desapareció. Bennett se repondría. Iría a ver cómo estaba en un par de días.

La muerte de Nicole había sido una tragedia común y corriente, una de tantas historias de Chicago que duran un día y se olvidan al siguiente. Joven mujer negra, analista forense, dedicada por entero a capturar asesinos, muerta a manos de esos mismos criminales. Interesante perspectiva, aunque en definitiva nada más que otro acto de violencia aleatoria. Al menos así era como había sido presentado. Rodríguez mantuvo mi nombre al margen del informe oficial, cosa que yo le agradecí.

—No me has devuelto las llamadas.

Estaba alejándome ya, después del oficio. Yo solo. Diane me siguió. Iba toda de negro y encajaba a la perfección en el papel.

—Lo siento —dije—. Ha sido muy duro.

—Lo sé. También era amiga mía.

La abracé. Diane lloró un buen rato. Aguardé a que se le pasara y sentí el primer asomo de paz en mi interior, lo cual me sorprendió.

—¿Quieres venir conmigo? —le pregunté.

Se separó, casi avergonzada, y recuperó el dominio de sí misma.

—No puedo. Tengo el informativo de las seis.

—¿Y después? Ven a mi oficina. Podemos pedir algo de cena.

Ahora estaba distante. O lo parecía.

—Vamos a ver cómo van las cosas. Yo te llamo.

Asentí y me volví para marcharme. Diane me puso una mano en el brazo.

—Kelly.

Me detuve pero no me volví.

—¿Estás bien? —dijo.

—Estoy bien.

Sus dedos resbalaron por la manga de mi abrigo.

—Mejor. Te llamo luego.

La oí alejarse y continué andando. La tumba de Phillip estaba en la parte trasera del cementerio, una sección que ni el encargado ni nadie debían de visitar a menudo. Yo no llevaba flores, ni siquiera un cigarrillo que dejar sobre la lápida de mi hermano. A él ese detalle le habría gustado.

En vez de eso, permanecí allí un rato recordando. Apenas unos atisbos de la infancia, ahora convertidos en polvo entre los engranajes del destino y del tiempo. Phillip llevaba demasiado tiempo muerto para que realmente le echara de menos. Pero todavía podía sentir la rabia y preguntarme por qué. Mi hermano y Nicole ocuparon el centro de lo que había sido mi juventud. Ahora permanecerían enterrados muy cerca. Si no otra cosa, al menos aquello parecía adecuado.

Cuando pasó un minuto o dos, hice la señal de la cruz, deslicé los dedos por las letras de su nombre grabadas en la lápida y me marché. Mientras regresaba en busca del coche, eché una mirada entre los árboles. El enterrador estaba en plena faena, echando tierra sobre el ataúd de mi amiga y mandándola de camino a la eternidad.

Capítulo 41

Salí del cementerio y conduje hasta el centro comercial Century City, en la esquina de Diversey y Clark. Me detuve en zona prohibida, puse las luces intermitentes y salí del coche. Era primera hora de la tarde y el centro comercial estaba bastante vacío. Tenía en la cabeza una melodía de bajo y un siseo de electricidad palpitándome bajo la piel. Apreté un botón y esperé al ascensor. Justo cuando las puertas se abrían, un tipo y su novia se adelantaron empujándome y se metieron dentro. Él llevaba una camiseta sin mangas y un gorro de los Red Sox con la visera hacia atrás. Apretó un botón y las puertas empezaron a cerrarse. Yo aún estaba fuera. La chica se echó a reír y el tipo me hizo un gesto con el dedo cuando sólo quedaba un palmo de espacio. Metí el pie en el hueco, cogí las dos puertas con fuerza y empecé a separarlas. Oí al tipo apretando botones a la desesperada, pero eso no le iba a servir.

—No te gusta esperar —dije.

Mi voz sonaba grave, peligrosamente tranquila.

—No tenemos todo el puto día.

Era la chica. Llevaba unos vaqueros caídos y una camiseta corta y sin mangas. Le sobraban bastantes kilos y no parecía muy en forma. Observé cómo le colgaba la barriga sobre los vaqueros y cómo le palpitaba al chillar. Luego miré al tipo. Estaba musculado, aunque con esa clase de músculo flojucho de las salas de pesas. Tienen buen aspecto hasta que los sacas a hacer un poco de ejercicio. El tipo me miraba preguntándose qué iba a hacer yo y esbozando un gesto desdeñoso con el labio; no porque fuese un tipo duro, no porque tuviese verdadera capacidad: simplemente porque no sabía hacer otra cosa.

—Venga, dame —dije. Sus ojos se sobresaltaron.

—¿Qué dices, tío?

—He dicho que me des.

Me acerqué un poco más para que comprendiera que aquello iba en serio. El estremecimiento de la violencia me recorrió los hombros, se aceleró por mis brazos y acabó enroscándose en mis puños. Quizá se excusaría, aunque no lo creía. En ese momento, la verdad es que deseaba que no lo hiciera.

—Será mejor que te largues —dijo, y miró a la chica, que era toda ojos ahora.

Yo no dije nada, sólo esperé. Como la mayoría de tipos que no saben pelear, empezó del modo más previsible y no hizo más que empeorar las cosas. Un largo y lento golpe de derecha, dibujando una parábola y perdiendo fuelle por el camino para chocar por fin con la parte lateral de mi cabeza. Yo me moví sólo lo justo para recibir el golpe pero despojándolo de su fuerza. Una cuestión de centímetros. El truco está en saber en qué dirección y cuándo.

Esperé un segundo. El chico me miró, se miró el puño y volvió a mirarme a mí. Y luego se acabó. Una derecha le dio en la mandíbula y lo mandó contra la pared. El quería tirarse sin más, pero yo lo tenía agarrado por la camisa. Todavía no. Le di otro par de derechazos. Golpes directos, cortos y letales. El primero le partió la nariz. El segundo le cerró el ojo derecho. Luego lo solté y se vino abajo. En menos de cinco segundos todo había terminado. La chica estaba petrificada en un rincón del ascensor, dispuesta a salir corriendo en cuanto me acercara. Salí, apreté el botón para que se cerrasen las puertas y subí por la escalera.

El cine estaba en la tercera planta. Compré una Coca-Cola, entré en la sala y me acomodé en la parte trasera. Oí un poco de jaleo afuera; parecía un aviso de Seguridad. Luego todo se calmó otra vez. No sabía muy bien para qué película había sacado entrada, pero tampoco me importaba. Tenía dolorido el nudillo del dedo anular, de modo que terminé el refresco y hundí la mano en el hielo. Permanecí sentado un rato mirando la pantalla. Tom Cruise le estaba diciendo algo a una chica con la típica pinta de Hollywood, pero realmente no logré seguirlo. No importaba tampoco. En la oscuridad del cine, estaba a salvo. Sólo yo, Tom y un vaso lleno de hielo. Luego mi amiga Nicole cruzó el pasillo y vino a sentarse a mi lado. Me rodeó los hombros con el brazo, me hizo una caricia en la cara y me dijo que todo saldría bien. Que sabría arreglármelas. Que encontraría a otra persona en quien confiar. Que encontraría otra persona a la que amar y junto a la cual seguir creciendo. Que un día olvidaría que por mi culpa ella estaba bajo tierra a los treinta y tres años.

Dejé caer el vaso al suelo, me doblé hacia delante y me pasé las manos por el pelo. Nicole. Pensé en ella en la oscuridad de aquel cine. No quería pensar en Nicole, no podía hacerlo. Nunca más. Se había acabado. Empezaba otra vida. Eso es lo que me decía a mí mismo. Pero la cosa no funcionaba así, por lo menos para mí, de modo que dejé que entrara en mi interior. Y entonces lloré, de un modo desatado y silencioso. De un modo que nunca habría creído posible. Lloré hasta no poder más. La película continuaba. Yo me debatía, me llenaba de furia y jadeaba. Todo apenas en un murmullo. Hasta que se terminó. Esperé, dudando. Fuese lo que fuese, ya había pasado. Encontré en el suelo una servilleta y me sequé los ojos. Tom estaba a punto de saltar por los aires, de ser acribillado y besado, todo al mismo tiempo. Le deseé suerte y salí del cine.

El centro comercial seguía tranquilo. Ni rastro del chico y la chica. Yo quería darle dinero, ofrecerme a pagarle los gastos médicos, alguna cosa. Pero lo que hice fue bajar en ascensor. Estaba vacío, aunque había una mancha de sangre en un rincón. Caminé por Diversey y encontré el coche. No tenía multa. Mi día de suerte. Subí y conduje hasta mi oficina. Nicole estaba bajo tierra. Se había ido. Y yo tenía mucho que hacer.

Capítulo 42

*I*ncluso una década después, el famoso mimo callejero y asesino en serie seguía dando titulares. El artículo más reciente que encontré en Google sobre John William Grime había salido sólo una semana atrás. Un hombre de negocios había comprado algunos de sus dibujos hechos en la cárcel y había organizado una quema pública. Una semana antes había aparecido otro artículo en el *Chicago Tribune* sobre la casa de la calle Hutchinson: el edificio de dos pisos bajo el que Grime había enterrado a quince mujeres jóvenes acababa de ser vendido a un promotor inmobiliario. Dos centenares de personas vestidas de mimo, con las caras pintadas de blanco, permanecieron sentadas en silencio en la acera mientras derribaban la casa. Cada una de ellas sostenía una foto de una de las víctimas de Grime. Según el periodista, el plan era construir en su lugar un Kentucky Fried Chicken. Todo el mundo le sacó punta al hecho, pues Grime había sido cocinero en un Kentucky. Eso fue poco antes de que asesinara a Tamara Kennedy, de dieciséis años, su primera víctima conocida.

Me había preparado una taza de té y estaba buceando entre los distintos relatos de la detención y el juicio de Grime cuando sonó el teléfono. Era Diane.

—¿Qué haces? —dijo.

Miré el reloj. Eran las seis y veinte.

—¿Cómo es que no estás en el aire?

—Estoy, pero hay una pausa de publicidad. Enciende la tele y me humedeceré los labios para ti.

—Muy divertido. ¿Piensas venir?

—¿Tú quieres que vaya?

—Sí.

—¿Qué tal te ha ido la tarde?

—Muy bien.

Pausa.

—Voy para allá en cuanto termine el programa.

—Estupendo. Una pregunta: ¿no hicisteis el año pasado un reportaje retrospectivo sobre John William Grime?

—Lo hizo John Donovan, en el décimo aniversario de su detención. Creo que sacamos a un montón de familiares juntos.

—Si puedes, tráete esa cinta y cualquier otra cosa que encuentres sobre el asunto.

—¿Grime?

Oí una sintonía de fondo y la voz de su director.

—Te lo explico cuando vengas.

Colgué y encendí el pequeño televisor que tengo en la oficina. Tras la pausa publicitaria, ofrecieron una panorámica del estudio y luego enfocaron a Diane en primer plano, que empezó a hablar de las ballenas beluga del Acuario Shedd. No había ninguna sonrisa en su rostro ni tampoco el menor rastro de lascivia en sus labios. De hecho, parecía un poco distraída. Apagué la televisión y regresé al asesino en serie.

Un reportaje de la revista *Time* publicado en 1996 mostraba algunas fotos de la escena del crimen y también de la excavación. Si yo lo entendía bien, Grime había amontonado los cuerpos de dos en dos en tres zanjas alargadas. Accedía a las tumbas a través del suelo del vestidor de su dormitorio. Montaba un sistema de poleas, ataba los pies de la víctima a la polea y la bajaba con la cabeza por delante. No disponía de mucho espacio, pero allí estaban todos los cuerpos.

Grime salía de caza por los paseos de la ciudad, normalmente de noche. Ahogó o estranguló a la mayoría de sus víctimas y las violó a todas menos a tres. Eileen Hayes, de quince años, fue encontrada en el fondo de una de las tumbas. Tenía los dedos hundidos en la espalda del cuerpo contiguo. El forense especuló que Hayes tal vez estaba viva cuando Grime la enterró. Según él, Eileen Hayes sólo podía haber durado unos minutos después de recuperar la conciencia.

Me estiré, me acerqué a la ventana y me pregunté qué significaría «sólo unos minutos» si te despertases en tu propia tumba. Al otro lado de la calle, la línea Marrón arrojaba una nube continuada de pasajeros a la lluvia ligera que había empezado a caer repentinamente. Se abrió un espacio entre la multitud y apareció Diane justo en el momento de abrir un paraguas y levantar la vista hacia mi ventana. Un minuto después sonó un golpe en la puerta.

—Eh, muñeca.

Ella se fundía fácilmente con mi cuerpo. Un par de buenos momentos después, nos separamos.

—¿Cómo estás? —preguntó.

—Estoy bien.

—Estupendo. ¿Tienes hambre?

—No mucha. Pero algo deberíamos comer.

Saqué varios menús del último cajón del escritorio.

—¿Qué te apetece? —pregunté.

—Lo que sea.

Diane estaba de espaldas y deslizaba los dedos por la vieja librería que había junto a la puerta. Allí estaban las obras completas de Platón. Elegí un menú y marqué el número.

—¿Qué vas a pedir? —preguntó.

—Chino.

—Odio la comida china.

Diane tenía abierto uno de los volúmenes y estaba leyendo. Colgué y escogí otro menú.

—¿Esto es griego?

—Griego antiguo. Del siglo IV a. C.

—Parece difícil.

—No si vivieras en Grecia.

Diane se volvió con una sonrisa socarrona.

—Querrás decir en el siglo IV a. C.

—Exacto —dije—. ¿Te gusta la pizza?

—¿A quién no?

—Ésta es pizza East Coast, con la corteza muy fina y redonda.

—Suena fantástico. ¿Hay cerveza?

Señalé el frigorífico mini que tenía en un rincón e hice el pedido. Diane sacó un par de cervezas heladas. Se sentó en la misma silla que había ocupado John Gibbons, echó un buen trago a la botella y se secó los labios.

—¿Y esto?

—¿El qué?

Había dejado a Platón y sostenía un ejemplar del *Agamenón* de Esquilo.

—¿Cómo es que lees estas cosas?

Retrocedí mentalmente y me encogí de hombros.

—Son cosas en las que estuve metido en otra época. Las estudié en secundaria y en la universidad.

—Yo me especialicé en historia en la universidad —dijo Diane—. Y no tengo el apartamento lleno de libros de historia de América.

—Quizá deberías.

—Interesante —dijo.

—¿Tú crees?

Cogí el volumen de Esquilo y lo abrí.

—¿Qué sabes de este tipo? —le pregunté.

—¿De Esquilo?

—De Esquilo.

Se encogió de hombros.

—Lo que todo el mundo. ¿No se suicidó? Se bebió una cicuta...

—Ése era Sócrates.

Copié un verso para que Diane lo leyese.

Ἔστιν Θάλασσα-τίς δέ νιν κατασβέσειν.

—Esto es griego antiguo —dije.

—Fantástico.

—Es del *Agamenón* de Esquilo, que forma parte de una trilogía de tragedias llamada la *Orestíada*. Este verso se traduce así: «Ahí está el mar; ¿quién lo vaciará hasta dejarlo seco?». Clitemnestra se lo dice a Agamenón justo antes de mandarle a una muerte segura.

—¿Es que la estaba traicionando?

—No exactamente. Pero el caso es que, cuando lees este verso en griego, suena todo él como una especie de siseo. Un montón de eses blandas. Esquilo quería que Clitemnestra sonara como la serpiente que era. O aquí, mira este otro.

Le copié otro verso del texto griego.

Γνῶθι σε αυτόν.

—Éste figuraba en un muro del oráculo de Delfos —dije—.

Significa «Conócete a ti mismo». Según Platón, ahí está la clave de la verdadera sabiduría. De la verdadera felicidad.

—Conócete a ti mismo —dijo Diane—. Suena fantástico.

—¿Tú crees?

—Claro. Hasta que llegas a saber demasiado.

—¿Hablas por experiencia?

—Puro sentido común. Hazte las suficientes preguntas y quizá descubras cosas que no te gusten.

No le dije a Diane lo cerca que andaba del *Edipo* de Sófocles. Pensé que ésa me la guardaba para otra ocasión.

—En fin —dije—, esto es lo que saqué de aquellas lecturas. Una manera de ver la vida, una manera de vivirla. Algo que te queda para siempre. Por eso me gusta. Y ahora hablemos de Grime.

Diane devolvió el *Agamenón* a la librería y se acercó al aparato de vídeo.

—Bulldog es nuestro experto en Grime —dijo—. Como te imaginarás, fue él quien cubrió el juicio.

—Por supuesto.

John *Bulldog* Donovan era un hombre de otra época, además de una leyenda. Un tipo que llevaba sombrero, que usaba un bloc de notas y humedecía el lápiz con la lengua antes de escribir.

—Bulldog es el mejor reportero de la ciudad —continué—. Es de los que aciertan a la primera.

Diane introdujo una cinta en el aparato. La grave voz de barítono de Donovan acompañaba las imágenes de la casa de la calle Hutchinson y luego la única secuencia de Grime que había obtenido alguien: veinte segundos de metraje mientras la policía conducía al asesino a la comisaría para ficharlo. Parecía regordete y como aturdido.

—¿Qué te parece? —pregunté.

Diane ladeó la cabeza.

—Tiene el mismo aspecto que millones de tipos. Supongo que ahí está el truco ¿no?

—El asesino en serie estándar ha de tener la pinta del vecino de al lado.

—En el caso de Grime, del perdedor de al lado.

Detuve la cinta en una foto de Grime en la que se le veía

apartando la cara del objetivo y cubriéndosela parcialmente con las manos.

—¿Sabías que le hacía un número de mimo a cada una de sus víctimas?

Diane meneó la cabeza. Yo proseguí:

—Se cubría la cara y el cuerpo de pasta blanca y hacía su número de mimo mientras tú permanecías esposada en su bañera, gritando hasta que te quedabas sin aliento, prometiendo cualquier cosa con tal de seguir viviendo un poco más. Y prometiéndolo en serio. Él terminaba su número, se quitaba el maquillaje y te miraba. No con maldad, no como un loco. Te miraba, simplemente. Y luego hundía tus hombros y tu cabeza en el agua. Lentamente. Tú aguantabas la respiración durante un minuto o así. Y finalmente te rendías y te hundías sin resistencia, hasta el fondo de la bañera y de tu tumba. Y él permanecía mirando todo el rato. Ése es el estilo Grime.

Diane se levantó, apagó la televisión y le dio la vuelta a su silla para ponerla frente a la mía.

—Lo he captado. Un malvado. Suerte que está en el corredor de la muerte. Y ahora dime por qué estamos hablando de él.

Se había inclinado hacia delante, con la boca un poco abierta y la blanca dentadura manchada aquí y allá con puntitos de pintalabios rojo. Por primera vez, noté que los dientes superiores se le encabalgaban un poco sobre los inferiores. Era muy poco, pero bastaba para darle un precioso aire lobuno.

—He encontrado una prueba de la violación que Gibbons estaba investigando.

—¿La de Elaine Remington?

—No me preguntes cómo. Atribúyelo a la suerte.

—¿Qué has encontrado?

—La blusa de la víctima.

—¿La pequeña prueba que faltaba?

—Algo así. Hicimos algunos análisis, encontramos semen y obtuvimos una huella genética, sin identificar aún.

—¿Se lo has dicho a Elaine?

—No.

Diane se echó hacia atrás en la silla y reflexionó. Luego cogió su cerveza y le dio un trago.

—Quizá te agradecería que la tuvieses al tanto.

—Voy a esperar un par de días —dije—, para ver si puedo encontrar un nombre.

—Y nuestro amigo el asesino en serie ¿qué pinta en todo esto?

—A eso iba. —Saqué el informe de Nicole—. La mañana en la que fue asesinada, Nicole estaba contrastando esa huella con la base de datos de ADN del Estado.

Diane dejó la cerveza y cogió el informe.

—¿Nicole estaba trabajando en esto?

—Sí. Y ahí es donde la cosa se complica.

Diane pasó las páginas deprisa, buscando quizás una clave y no encontrando otra cosa que datos científicos.

—Te iría mejor si lo intentaras con Platón —dije.

—Qué gracioso. ¿Por qué se complica la cosa?

—Te lo voy a contar, pero tiene cierto valor informativo.

—¿Cuánto?

—Eso tendrás que decírmelo tú. Lo que necesito es que retengas esa información sin hacerla pública aún. No toda la vida. Sólo hasta que yo te diga.

—¿Estás modificando nuestro acuerdo?

—No. Esto es parte del acuerdo. Pero tienes que confiar en mí.

Diane dejó el informe y soltó un suspiro.

—Y tú tienes que confiar en mí. Ponme al corriente y yo cumpliré mi parte del trato.

Eché una última mirada alrededor y me lancé.

—El laboratorio criminal del estado encontró el año pasado una segunda fuente de semen en los asesinatos de Grime.

Diane sacó un bloc de notas y empezó a escribir. Esto me puso nervioso, pero continué igualmente.

—Decidieron que se trataba de una coincidencia —dije.

—¿Los de la oficina del fiscal?

Asentí.

—Tiene sentido —añadí—. Muchas de las víctimas de Grime eran prostitutas, de manera que era de esperar que apareciese semen de otra procedencia. El problema es que se encontró la misma huella de ADN en dos víctimas distintas.

—Enorme coincidencia.

—Ahí no acaba la cosa. Esa huella concuerda, a su vez, con la que se extrajo de la blusa de mi cliente.

—¿De la blusa de Elaine?

—Sí.

—Entonces, quienquiera que violase a tu cliente está relacionado con los crímenes del caso Grime.

—Deberías dedicarte a escribir titulares.

—Guau.

No me decidí a contarle a Diane que el semen del propio Grime había aparecido en el escenario de una agresión mientras él estaba en el corredor de la muerte. Ya tenía material de sobras que asimilar por ahora.

—¿Sabías que Gerald O'Leary se ganó su reputación con el caso Grime? —dijo Diane.

—Eso había oído.

—¿Has hablado con Bennett de todo esto?

—No —dije—. Demasiado cerca del avispero. Por ahora, hagámosle un favor y dejémoslo al margen.

—De acuerdo.

—Una cosa más —dije—: cuando registraron el laboratorio de Nicole, todos sus materiales de trabajo habían desaparecido. La blusa, los informes, todo. Conseguí los datos sobre la huella genética gracias a una copia de seguridad que ella había guardado.

—O sea ¿que tú crees que su asesinato también está relacionado con esto?

—Sí.

Diane me miró fijamente.

—No ha sido culpa tuya —dijo.

—¿En qué sentido?

—Tú no podías saberlo.

—Exacto, yo no podía saberlo: no sabía una mierda, en realidad, razón por la cual tendría que haberla mantenido al margen.

—Ella ya era mayorcita, Kelly. Sabía lo que quería hacer con su vida. Y en ese preciso momento, quería echarte una mano.

Yo no me tragaba ninguno de esos argumentos y así se lo dije. Pero, en lugar de retroceder, Diane me arrastró a aguas más profundas.

—Yo sé algunas cosas sobre Nicole. Quizás algo más de lo que tú te crees.

Sentí un latido en la sien.

—¿Qué quieres decir?

—Quiero decir que ella me habló de su violación.

—Deja que te pregunte una cosa. ¿La filmaste?

—Ella sólo tenía doce años cuando ocurrió, Kelly. Necesitaba contárselo a alguien de una vez.

—¿La filmaste, sí o no?

—Sí.

—De puta madre. Pon la cinta en uno de tus almuerzos. Será todo un éxito.

Me aparté de ella y cogí la botella de cerveza. Diane empezó a acariciarme el dorso de la mano.

—También me habló de ti, Michael. Fuera de cámara.

Yo intenté zafarme de ella y eludir la cuestión. Una mujer me dijo una vez que ese era mi modo de actuar ante los asuntos importantes. Dar vueltas; simular que el problema no existe y que desaparecerá por sí solo. Algunos, sin embargo, se resisten a cooperar.

—¿Qué te contó?

Mi voz sonaba débil y extraña. La voz de alguien que no me resultaba familiar y con quien no me sentía del todo cómodo.

—Me habló de las cocheras del ferrocarril y de un hombre. Apareció en vuestro barrio un día; blanco, corpulento, ancho de hombros.

Las palabras de Diane dispararon imágenes dormidas en algún rincón de mi cerebro. La bobina de la película tembló, parpadeó y empezó a girar. Había permanecido callado durante todos aquellos años y ahora el hombre estaba allí de nuevo, sonriendo de oreja a oreja al chico ya crecido, burlándose del paso del tiempo. Como si eso hubiera cambiado alguna cosa.

—Las cocheras del ferrocarril están en Grand y Central —dije.

Por dentro, el chico continuaba gritando y dando patadas. Pero yo seguí adelante. No tenía elección.

—En medio de mi antiguo barrio. Algunos de los chicos mayores habían empujado un camión de helados Good Humor y lo habían volcado allí. Helados gratis, ya sabes. Era el sitio ideal para un pedófilo. En todo caso, fue allí donde la atrapó.

Sacudí la cabeza, pero la película continuaba.

—Tenía la nuca rasurada. Una frente muy despejada, piel blanca y pálida, ojos pequeños como pasas; la cara picada de viruelas y una mancha de nacimiento en un lado. Suena espeluznante, ¿no?

Diane asintió.

—La cuestión es que tenía una bolsa llena de regaliz. ¿Te acuerdas? A mí me encantaba el de color rojo, a Nicole también. Así fue como la atrapó, supongo; dándose una vuelta por el camión de helados y usando su bolsa de regaliz.

—¿Los encontraste?

—Yo tenía un año y medio más que ella. Catorce quizá. Supongo que sabía lo más elemental sobre el sexo, pero nunca lo había visto. No creía que pudiera ser así.

—No es así, Michael.

—Al final de las cocheras había un sitio que nosotros llamábamos «la ciénaga», y eso venía a ser más o menos. Quedaba justo debajo de las vías. El tipo la tenía sentada en una piedra, con la cabeza gacha, cogiéndola del pelo con una mano, obligándola a hacérselo con la boca. Recuerdo que primero le vi a él volviéndose hacia mí, luego también ella volvió la cara. Estaba llorando, pero había un tren de mercancías pasando por encima y no se oía nada. Bueno, había un montón de ruido, pero no procedente de ella.

Eché un trago de cerveza, aunque no me supo a nada. La película proseguía, el tren rodaba por encima de la ciénaga. Ningún sonido pero un montón de imágenes. Diane se acercó despacio, sus rodillas tocaron las mías, me cogió las dos manos y las mantuvo asidas con fuerza. Yo no las retiré.

—Yo no era un chico muy corpulento —continué—, aunque seguramente sí era el más duro en un barrio muy duro. Tampoco habría importado, de todos modos. El tipo era enorme, me hubiera matado. Aun así, al verlo, al ver a Nicole, se volvió de repente todo negro. Solía ocurrirme de niño: veía de pronto las cosas borrosas, como envueltas en una especie de bruma. Y luego todo negro. Después, era como si estuviera fuera de mi cuerpo. Observando. Esperando a ver qué pasaba.

197

»Supongo que tuve suerte: agarré un trozo de una tabla. Tenía un clavo enorme en un extremo y le di con él justo encima de la sien. El hombre se derrumbó como una pared de ladrillos. Primero las rodillas, luego el tórax y la cabeza, con un ruido sordo contra el suelo. Yo ya estaba encima de él. En realidad, los dos. Yo y Nicole. Le golpeamos hasta que no nos quedó fuerza en los brazos.

Terminé la cerveza. Sonó el timbre. Diane se levantó, pagó la pizza y sacó unos platos. Luego se sentó, cogió otra vez mis manos entre las suyas y aguardó.

—Creo que estaba muerto —dije—. Estoy prácticamente seguro. Y supongo que fue el clavo lo que lo mató. Era a principios de primavera, un viernes por la tarde después del colegio, y lo dejamos allí. Recuerdo que le asomaba la lengua entre los labios. Corrimos como locos. Lo dejamos en la ciénaga. El maldito tren de mercancías seguía pasando por encima de nuestras cabezas.

Cogí un trozo de pizza y le di un mordisco. No me sabía a nada tampoco.

—¿Qué pasó después? —dijo Diane.

—No hubo después —contesté—. Aquella noche se desató una tormenta tremenda. Con inundaciones, desprendimientos de lodo. En fin, un gran desastre tipo monzón.

Me detuve un momento y sentí otra vez aquella lluvia fría y oscura desplomándose del cielo, martilleando el tejado y azotando la ventana de mi habitación. Yo permanecí allí, pensando que alguien, en algún lugar, estaba furioso. Y me preguntaba por causa de quién.

—No pudimos acercarnos siquiera a la ciénaga durante una semana y media —dije—. Cuando fuimos por fin Nicole y yo, aún quedaba mucha agua. Todo el montículo donde lo dejamos había desaparecido. Si seguía allí, tenía que ser bajo una gran cantidad de agua y lodo. Y si estaba vivo..., bueno, ninguno de nosotros lo vio nunca más.

—O sea, que en realidad no lo sabes.

—¿Si lo maté? Siempre he creído que sí. Al menos hasta que no vuelva a ver esa cara. Así es como yo lo veo.

Me encogí de hombros.

—Algunas personas son capaces de matar. Otras no. Yo

descubrí hace mucho que pertenezco al primer grupo, y no me molesta.

—¿Qué me dices de Nicole?

Sacudí la cabeza.

—Es difícil de decir. Los años fueron pasando. De vez en cuando hablábamos de ello. Pero más bien lo fuimos dejando de lado. Parecía más fácil así.

—Suele serlo. ¿Y ahora?

—Ahora tengo que hablar con John Grime.

—¿Crees que él tiene la respuesta?

—Depende de la pregunta que se le haga. Ahora mismo, creo que vale la pena intentarlo.

Con suavidad, Diane me hizo poner de pie. Yo me dejé hacer. Me condujo a la habitación, cerró las persianas y abrió un paréntesis en mi vida. No practicamos sexo, más bien hicimos el amor. Por primera vez. Cuando terminamos, creí que las lágrimas eran mías. Hasta que advertí que eran de ella.

Capítulo 43

El estado de Illinois ejecuta a sus asesinos en el interior de un lúgubre montón de ladrillo, justo a la salida de Chicago, que se conoce como la prisión Stateville. El corredor de la muerte propiamente dicho, sin embargo, está ubicado a setecientos cincuenta kilómetros, en un montón de ladrillo todavía más lúgubre llamado Menard. Fui en avión hasta Saint Louis, alquilé un coche y retrocedí un trecho por la autopista estatal. Diane conocía al director de Menard y había hecho la primera llamada. Él no tenía nada que objetar a mi solicitud de visitar a Grime, siempre y cuando el asesino manifestara por escrito que quería verme. Según el director, Grime no había aceptado ninguna visita que no fuese la de un abogado desde hacía más de cinco años. Aun así, yo garabateé una nota, la puse en un sobre y la mandé a la prisión. Una semana más tarde sonó mi teléfono. Grime daba su conformidad. Así que allí estaba.

—Vacíe sus bolsillos en la bandeja.

La voz salía de un altavoz de madera de la pared. Deslizaron una bandeja de plástico por una ranura de metal encajada en una pieza de plexiglás opaco. Tiré todo el contenido de mis bolsillos en la bandeja y la deslicé otra vez por la ranura. Unos minutos después reapareció la voz fantasmal.

—Pase para que le registremos.

Un cerrojo giró a la izquierda y se abrió una puerta. Entré en una habitación más grande con tres funcionarios de la prisión: dos mujeres y un hombre sentados en tres cubículos y sin sonreír precisamente. Una de las mujeres señaló una puerta a mi derecha.

—Ahí dentro. Quítese los pantalones y espere.

Entré en la habitación y esperé, pero con los pantalones

puestos. Unos minutos después, un funcionario con un proyectil rasurado por cabeza entró con mucho despliegue de músculo. No llevaba guantes de látex puestos, lo cual me hizo sentir mejor inmediatamente.

—Se supone que tiene que quitarse los pantalones.

—¿Con qué finalidad?

Cabeza de Proyectil sonrió.

—Sobre todo lo hacemos para ver si la gente va a cumplir las normas. Las cosas resultan un poco aburridas aquí, ¿sabe? Déjeme cachearle simplemente y ya podemos entrar.

Cinco minutos después me hallaba esperando en una celda pequeña, con una chapa de identificación prendida en el pecho.

Todas las cárceles son básicamente iguales, aunque algunas lo son más que otras, sobre todo si son antiguas. Menard había albergado más de cien años de sufrimiento humano. Angustia, terror, sudor, orines, muelles de colchón afilados con mangos de acero; duchas vacías y guardias que no oyen los gritos; violaciones en grupo y sábanas convertidas en la soga de oportunos suicidios.

Oí un rumor de pasos y de voces amortiguadas. Una llave girando en un cerrojo, luego en otro. Por fin, los pasos se oyeron fuera y se abrió una puerta. Cabeza de Proyectil entró primero. Venía con otros dos funcionarios. Cada uno con un fusil. Cabeza de Proyectil llevaba la voz cantante.

—Muy bien, Kelly. El trato es el siguiente: el prisionero está en una celda al otro lado del pasillo. Tiene las manos y los pies esposados con una cadena unida en la cintura. Si usted quiere, podemos quitarle las esposas de las manos.

Asentí. Cabeza de Proyectil murmuró unas palabras en el transmisor de radio que llevaba sujeto al hombro.

—De acuerdo —continuó—. Puede darle la mano si lo desea, pero nada más; ningún otro contacto físico. Si quiere darle alguna cosa, démela a mí ahora y yo me encargaré de pedir la autorización del director.

—No le he traído nada.

—Muy bien. Limítese a hablar, mantenga la distancia y todo saldrá bien.

Asentí de nuevo.

—Él tiene cigarrillos y una botella de agua ahí dentro. Se

201

ha bajado también un montón de papeles y algunos de sus cuadros. ¿Se le ocurre por qué?

—No.

—Si no le importa que se lo pregunte, ¿de qué va todo esto?

—¿Usted estará ahí dentro mientras hablemos?

—Mis compañeros se pondrán uno a cada lado del prisionero. Yo me colocaré justo detrás de usted.

—Entonces se va a enterar de todo ahora mismo.

—Está bien. No monte ningún numerito que pueda irritarle, porque tengo órdenes de interrumpir de inmediato la entrevista, ¿entendido?

—Entendido.

—Bien. Pues vamos.

Aún le estaban quitando las esposas cuando yo entré. Grime se hallaba sentado en una silla metálica plegable ante una mesa atiborrada con toda la documentación de una década entera de apelaciones. En el suelo, a sus pies, aún había más carpetas. Uno de los guardias le desenredó la cadena de la cintura y se apartó.

—¿Ve esto?

Grime levantó un grueso archivador marrón de la mesa. Le sobresalían por un lado una gran cantidad de lengüetas de color naranja, verde y amarillo.

—Es la información que he conseguido sobre todas las víctimas. De detectives privados que contraté. Un buen dinero para averiguar lo que pudiesen sobre todas esas chicas.

Grime tiró de una lengüeta para mostrar el rostro de una chica. No llegué a ver su nombre, pero se la veía sonriente.

—Una revisión completa de cada una de ellas, quiénes eran, a quién conocían, cómo llegaron a Chicago. La mayoría de estas crías no eran unas santas, ¿sabe?

Grime dejó caer al suelo el archivador y me miró de lleno por primera vez. Era como cualquier otro tipo envejecido y echado a perder, sólo que peor. En torno a los sesenta y cinco años, con el pelo blanco alisado hacia atrás, al estilo John Dillinger, aunque ya más bien ralo y con un grave problema de caspa. Tenía la piel del color de la grava húmeda y como colgándole de los pómulos; los ojos metidos con calzador en abultadas bolsas de carne y la boca goteándole hacia la barbilla. Una déca-

202

da en el corredor de la muerte no le había sentado demasiado bien. Lo cual, por supuesto, tampoco era lo que se pretendía.

—¿Para qué toda esa investigación? —dije.

—Para demostrar quién las mató.

Yo estaba sentado frente a él. Los tipos con fusiles se habían situado uno a cada lado, tal como había dicho Cabeza de Proyectil. Y Grime seguía hablando.

—He bajado algunos de mis dibujos.

Cogió un lienzo que había sobre la mesa.

—Un autorretrato mío trabajando en la avenida Míchigan. Lo he titulado *El mimo de la avenida Míchigan*.

Grime sonrió mostrando toda una hilera de dientes torcidos y mohosos, aunque no le faltaba ninguno.

—¿Quiere ver uno de mis números?

Antes de que pudiese decir que no, Grime había puesto las dos manos juntas por encima de su cabeza. Miró hacia arriba entre sus dedos extendidos, puso las palmas bien planas y empezó a forcejear con un techo invisible que iba descendiendo. Luego deslizó las manos a ambos lados y luchó con el peso de unas paredes imaginarias. Por último, colocó las palmas ante su rostro, se asomó entre los dedos para mirarme y adoptó una expresión atemorizada. Yo me preguntaba si aquello sería lo último que habrían visto sus víctimas en su breve existencia.

—No está mal, ¿eh? —dijo el asesino—. Yo tenía verdadero talento. ¿Quiere ver otro dibujo?

Cogió otro autorretrato de la mesa. Esta vez era Grime *el Mimo* entreteniendo a un grupo de niños.

—Soy yo en el Emporium del Helado Brody´s. ¿Lo capta?

Grime soltó una carcajada y miró alrededor. Yo no lo captaba, ni nadie de los que estábamos allí. No éramos una audiencia fácil, pero Grime prosiguió.

—Brody´s, la marca con quince sabores distintos. Yo trabajaba de mimo para ellos. Quince sabores, quince cuerpos. ¿Lo capta ahora?

Sonreí.

—Lo he captado.

—Ésta es una de mis pinturas estilo Disney.

Grime cogió un cuadro de los Siete Enanitos. Figuraba que

era invierno y los deformes enanitos estaban sentados en torno a una fogata, con las palas olvidadas a un lado, tratando de entrar en calor. Grime se encargaba de los comentarios.

—Walt Disney fue uno de mis mentores. Me encantan los enanitos. Dormilón, Estornudón, Feliz, Doc. Cada año hago una estación distinta. Éste es *Los Enanitos en invierno.*

—¿Todo esto lo hace en su celda?

—Sí. Hago unos cuarenta o cincuenta al año. La próxima vez les toca en verano.

—¿Con el mismo escenario?

—Siempre en el bosque.

—¿Y Blancanieves?

Grime sonrió otra vez. Salvo con los ojos.

—No está ahí, ¿verdad? Y usted, ¿por qué está aquí?

Grime dejó el cuadro a un lado y dio un sorbo de agua.

—Quiero decir, leí su carta. Nueva información sobre mi caso. Usted sabía que eso me iba a interesar.

Asentí.

—Bueno, ¿cómo puede ayudarme? —dijo.

—Yo no creo que usted sea inocente, John.

El rostro de Grime permaneció inexpresivo.

—Me importa una mierda lo que usted crea, señor mío. ¿Cómo puede ayudarme?

—Creo que usted tenía un cómplice. Hábleme de él y quizá pueda ayudarle.

Grime dio otro sorbo de agua y se reclinó hacia atrás en su silla. La barriga se le tensó bajo los botones de la camisa azul prisión.

—¿Sabe que yo ayudo en misa, aquí dentro? Pregúntele al capellán. De monaguillo.

Otra pausa.

—¿Tiene un abogado, John? —le pregunté.

—Un puto ejército.

—Pregúnteles. Un cómplice cambia su situación legal, modifica las pruebas; quizá le proporcione un nuevo juicio. En el lugar en el que está, eso ya es algo.

—¿Y qué le induce a pensar que no lo hice todo yo solo?

—Ya se lo he dicho: cuénteme y quizá yo pueda serle de ayuda.

—No, pedazo de capullo. Cuénteme usted a mí. O salga de una puta vez de mi celda.

Me incliné hacia delante. Grime no se movió.

—Soy su mejor oportunidad, John. Lo crea o no, puedo demostrar que contó con ayuda. Así que explíquemelo.

—¿Por qué habría de hacerlo?

—¿Por qué no?

—¿Quizá porque así me mantendré con vida?

—¿Quiere que le enseñe un calendario con la fecha de su ejecución? Me imagino que hacia diciembre. Que lo disfrute.

—Usted no ha entendido nada, ¿verdad?

—Dígamelo usted.

—Todo esto se ha vuelto mucho más importante que los asesinatos. Yo soy mucho más importante.

Grime parpadeó una vez y me miró como un chico de secundaria a una rana antes de empezar a practicarle una disección. Con un punto de diversión, pero sobre todo con curiosidad.

—¿Sabe cuánta gente muere cada día? —me dijo.

—No, no lo sé.

—Ciento cincuenta mil personas al día. Diez mil desde que se ha sentado ahí. Compruébelo si quiere.

—No le sigo, John.

—No me sigue. Nadie me sigue; ésa es la cuestión. Mierda, por cada persona viva ahora mismo, hay miles de millones que ya están muertas. Miles de millones. O sea que... ¿de dónde saca que esas quince fueran tan especiales?

Grime utilizó el pie, todavía esposado a la pata de la silla, para abrir otra vez el archivador marrón. Se abrió de par en par en una página con una foto de una chica llamada Donna Tracey. Unos diecisiete años, pelo largo y ralo, un cutis muy estropeado. Parecía la foto de una ficha policial.

—Parte del rebaño —dijo Grime—. Millones de ellas, armando jaleo, tragándose sus Big Macs, escuchando sus musiquillas, cambiando de canal en la caja tonta. Ésa es su vida, señor mío: salir de casa, beber un poco de cerveza tibia y revolcarse luego en el asiento trasero con un tipo que quiere ser mecánico. Como si hubieran inventado ellos el sexo.

Grime cerró el archivador con el pie.

205

—Quedarse preñada a los... ¿quince? ¿dieciséis? ¿Para qué? ¿Para procrear? ¿Para propagar la especie? Y una mierda. Otra generación de mediocres, escupiendo críos igualmente mediocres. Y luego encaminándose penosamente a la tumba. Esas quince, simplemente, llegaron un poco antes.

—Y ninguna le importa un bledo a nadie. ¿No es eso, John?

Grime estiró el cuello y echó un vistazo en derredor. Nadie se había movido. Todos estaban escuchando. Al asesino eso le encantaba, lo cual me venía bien. Mientras siguiera hablando, yo aún tenía posibilidades.

—Usted parece un tipo listo —dijo Grime—. Déjeme preguntarle una cosa. Seguro que sabe el nombre de su bisabuelo. De su bisabuela. Pero ¿qué pasa si retrocedemos otra generación y llegamos a su tatarabuelo? Es menos de cien años atrás, pero la mayoría de la gente no tiene ni puta idea. Su propia carne y su propia sangre; cosas tan sagradas, joder. Una vez que estás bajo tierra, desapareces en cincuenta años. Como si nunca hubieras existido.

—Pero no así para usted, ¿no?

—Seguramente no, señor mío. Seguramente no. O sea, que dice que estos capullos van a matarme y que usted tiene una salida. ¿Y qué? Eso digo yo: mátenme. Yo viviré siempre, de todos modos.

Grime miró por encima de mí. A Cabeza de Proyectil.

—Ya he terminado.

Dicho lo cual, se levantó y extendió las manos. Los funcionarios volvieron a ponerle las esposas con las manos delante. Y luego empezaron a amontonar sus archivos.

—Lo siento, Kelly. Quizá tenga usted algo, quizá no. Pero no es suficiente para mí.

—¿Ya tiene lo que quiere?

—Eso parece.

Me levanté y me acerqué a él. Tratando de meterme en su terreno y de cambiar la dinámica de la situación.

—¿Y qué pasaría si pudiera salir de ésta? —dije—. Aunque sólo fuera un poco. ¿No cree que eso contribuiría a engordar la leyenda? Y si algún día llegase a ser liberado, ¿no se convertiría en una historia de enormes dimensiones?

Grime se detuvo mientras los funcionarios comprobaban

que había vía libre en el pasillo. Ante el resto del mundo, no era más que un viejo averiado al que le gustaba practicar el sexo con chicas demasiado pequeñas para apretarles luego el cuello hasta matarlas. En cambio, según su propio criterio, él era uno de los inmortales de su generación. A decir verdad, yo tenía la impresión de que no estaba tan lejos de serlo. Finalmente, el asesino se inclinó hacia delante y, por vez primera desde que yo había entrado en la habitación, logró sorprenderme.

—Mire una cosa —dijo—. Usted haga el trabajo preliminar. Asegúrese de que puede probarlo. Si no, yo hablaré y todo terminará aquí de nuevo, recayendo sobre mi persona.

—Muy bien. Pero necesito algo.

Un guardia cogió a Grime por el codo y empezó a arrastrarlo.

—Ya es la hora —dijo Cabeza de Proyectil.

—Lo pensaré —dijo Grime—. Pero entiéndalo bien, usted ha emprendido este camino y podría acabar también entre los cimientos de una casa.

Sonrió al decirlo. Creo que la idea le había gustado. Luego salió de la habitación. Cabeza de Proyectil se quedó conmigo.

—¿Quién va a recoger todo esto? —pregunté.

El funcionario se encogió de hombros.

—¿Bromea? La gente se pelea por subirle las cosas a su celda. Uno de esos cuadros acabará en la taquilla de alguien, y lo venderá en eBay por veinte de los grandes.

—¿En serio?

—En serio.

Cruzamos juntos un par de puertas de seguridad y volvimos a recorrer una galería abierta. El patio quedaba a mi izquierda, con un grupo disperso de internos fumando y levantando pesas.

—¿Ha conseguido lo que quería? —preguntó Cabeza de Proyectil.

—Aún no.

—Ya, bueno, Grime es un capullo.

—¿No es muy popular aquí?

—¿Un tipo como ése, con semejante reputación? Tiene que pagar para continuar vivo.

—¿De veras?

—Claro. Un cartón de tabaco al mes o nos lo encontramos en las duchas con un mango en el cuello.

Llegamos al final de la galería. Cabeza de Proyectil metió una llave y abrió otra puerta. Un funcionario esperaba al otro lado.

—Aquí me despido. Buena suerte, Kelly. Espero que le haya servido de algo.

Nos estrechamos la mano. Recorrí otro largo pasillo, con tres puertas más, hasta llegar a la habitación donde me habían registrado. Una de las funcionarias me entregó las llaves, el dinero y la cartera sin pronunciar palabra. Me llené los bolsillos y ya estaba a punto de irme cuando sonó un teléfono. La funcionaria murmuró unas palabras, levantó la vista hacia mí, volvió a murmurar un poco más y colgó.

—Señor Kelly —dijo.

—Sí.

—Espere un momento.

Me senté. Dos minutos más tarde reapareció Cabeza de Proyectil.

—Kelly, suerte que lo hemos pillado. Su chico quería darle algo. El director ya me ha concedido su autorización.

Cabeza de Proyectil me entregó un trozo de papel.

—Sólo una nota. Sí, le hemos echado un vistazo. No significa nada para mí, pero ahí la tiene.

Desdoblé la nota de Grime. Sólo una línea.

CST... 9998.

Cabeza de Proyectil me observó con atención.

—¿Significa algo para usted?

Me encogí de hombros.

—Nada. Por lo menos, por ahora.

Capítulo 44

*E*n realidad, sí supe lo que significaba la nota de Grime en cuanto la vi. Era el mismo sistema que utilizaba la policía para archivar recortes de noticias en un expediente de homicidio. *CST* significaba *Chicago Sun-Times*. Busqué sus archivos en Google, pero a través de la red sólo se remontaban dos años atrás. Podría haber llamado a un reportero del *Sun-Times* y pedirle que me hiciera el favor, pero con un periodista en mi vida ya era más que suficiente. Marqué el número del móvil de Diane; contestó al primer timbrazo.

—¿Dónde estás? —dijo.

—Yo también me alegro de oírte. Estoy en mi oficina, buscando en Google sin grandes resultados.

—¿Cuándo has vuelto de Menard?

—Hace un par de horas.

—Te he dejado un mensaje.

Miré la luz parpadeante de mi contestador. No por primera vez.

—Ya lo sé.

—Michael, tienes que contestar a los mensajes.

—Ya lo sé.

—Estaba esperando para saber cómo te había ido con Grime. Y no me digas «Ya lo sé».

—De acuerdo.

—¿Cómo ha ido?

—En realidad, no lo sé —dije—. Es lo que estaba tratando de averiguar. Necesito conseguir acceso a los archivos del *Sun-Times*. Vosotros podéis hacerlo, ¿no?

—¿Cuántos años atrás?

Eché un vistazo a la nota de Grime.

—Septiembre de 1998.

—¿Qué día?

—Vamos a dejarlo simplemente en septiembre hasta que yo llegue ahí.

—No hace falta que vengas. Puedo acceder a esos archivos desde tu ordenador. ¿Es algo importante?

—No lo sé aún.

—Salgo para allá. Llegaré en media hora. ¿Te ha causado escalofríos?

—¿Grime?

—¿Quién si no?

—Nos vemos en media hora.

Acababa de colgar cuando me llamó Rodríguez.

—Tenemos los resultados del análisis de las sábanas de Miriam Hope —dijo.

—¿Y?

—El mismo tipo que ayudó a Grime en 1995 violó a Elaine Remington en 1997 y lloró en la cama de Miriam hace tres semanas.

—El mismo tipo.

—Sí. Me apuesto cualquier cosa a que también se dedica a pescar niñas de doce años y a dejar en el sitio el semen de Grime, sólo por el gusto de hacerlo. ¿Qué dice el propio John?

Le hablé de la entrevista con Grime y de la nota que me había dado.

—¿Tú qué opinas? —preguntó Rodríguez.

—No lo sé. Diane Lindsay viene para aquí. Vamos a revisar los archivos del periódico.

—¿Sabrá mantener la boca cerrada?

—Sí.

A Rodríguez no le gustaba aquello, pero se contuvo.

—Está bien. Si nos ayuda a identificar a ese tipo, le damos la exclusiva. La historia más impresionante que cualquiera de los tres habrá de presenciar en toda su vida.

—Tienes razón.

—Mantenme al tanto. Y recuerda, Kelly. Yo, tú y Lindsay. Nadie más hasta que demos con ese tipo.

Colgué y deslicé la vista por el correo de toda la semana hasta detenerme en un paquete que había sobre la mesa: una carta procedente del desierto. Seguramente, una pérdida de tiempo. Pero allí estaba, esperando a que la abriera.

Capítulo 45

*E*l paquete que me habían enviado por FedEx desde Phoenix llevaba tres días allí encima. Tal como me había prometido, Reynolds había incluido el expediente completo del asesinato de Gleason junto con una nota que decía: «¿Dónde coño está mi expediente?». El detective no me conocía de nada y, sin embargo, me había intuido muy bien. Puse en un sobre una copia del expediente extraoficial de Remington y lo envié a Phoenix. Luego empecé a hojear los documentos del caso Gleason.

Lo primero que examiné fue una serie de fotos de la autopsia. Carol Gleason me miraba desde la mesa de reconocimiento con una expresión de sorpresa en sus ojos abiertos y un pequeño y limpio orificio en el esternón. Muerta, se parecía mucho a John Gibbons, y eso me inquietaba. Estaba a punto de zambullirme en el informe forense cuando sonó el timbre. Cinco minutos después, Diane estaba instalada frente a mi Mac, lista para empezar sus pesquisas.

—Bueno, ahora sí necesito la fecha —dijo.

Se volvió hacia mí con la mano extendida. Yo le entregué la nota de Grime.

—Le dije que creía que tenía un cómplice. Él, en resumidas cuentas, me vino a decir que me fuese a la mierda. Y cuando ya estaba a punto de marcharme, me mandó esto.

—¿Te lo mandó?

—Desde su celda. A través de uno de los guardias.

Diane puso la nota sobre la mesa y se inclinó para verla de cerca.

—Puedes acercarte todo lo que quieras —añadí—. No dice más que lo que dice.

Diane continuó estudiando la nota mientras hablaba.

—O sea, que el tipo va y te manda esto después de hablar contigo y una vez que ha regresado a su celda.

—Sí.

—Lo cual significa que tuvo tiempo de pensar en lo que le habías dicho y quizá decidió mover ficha.

—Podría ser —respondí—. O tal vez estaba interesado desde el primer momento pero tenía que volver a su celda para comprobar la fecha. O quizá sólo sea un puto lunático que no tiene nada mejor que hacer en el corredor de la muerte que marearme con sus historias por pura diversión.

Diane introdujo la fecha —9 de septiembre de 1998— y me dijo levantando la vista de la pantalla:

—Quizá sí. Vamos a ver qué encontramos.

El primer artículo que sacó hablaba con entusiasmo del tanto número 62 de Mark McGwire contra los Cubs. La fotografía era un primer plano de McGwire y Sammy Sosa fundiéndose en un abrazo. Los dos parecían enormes. Los dos parecían felices. Ninguna de ambas características habría de durar.

—Qué diferentes son las cosas cuando pasan ocho años —dije.

Diane cerró el archivo y siguió adelante sin pronunciar palabra. Empezamos a pasar archivos deprisa. Complicaciones políticas para el alcalde Wilson. Problemas de ruido en el aeropuerto O'Hare. El agudo comentario de Roger Ebert sobre *Algo pasa con Mary*.

—Quizá lo que quiere Grime es que le mandemos a Cameron Díaz —dije.

—Vete a la mierda, Kelly. ¿Qué nos habremos dejado?

Pinchó otro artículo, una breve columna de la página 23.

—Espera un segundo —dijo—. Esto parece interesante.

El titular decía: DETENIDO TRAS MANTENER A UNA REHÉN ENCERRADA EN UN SÓTANO. El texto explicaba que la policía, alertada por un aviso, había encontrado a una chica atada y encerrada desde hacía un día y medio en un sótano de Chicago. La casa pertenecía a un hombre de poco más de veinte años llamado Daniel Pollard. La policía lo había detenido y estaba considerando los cargos que le iba a imputar.

—¿Tú crees que puede ser esto? —dijo Diane.

—Lo que creo es que Grime agredía a chicas jóvenes, que las ataba y las enterraba en su sótano. ¿Dónde fue encontrada esa chica?

—En el número 5215 de West Warner. Es en el noroeste.

—Búscalo en MapQuest.

Diane ya estaba en ello. Apareció en pantalla un mapa de las calles de Chicago. La calle Warner terminaba en una extensión de quince hectáreas llamada Portage Park.

—A cosa de un kilómetro de la antigua casa de Grime —dije.

Diane desplegó su móvil con un chasquido y empezó a marcar.

—Espera un segundo. El nombre parece... John, hola, soy Diane. Sí, escucha. Estoy investigando un poco sobre el caso Grime. Ya, sí, hace mucho.

Diane garabateó el nombre de John Donovan en un trozo de papel y me lo mostró. Pensé en preparar una cafetera, pero al final me decidí por el café soluble y puse la tetera a calentar. Diane seguía hablando.

—Bueno, el caso es que me he tropezado con el nombre de Daniel Pollard... ¿Te suena? ¿En serio?

Diane alzó una ceja y empezó a tomar notas. El agua se puso a hervir y yo lavé un par de tazas.

—Tenía la sensación de que estaba relacionado —dijo Diane—. ¿Está todo en la transcripción del juicio? ¿En serio?

Más notas. Intenté leer por encima de su hombro, pero era una especie de taquigrafía periodística. De modo que le puse una taza de café al lado y yo me mantuve aparte con el mío. El pie de Diane iba marcando un ritmo regular en el suelo mientras su bolígrafo corría por la página. La reportera estaba en plena excitación. Imprimí la fotografía que Rodríguez me había enviado por e-mail del equipo que procesó a Grime y saqué una lupa del cajón. Aún seguía examinando la foto cinco minutos después, cuando Diane terminó de hablar con Donovan.

—Sí, John. Gracias. No, por ahora un poco de documentación con los antecedentes básicos. Pero me has sido de gran ayuda. Te avisaré si decido hacer algo. Gracias otra vez.

Cerró el móvil y se inclinó hacia delante.

—Soy buena, maldita sea.

—¿De veras?

—El nombre Daniel Pollard. Tenía la sensación de haberlo visto antes.

—¿Y?

—Era en un artículo sobre Grime publicado hace tiempo en una revista.

Ahora fui yo quien se echó hacia delante.

—¿Y eso?

—Te acordarás de que Grime terminó cambiando su declaración y alegando locura justo antes de empezar el juicio.

—Sí. No le salió demasiado bien la jugada.

—Exacto. Y a causa de esa declaración, gran parte de los testimonios del juicio se centraron en su estado mental y no tanto en lo que ocurrió de hecho en el interior de la casa. Hubo, sin embargo, algunas declaraciones previas al juicio. Antes de que cambiase su declaración.

—¿Pollard intervino entonces? —pregunté.

—Por lo visto sí. Había un chico, un menor, que hizo una declaración protegida. Al parecer, testificó que había visto a algunas de las chicas desaparecidas cerca de la casa de Grime. Supongo que lo hizo con bastante detalle.

—¿Y tú crees que ese chico era Pollard?

—En el artículo de esa revista leí que habían entrevistado a algunos de los chicos del barrio que conocían a Grime. Pollard era uno de ellos.

—Y Donovan ¿qué opina?

—Según él, todo el mundo suponía que Pollard era el chico que había hecho la declaración. Entonces tenía diecisiete años.

—¿Su declaración sigue estando protegida?

—Por supuesto. Otra cosa. Donovan dice que corrían rumores de que la oficina del fiscal del distrito de la época había cerrado un trato con el chico.

—¿Un trato?

—Inmunidad total por su testimonio.

—Inmunidad... ¿respecto a qué?

—No lo sé. Como te digo, era sólo un rumor. En aquel momento, la prensa estaba tan concentrada en Grime que todo lo demás quedó como enterrado, sin ánimo de hacer un juego de palabras.

Cogí el artículo del *Sun-Times* sobre Pollard y lo escaneé rápidamente.

—¿Qué te apuestas a que esta acusación fue retirada?

—Puedo averiguarlo mañana —contestó Diane—. Lo que necesitamos ahora es su dirección actual.

—Conozco a un tipo en el Departamento de Vehículos Motorizados —dije—. Si Pollard conduce en Illinois conseguiremos su dirección. Vamos. Haré la llamada desde el coche.

—¿Adónde vamos?

Señalé el artículo del *Sun-Times*.

—Grime nos ha dado una dirección y un nombre. Vamos a darnos una vuelta por su antiguo barrio, a ver qué hay por allí.

Capítulo 46

$\mathcal{H}$abía un precinto amarillo de la policía en torno al agujero donde antes se levantaba la casa de Grime. Un par de chicos andaban por allí, sacándose fotografías con sus móviles frente al lugar. Valientes hijos de puta; seguramente se las descargarían a todos sus compinches de la residencia de estudiantes.

—No queda gran cosa —dijo Diane.

—Sólo los recuerdos. Vamos a acercarnos a la casa de Pollard.

Quedaba apenas a un kilómetro. Un paseo de diez minutos andando. Una casa de ladrillo de dos pisos en una larga hilera de casas idénticas; viviendas obreras construidas cuando la gente llamaba «jefe» al alcalde sin avergonzarse de ello. Aparqué media manzana más abajo y apagué el motor.

—Espera aquí —dije. Diane no respondió.

Cogí una linterna y me acerqué a la casa. Era casi de noche y estaban empezando a encenderse luces a uno y otro lado de la calle. El número 5215 de West Warner, sin embargo, se veía vacío y con las persianas bajadas. Había un timbre sin ningún nombre y una puerta de cristal que daba a un recibidor. Probé suerte y apreté el timbre. No hubo respuesta.

Apunté con mi linterna hacia el recibidor, pero no pude distinguir el nombre que figuraba en el buzón del interior. Luego el haz de luz iluminó un montón de correo esparcido por el suelo. Bendito sistema de correos de Chicago. A veces las cartas entraban en el buzón y a veces no. Dos de ellas iban dirigidas al «Inquilino». La tercera no. Sólo pude descifrar las dos primeras letras del apellido: *PO*. Daniel Pollard, por lo visto, no había abandonado nunca su casa en el barrio de Grime. Rodeé el edificio hasta la parte trasera y encontré un callejón que conducía a un pequeño patio de cemento y a un garaje de madera vacío. Apagué la linterna y volví al coche.

—Creo que todavía vive ahí.

—Diez años después.

—Eso parece. Le debe de gustar el barrio. En todo caso, recibe aquí su correspondencia. Con eso me basta.

—¿Qué piensas hacer?

Estaba a punto de responder cuando un Pontiac verde apareció en mi retrovisor. Yo tenía las luces apagadas y permanecí en silencio mientras el coche se metía por el sendero de entrada del número 5215 y desaparecía hacia la parte trasera de la casa.

—¿Es él? —dijo Diane.

—Deberías pensar en hacerte detective.

—Muy gracioso.

Más o menos un minuto después, se encendieron luces en el interior. Arranqué el coche, recorrí la manzana y doblé una esquina hasta la parada de autobús más cercana.

—Bueno, Diane, aquí nos separamos.

—¿Hablas en serio?

—Sí, hablo en serio. Voy a seguir un rato a este tipo y quizá tenga que salir del coche en algún momento. Es mucho más fácil si lo hago solo.

—Yo ya sé cuándo debo esfumarme, Kelly.

Alargué el brazo y abrí la puerta de su lado.

—No es momento para discutir, Diane. Mientras yo estoy aquí, la casa permanece sin vigilancia. Si se mete en el coche y se larga, bueno...

Me encogí de hombros y esperé. A Diane no le gustaba la idea, pero tampoco le quedaba otro remedio. Salió del coche sin decir palabra.

—Nos vemos —dije.

Diane cerró de un portazo y se dirigió hacia la esquina. Yo metí una marcha y me dirigí de nuevo a la calle Warner.

Capítulo 47

*P*asaron dos horas más antes de que pudiera ver por primera vez a Daniel Pollard. Asomó la cabeza por la puerta principal algo después de las 21:30. A la luz intermitente de los neones de Chicago, Pollard parecía bajo y calvo e iba envuelto en un abrigo. Hizo una mueca de desagrado ante el viento que soplaba y rodeó la casa hacia el garaje. Un minuto más tarde apareció el Pontiac y pasó por delante de mi coche.

Le di media manzana de ventaja y le seguí. Hizo un alto en una hamburguesería Jack in the Box, entró con el coche y comió solo en el aparcamiento. Una hora después estábamos cruzando State Line Road, un sórdido trecho pavimentado de una ciudad llamada Calumet City, al borde mismo de Chicago. Como policía, yo había tenido que trabajar en esa zona por las prostitutas. No para detenerlas, sino para sacarles información.

En las calles, las putas representaban el último eslabón de la cadena alimentaria, desesperadas como estaban por el dinero y dispuestas a vender lo que fuera para conseguirlo. Tres de cada cuatro de las chicas que hacían la esquina eran seropositivas, y la mayoría estarían muertas por una u otra razón tras un año o dos en la calle. Podría uno creer que eso habría de detener a los posibles clientes, pero se equivocaría. Una vez le pregunté a un cliente, un médico con cinco hijos, si no le preocupaba el virus del sida.

—Sólo sexo oral —dijo—. Además, llevo esto.

Sonrió y sacó del bolsillo un montón de condones. Me encargué de que llamaran a la mujer del doctor después de ficharlo.

Pollard paró en un supermercado. Yo me detuve en el arcén y esperé. Una mujer se puso delante de mi coche y se abrió el abrigo. Estaba completamente desnuda. La sutileza nunca ha sido la especialidad comercial de Cal City. Todavía seguía allí cuando Pollard salió del supermercado. La esquivé y seguí al Pontiac. Conducía lo bastante despacio como para poder echar un vistazo al material, pero Pollard no estaba buscando una mujer. Todavía no, al menos.

Se alejó de la zona y se internó en un barrio más oscuro y más industrial. Se veían menos coches allí y yo me rezagué un poco más. Tras unos tres kilómetros, Pollard se detuvo en lo que parecía un descampado para camiones, prácticamente vacío a aquella hora. Apagué las luces y le seguí. Doscientos metros más allá, seguía viendo sus faros bamboleándose por el camino. Por fin, parecieron aminorar la marcha y detenerse. Yo frené también y me deslicé fuera.

Dos minutos después, avanzaba sigilosamente pegado a un viejo camión abandonado. Miré a hurtadillas al llegar al final. El coche de Pollard estaba parado en medio de un camino de tierra, con el motor en marcha, las puertas abiertas y las luces iluminando un gran contenedor azul. Si no me equivocaba, el coche estaba vacío. Me disponía a avanzar para echarle una mirada de cerca cuando una cabeza asomó desde el interior del contenedor. Era Pollard, cargado con una bolsa llena de lo que sospeché debía de ser basura. Se encaramó hasta el borde del contenedor y, tras vacilar un momento, saltó al suelo. Luego corrió hacia el coche, descargó en el asiento trasero lo que fuera que llevase en la bolsa y regresó al contenedor. Subir por uno de los lados parecía difícil, pero Pollard se las arregló y se hundió de cabeza en las profundidades. Me crucé de brazos, consideré la idea de regresar a casa y luego me lo pensé mejor. En vez de eso, encendí un cigarrillo y esperé.

Pollard se zambulló en el contenedor tres veces más. Aproveché un momento para aproximarme furtivamente y echar una mirada rápida al interior de su coche. Lo que vi era lo que me esperaba. Tres bolsas de plástico, una de ellas reventada por un lado y escupiendo ropa vieja, una bobina de alambre, una batería de coche oxidada, trozos de juguetes rotos, un cartel metálico medio doblado que decía KEDZIE AVENUE... Y eso sólo era la mitad de lo que había en el asiento trasero.

Serían las dos y media de la madrugada cuando mi amigo

219

ya tuvo suficiente basura del prójimo y se dio por satisfecho. Antes de dar por terminada la noche, cruzó de nuevo la zona de Cal City. Esta vez el Pontiac parecía demorarse un poco más junto a las chicas, pero finalmente pasó de largo. Pollard estaba de regreso en la casa de la calle Warner un poco después de las tres.

Capítulo 48

$\mathcal{M}$e sentía cansado y quería irme a casa, pero había algo que tenía que comprobar. Dejé a Pollard metido en la cama y regresé a Cal City.

Estaba medio escondida en un callejón; sólo la brasa de un cigarrillo delataba su presencia. Esperé un momento. Se dirigió hacia la calle. Ahora era apenas una silueta prieta y firme, recortándose contra la noche. Iba con vaqueros azules y con un abrigo corto de cuero negro. Como cualquiera de las chicas, no llevaba en la mano más que un pequeño bolso negro. Dentro habría dinero, cigarrillos y condones. No le habría echado un segundo vistazo si no hubiera sido por el pelo rubio: no un teñido barato sino un rubio auténtico. La primera vez que Pollard había pasado por allí, aquella rubia no estaba. Había sido en el trayecto de regreso cuando él se había demorado en echarle un buen repaso. Me pareció que ella le hacía una seña, pero Pollard no había picado. Ahora estaba mirando de nuevo, esta vez en mi dirección. Detuve el coche a un lado y bajé la ventanilla.

—Eh.

Pareció insegura, aunque sólo un momento. Luego Elaine Remington hizo rechinar sus tacones y giró en redondo.

—Mi detective privado favorito. ¿Ahora se dedica a acechar a sus clientes?

—Usted me interesa, Elaine.

Se echó a reír y se pasó la mano por la mejilla. El gesto me pareció desmayado y falso. No sabría decir si estaba nerviosa o colocada.

—Me siento halagada.

—¿Qué hace aquí? —dije.

—¿Qué hace uno en esta parte de la ciudad a las cuatro de la mañana?

—¿Está trabajando?

Su expresión falsa se fundió ahora en un gesto de pura sexualidad.

—Hay quien lo llama trabajo, señor Kelly. Yo lo llamo terapia.

Se inclinó hacia delante, mostrando un escote vertiginoso y muy ceñido. Yo mantuve las manos en el volante y la vista sobre el nivel del mar.

—¿De veras? —dije.

—De veras. El caso es que tengo ahí un rincón oscuro y ni un alma con quien compartirlo.

Me incliné hacia delante y aspiré su fragancia. Tenía un olor dulce, casi maduro. No estoy seguro de si entornó los párpados, pero sí detecté el rastro de una sonrisa, como una señal de victoria mientras nuestros labios entraban en contacto. Ella deslizó su labio inferior debajo del mío justo en el momento en que yo le quitaba el bolso que sostenía en la mano. Se acabó la juerga. Lo cual era lo mejor, seguramente.

—¿Qué coño pasa, Kelly?

Yo ya lo había abierto. Un paquete de cigarrillos, pintalabios, unos dólares y ningún condón.

—Conque trabajando, ¿eh? Tonterías.

Volqué todo el contenido sobre el asiento. Al fondo, había una pistola negra y pesada, seguramente la misma con la que Elaine me había apuntado la primera vez que nos vimos.

—Deme el puto bolso.

—Suba al coche, Elaine.

Golpeó el suelo con el tacón varias veces durante unos diez segundos y luego fue a sentarse a mi lado.

—Maldito repelente está hecho, Kelly, por Dios.

Elaine volvió a meter sus cosas en el bolso. Luego alargó una mano, bajó el parasol y empezó a repasarse los labios frente el espejo.

—¿Quiere decirme qué demonios está haciendo aquí?

—Invíteme a una copa y le contaré entera la triste historia.

—No, gracias.

Suspiró, se encogió de hombros y se humedeció los labios con la lengua.

—¿Qué puedo decirle? Estoy rondando los treinta, pero aún tengo buen aspecto. Así que me gusta ponerme un poco provocativa y darme una vuelta por ahí. Una o dos veces al mes.

Elaine volvió a humedecerse los labios, cerró el parasol y se ajustó lo que supuse era una especie de sujetador explosivo.

—Es una vía de escape, un juego, un excitante. Llámelo como quiera, pero a veces lo hago. No como una profesional. O sea, que no soy una puta de mierda, si eso es lo que quiere saber.

Yo mantenía la vista fija en la carretera y la dejaba hablar.

—Aunque la verdad, Kelly, ¿qué tiene de especial? Veinte dólares con la boca, diez con la mano. Esa mierda puede encontrarse en cualquier bar de la ciudad. Invítame a cenar o dame el dinero de entrada. Es igual, no hay ninguna puñetera diferencia.

—Hay mucha diferencia.

—¿Lo cree de verdad?

—Aquí la boca tal vez sea la de una chica de trece años y quizá lo que quiera el galán es rajarle la garganta —dije—. Pero usted ya lo sabe perfectamente. ¿Es eso lo que está intentando? ¿Volver a aquello?

No esperaba respuesta y no la obtuve. En lugar de eso, apoyó los pies en el salpicadero y adoptó una expresión enfurruñada. Aunque tampoco demasiado.

—Se pone muy guapo cuando se enfada, Kelly.

Yo no hice caso.

—¿Ya ha descubierto quién me atacó?

—Estoy en ello.

No quería hablarle de la concordancia entre el ADN de su blusa y el del expediente Grime. Ni de la posible conexión con Pollard. Aún no. No sabía muy bien por qué, pero así estaba la cosa.

—¿Era ése el motivo de su paseo? —preguntó—. ¿Mi caso?

—Mire, Elaine. El expediente con las pruebas de su caso fue destruido hace dos años. Encuentre lo que encuentre, seguramente no servirá de nada. El fiscal del distrito no hará nada.

—No lo ha entendido, ¿verdad?

—Yo casi no entiendo nada cuando se trata de usted, Elaine. O sea, que... ¿por qué no me lo explica?

223

Se volvió hacia la ventanilla —totalmente oscura— y se miró a sí misma. No sé qué vería exactamente en su interior. Pérdida. Pesar. Rabia acumulada.

—A fin de cuentas —dijo—, no hay nada que se pueda deshacer ¿no? Quiero decir, lo que ocurrió, ocurrió y ya está. Ningún fiscal del distrito, ningún tribunal va a cambiar eso. De modo que lo único que quiero es saber. Un nombre, una cara. Alguien a quien odiar, supongo. ¿Tan mal está? La mayoría creería seguramente que es algo enfermizo.

Yo permanecí en silencio, dejé que se desahogara. A ella parecía sentarle bien. Tras un rato, encendió otro cigarrillo, bajó la ventanilla y expulsó el humo hacia fuera. Rompí el silencio y volví a centrarme en asuntos prácticos.

—¿Tiene algún documento de la agresión?

—¿Qué clase de documento?

—Una hoja de ingreso en el hospital, informes de la policía, lo que sea.

—Nada. Yo me desperté en el hospital.

—¿La policía no fue a visitarla?

—Nadie.

—¿No le pareció extraño?

—Estaba medio muerta cuando me soltaron. Sólo quería volver a casa, regresar a Sedan. Lo demás no me importaba.

—No le importaba entonces.

—No. Sólo quería irme a casa y esconderme.

Elaine dio una profunda calada, tiró la colilla por la ventanilla y volvió a subir el cristal.

—Me imagino que luego cambió de idea —dije.

—Eso parece. Gire a la izquierda por allí.

Doblé a la izquierda. Diez minutos después nos detuvimos frente a un bar nocturno en Diversey llamado Bel-Air Lounge. Cincuenta años atrás había sido un local de moda, el sitio adonde Humphrey Bogart habría ido a perderse, emborracharse y acostarse con alguien. Ahora era un sitio donde un tipo con un penoso arreglo capilar tocaba toda la noche canciones de Billy Joel. Hombres y mujeres divorciados se arrimaban unos a otros, le echaban unas monedas en el platillo, como decía la canción, y se emborrachaban de madrugada pensando en todas las cosas que nunca habían tenido y simulando que las echaban de menos. Finalmente, el bar cerraría, las luces se apagarían y ellos se disolverían, a veces juntos para echar un polvo rápido y sórdido, antes de regresar cada uno a su casa.

—Tampoco es tan horrible —dijo Elaine—. Y el tipo tendrá abierto hasta que yo quiera. ¿No suena bien?

Estaba otra vez encendida, eléctrica, peligrosa, excitante.

—No, gracias —dije.

—¿Qué te pasa, Kelly? ¿No te gusto?

Se desplazó en el asiento, para colocarse más cerca, y alzó la cabeza hacia mí.

—¿O es que te estás follando a la pelirroja?

—Está diciendo estupideces.

Se echó a reír.

—Te estás follando a la pelirroja. Guau.

Se apartó otra vez y recogió su bolso.

—Muy bien, Kelly. Interesante. Gracias por la charla. Me ha aliviado. Nos veremos.

Elaine Remington salió del coche, cruzó la divisoria de la avenida Diversey y entró en el local. Un viejo que estaba en la barra le echó una mirada lasciva que en Chicago sólo puedes permitirte a las cinco de la mañana. Ella se acomodó y pidió una copa. El viejo arrimó un poco su taburete mientras yo arrancaba otra vez y me dirigía a casa, a mi cama largamente deseada y, gracias al cielo, vacía.

Capítulo 49

—¿*Q*ué has averiguado?

Era Diane. Acababan de dar las diez de la mañana. Era demasiado temprano para ponerse a hablar de Daniel Pollard, la verdad.

—Le gusta zambullirse en los contenedores.

—¿Cómo dices?

—Es lo que hizo. Pasó un rato en la zona de Cal City y luego se detuvo en los contenedores. Sacó un montón de basura y lo metió en el asiento trasero de su coche.

Silencio al otro lado de la línea. Finalmente, dijo:

—Y luego ¿qué?

—Otra vez a Cal City a mirar un rato a las chicas. Y a la cama antes de amanecer.

—Qué extraño.

—Sí. ¿Quieres oír otra cosa muy extraña? Una de las mujeres que el tipo se estaba comiendo con los ojos resultó ser mi cliente.

—¿Te refieres a Elaine Remington?

—Me la encontré junto a un callejón. Ella dice que le gusta darse una vuelta por allí de vez en cuando. Le gusta vestirse de modo provocativo.

Más silencio. Esta vez más prolongado. Mucho más.

—¿Eso es lo que ella te dijo? —preguntó Diane.

—Sí. Voy a hacer una llamada a Rachel Swenson, a ver si puedo conseguir una cita con uno de sus asesores.

—¿Tú crees que Elaine accederá?

—Creo que es peligrosa. Para sí misma, por lo menos.

—Tal vez encontrar a la persona que la violó la ayudaría.

—No estoy seguro, pero se puede intentar.

—¿En qué estás pensando?

—En un análisis de ADN encubierto.

—¿De Pollard?

—Creo que nos revelará lo que andamos buscando. Voy a llamar a Rodríguez para organizarlo. ¿Quieres la exclusiva?

—Ya sabes que sí.

—Habrá que esperar a que Rodríguez termine. Pásate por mi oficina. A las dos.

Me cité también con Rodríguez. Luego preparé una cafetera y saqué el expediente extraoficial de Elaine. Cogí un trozo de papel y empecé a tomar notas. Tenía también el informe que Reynolds me había enviado sobre la muerte de Carol Gleason. Estuve leyendo durante una hora más o menos y luego dejé el expediente de Elaine y reflexioné un rato. Finalmente, cogí el teléfono y marqué.

—Masters.

—Soy Kelly.

Un suspiro cansado.

—¿Qué quiere?

—Me alegra oírle de nuevo, detective. Escuche, necesito un favor.

—No me extraña.

—¿Se acuerda del antiguo expediente de Tony Salvucci?

—¿El policía muerto en un tiroteo? Supongo que estará por ahí.

—Necesito una copia.

—Ya le dije que no puedo.

—¿Por qué?

—Porque usted no es policía. Porque no sé qué pretende. Porque no tengo ningún interés en el asunto. Elija el motivo, Kelly.

Tuve la sensación de que la conversación estaba a punto de acabar y cambié de táctica.

—¿Qué le parece si me paso por ahí con un poco de información? Usted la utiliza. Y si acaba resultando, yo me hago a un lado y el mérito es suyo.

—¿Y si no me gusta?

—Lo deja correr. Y esta conversación no ha tenido lugar.

—¿De qué estamos hablando?

—Es una apuesta arriesgada. Pero podría ser uno de esos casos que cambian una carrera.

Hubo una pausa. Notaba al veterano poli calculando los riesgos. No le gustaba, pero yo sabía que acabaría picando; demasiado beneficio potencial para negarse.

—Venga aquí en media hora. Pregunte por mí y no hable con nadie más.

—Claro.

—Hasta luego.

Masters colgó. Yo revisé mis notas sobre Gleason, hice una llamada a Phoenix y hablé con el detective Reynolds durante unos diez minutos. Luego dejé el teléfono y cogí la foto del equipo que había procesado a Grime. Había rodeado con un círculo una cara que aparecía en segundo plano. La imagen se había hecho borrosa con el tiempo, pero seguía allí. Dejé la foto en mi escritorio y me fui a ver a Masters.

Capítulo 50

Diane fue la primera en llegar a mi oficina aquella tarde. Permanecimos sentados sin decirnos gran cosa. Rodríguez apareció cinco minutos después. La presencia de Diane no le sorprendió. Aun así, el detective no parecía muy contento.

—Antes de empezar —dijo—, hablemos de algunas normas básicas. Para la parte relativa a la prensa.

Yo no había abordado la cuestión con Diane. Me imaginé que sería Rodríguez quien establecería los límites. Y Diane, por lo visto, pensaba lo mismo.

—¿Qué es lo que te preocupa? —preguntó ella.

Rodríguez me miró a mí y luego a Diane.

—Antes de empezar, todo lo que se hable aquí será *off the record*. ¿Estamos de acuerdo?

Diane asintió. Rodríguez se alejó un poco, miró por la ventana y suspiró con suavidad y tristeza. Cuando volvió a hablar, lo hizo dándonos la espalda.

—Yo amaba a Nicole. ¿Lo sabíais?

No estaba seguro de con quién estaba hablando, pero fue Diane quien respondió.

—Sí. Y yo también, de hecho.

—También amo mi profesión —dijo Rodríguez—. Es lo único que he deseado hacer toda mi vida.

Regresó otra vez y se sentó en una silla, con la cabeza gacha y las rodillas casi tocando las de Diane.

—Tú crees que Daniel Pollard mató a Nicole —dijo ella—. Yo también. El análisis de ADN, sin embargo, no será suficiente para probarlo ¿verdad?

Yo intervine entonces.

—Si coincide con el de la violación de Elaine, podremos

atraparlo como cómplice de Grime —dije—. Y sólo con eso ya se armará un jaleo de cojones. También es bastante posible que podamos relacionarlo con otras agresiones recientes. Pero con Nicole probablemente no. Ahí no tenemos ADN.

Diane mantenía la vista clavada en Rodríguez.

—Y no será un caso de condena a muerte —dijo ella—. Pase lo que pase.

Rodríguez sacudió la cabeza a uno y otro lado. Sólo una vez.

—Seguramente no.

—O sea, que si lo encuentras —dijo Diane—, quieres matarlo.

El detective levantó la vista. Lentamente.

—Si el ADN demuestra que es Pollard, yo me encargo de la detención. Yo solo. Y si ocurre algo, ocurre y ya está.

Diane alargó la mano y le tocó la rodilla.

—¿Serás capaz de sobrellevar una cosa así?

Rodríguez asintió.

—Muy bien —dijo ella—. Si ocurre de ese modo, nadie lo sabrá. No por mí, al menos. El reportaje ya será de por sí bastante espectacular: «Murió al resistirse a ser detenido». Y ahora, decidme, ¿cómo pensáis conseguir su ADN?

Capítulo 51

—¿*N*o crees que este tipo sabe que le están siguiendo? —dijo Rodríguez.

Acababan de dar las ocho de la noche. Estábamos en mi coche, avanzando lentamente hacia el norte por la avenida Western. Pollard había salido poco antes de un restaurante Captain Nemo's, donde se había tomado un sándwich de rosbif, una bolsa de patatas y un té helado sin azúcar. Al terminar de comer se fumó un cigarrillo mientras contemplaba el tráfico. Luego había recogido la colilla, los envoltorios del sándwich y la botella vacía del té. Se lo había llevado todo a su Pontiac verde y lo había arrojado al asiento trasero.

—Creo que es cauto —dije.

—Es nuestro hombre.

El detective se estaba poniendo nervioso. Llevábamos cuatro días siguiendo a Pollard. Cada día era prácticamente lo mismo: un trayecto en coche de diez minutos para trabajar en un lavacoches local; el almuerzo en McDonald's. También entonces Pollard recogía toda su basura y regresaba al trabajo. Por la noche, salía de casa en cuanto daban las ocho. Luego venía una cena cautelosa, seguida de un lento recorrido por alguno de los paseos donde se concentraba la prostitución en la ciudad. Pollard se detenía y observaba, pero nunca hacía ninguna adquisición. Yo ya estaba esperando otra zambullida en los contenedores. Al menos, eso rompería un poco la rutina.

—¿Por qué no nos colamos en su casa? —propuse.

Por un lado, tenía sentido. Si el tipo nunca iba a ir a juicio, no importaba cómo consiguiéramos su ADN. Por otro lado, yo no estaba seguro de que Rodríguez tuviera estómago suficiente para matar a Pollard. En tal caso, ante un tribunal sería imprescindible que la muestra hubiese sido obtenida por medios lícitos.

—Vamos a intentar hacer las cosas legalmente —dijo Rodríguez—. Por ahora.

Me encogí de hombros. Pollard se dirigió hacia el sur y entró en la autopista.

—Va hacia el sur —dijo Rodríguez echándome una mirada—. Tiene que ser Cal City.

Continuamos durante unos ocho kilómetros. Pollard dejó la autopista dos salidas antes de Calumet City y atravesó despacio otro parque industrial. Todo estaba oscuro. Ni el menor rastro de luna.

—Esto no es normal —dijo Rodríguez.

—Quizás hoy tocan los contenedores —dije.

Era más difícil seguirle allí. No había coches en la carretera, ningún lugar donde ocultarse. Me rezagué otros doscientos metros. Delante, el intermitente de Pollard indicó un giro a la izquierda. Le seguí y poco faltó para que me echara encima del Pontiac. Nuestro sospechoso estaba fuera, apoyado en el parachoques trasero, fumándose un cigarrillo. Disfrutando de la noche.

—Supongo que sois polis.

Pollard había empezado a hablar incluso antes de que saliéramos del coche.

—Os descubrí ayer —dijo—. ¿Cuánto tiempo lleváis siguiéndome?

Levanté cuatro dedos.

—Cuatro días, ¿eh? Sois bastante buenos.

Rodríguez se deslizó un poco hacia atrás y hacia la izquierda de Pollard. Abrió el cierre de su pistola calibre 40 y mantuvo su mano allí. Pollard seguía hablando.

—¿Sabes?, los federales solían enviarme un par de tipos. Durante una semana, la primera de abril. Nunca he sabido por qué. Me seguían por todas partes, me sacaban fotografías, me filmaban en vídeo. Un año les llevé una pizza el último día. ¿Os gusta la pizza?

La cara de Pollard estaba sumida en la sombra bajo el arco de una farola que quedaba muy por encima. Me miraba un poco de reojo y ladeando la cabeza. Rodríguez estaba fuera de su campo visual y eso le inquietaba.

—Por cierto, mi nombre es Daniel Pollard. Lo siento, pero no doy la mano.

Se echó a reír, de un modo un poco más alto y más prolongado de la cuenta.

—Células epiteliales de la piel. Todos los chicos malos miramos *CSI*, ¿sabes?

Intercambié una mirada rápida con Rodríguez, que asintió de un modo casi imperceptible. Me acerqué al parachoques. Pollard le dio otra calada a su cigarrillo. Vi que tenía los dedos manchados de nicotina.

—No quieres que nadie le eche un vistazo a tu ADN, Daniel. ¿Por qué será?

—Nombre de pila. Muy bien. Crea un vínculo con el sospechoso. ¿Tienes una orden?

—Sabes que no.

—Entonces, largo de aquí.

Otra risa. La mano que sostenía la colilla le temblaba sin parar.

Rodríguez apareció por un lado, apartó a Pollard del coche y le apretó la pistola en la garganta.

—Quizá nosotros seamos ese tipo de policía que no necesita una orden judicial —dijo Rodríguez—. Quizá ni siquiera necesitemos el ADN.

Pollard intentó mirar hacia atrás, pero Rodríguez mantenía la pistola apretada contra su cuello. Los ojos de Pollard se volvieron de nuevo hacia mí. Yo desvié la mirada y pensé en Nicole.

—Adelante —dijo—. Haznos un favor a todos. Y luego ellos podrán tenerte en sus manos una temporada.

La pistola tembló imperceptiblemente. Si yo esperaba, si no decía nada, Rodríguez quizá lo haría. Eso es lo que pensé, lo que creí. Entonces hablé.

—¿Quiénes son «ellos»? —dije—. ¿Quién te tiene en sus manos?

Pollard parpadeó, como si me viera por vez primera.

—Déjame adivinar —dijo Pollard—. Te enseñó sus cuadros, ¿no? Y luego te enseñó el recorte del *Sun-Times*. Te lo envolvió todo bien bonito, ¿no es eso? Bueno, tenían que habérselo imaginado. No es culpa mía.

—¿Todavía hablas con Grime? —preguntó Rodríguez.

—Está ahí cada vez que enciendo la luz —dijo—. ¿Y tú?

El detective bajó la pistola y soltó a Pollard.

—Vamos —me dijo y empezó a alejarse.

Pollard se sentó en la capota del Pontiac. Seguía allí mientras yo daba marcha atrás y me internaba en la noche.

—Todavía no lo sabemos todo —dijo Rodríguez.

—Qué coño, detective. No sabemos ni la mitad. Eso es lo que yo creía que estábamos tratando de descubrir.

—Para un momento ahí —dijo Rodríguez.

Me salí un buen trecho de la carretera y apagué los faros. El coche ronroneaba suavemente mientras esperábamos.

—Ésta parece ser la única carretera para salir de aquí.

La voz del detective sonaba tensa. Una corriente de incomodidad parecía deslizarse por debajo.

—Déjale pasar otra vez —prosiguió—. Y continuamos siguiéndole.

—¿Para qué?

—El tipo se ha referido a «ellos». ¿De quién crees que estaba hablando?

Yo creía saber de quién hablaba Pollard. Rodríguez era inteligente. Supuse que él también se hacía una idea.

—El que mató a Nicole, fuera quien fuese, consiguió entrar de algún modo en el laboratorio —dije—. Si fue Pollard, tuvo que contar con ayuda. Necesariamente.

—¿Alguien del departamento de policía?

—Ésa es una posibilidad.

—Hay otras —dijo Rodríguez.

Justo en ese momento unos faros parpadearon detrás. Pollard aminoró la marcha y nos saludó con la mano mientras pasaba de largo.

—¿Sabes qué estoy pensando? —dije.

—¿Qué?

—Que necesitamos otro coche.

—Sí.

—¿Y luego? —pregunté.

—Luego nos colamos en su casa —dijo Rodríguez.

—¿Para buscar ADN?

—A la mierda el ADN. Fue él. Hemos de averiguar a quién más tiene en su cabeza.

Capítulo 52

Dos horas después, habíamos cambiado mi coche por el SUV plateado de Rodríguez. No tan anónimo como un Oldsmobile del 93, pero bueno, ya no estábamos siguiendo a nadie. Ahora se trataba sencillamente de forzar la puerta y entrar dentro.

—¿Listo? —pregunté. Rodríguez asintió.

Estábamos sentados junto a Portage Park, en la esquina de la casa de Pollard. El sendero parecía vacío; las luces, apagadas. Cuando salía, Pollard pasaba mucho tiempo fuera. Me imaginé que tendríamos una hora o dos para echar un vistazo. El detective parecía nervioso.

—Coge la pistola —dije—. Y deja tu placa. Entraremos por la puerta de atrás, no nos costará más de treinta segundos. Una vez dentro, nos aseguramos de que la casa está vacía. Revisamos juntos cada habitación, de atrás hacia delante.

Le dirigí una última mirada.

—Aquí cruzamos una frontera, detective.

—Lo sé.

—Puedo hacerlo solo —dije.

—Venga, vamos.

Nos deslizamos por el costado de la casa hasta la puerta trasera. Era de madera barata y la cerradura más barata aún. Veinte segundos después nos hallábamos en el interior. La luz se filtraba desde la calle y arrojaba sombras en una pequeña cocina inmaculada. Rodríguez abría la marcha, con la pistola desenfundada y el cañón hacia arriba. La sala de estar también estaba vacía. No había televisión ni diván, sólo un sillón reclinable en medio de la habitación, orientado hacia las ventanas delanteras, y una silla de madera a su lado. Le hablé a Rodríguez al oído.

—No tiene muchos muebles, ¿no?

El detective se encogió de hombros y señaló un corto pasillo que salía de la sala de estar. Había tres puertas; dos estaban abiertas y las habitaciones a oscuras. La tercera estaba cerrada, pero mostraba por debajo un hilo de luz. Nos situamos uno a cada lado de la puerta. Yo entré primero, con la pistola preparada, controlando la respiración y moviéndome hacia la izquierda mientras inspeccionaba a mi derecha. Rodríguez venía detrás, moviéndose hacia la derecha y abarcando un ángulo de tiro que se superponía al mío.

Daniel Pollard estaba sentado en una cama, sin camisa, con los ojos abiertos y dos agujeros en el pecho. A su izquierda había una mesilla de noche y, sobre ella, una raya de cocaína a medio terminar, un paquete de condones, una botella de whisky y varios vasos. Noté un tufo a cigarrillo. Por lo demás, la habitación parecía vacía. Rodríguez le buscó el pulso.

—Muerto.

Asentí.

—Vamos a revisar las demás habitaciones.

Dejando aparte el dormitorio, la casa apenas parecía habitada. Me pregunté qué haría Pollard con toda la basura que recogía. También me pregunté qué hallaríamos en el subsuelo. Regresamos al dormitorio. En uno de los armarios había una pelota de baloncesto que me hizo pensar en Jennifer Cole. Rodríguez se sentó en la cama y miró el cadáver.

—Maldita sea —exclamó.

El detective quería respuestas, se había hecho la ilusión de que iba a encontrarlas. Saqué un kit de ADN y recogí una muestra de sangre de uno de los orificios de bala.

—Hazlo analizar. Te aclarará una parte de lo que quieres saber.

Vince Rodríguez se metió la muestra en un bolsillo de la chaqueta.

—¿Qué crees que ha ocurrido? —preguntó.

Miré la mesilla de noche.

—Parece que se montó una fiesta a lo grande.

—Estaba intentándolo con otra chica —dijo Rodríguez.

—Quizá. Y ella lo sorprendió a él.

—Eso seguro. Tengo que dar aviso.

—¿Cómo vas a explicar que lo has encontrado? —le pregunté.

—Será mucho más fácil si tú no estás aquí. Tómate unos minutos para echar un vistazo, y luego desapareces.

—De acuerdo. Pero hazme un favor: di a tus chicos que no lo hagan público. Nada de prensa hasta mañana.

—¿Lo dices por Diane? —preguntó Rodríguez.

—Le prometí una exclusiva.

—Está bien.

Mientras Rodríguez volvía a examinar el cadáver, yo revisé la mesilla. La botella estaba a medias; los vasos, todavía con restos de whisky. En el cenicero había seis colillas. Dos eran de Lucky Strike sin filtro. Las otras cuatro tenían filtro, dos con manchas de carmín. Miré a Rodríguez. Había sacado una pequeña cámara y estaba empezando a tomar fotos. Deslicé una de las colillas con carmín en una bolsita y me la metí en el bolsillo.

—Voy a echar otro vistazo en la sala de estar —dije.

—De acuerdo.

Crucé el pasillo, me senté en el sillón reclinable y miré la calle Warner a través de la ventana. Una hilera de casas baratas de ladrillo rojo, todas igual de pobres e igual de deprimentes.

Eché el sillón hacia atrás y deslicé las manos por el suelo. Un trozo de moqueta, de una marca barata, se me desmenuzó entre los dedos. Me puse a cuatro patas y encendí una linterna pequeña. Era una zona chamuscada, seguramente por un puro. Utilicé para deducirlo mi amplia experiencia en ese tipo de marcas. Eso y también el hecho de que la punta del puro seguía allí, a veinte centímetros. Lo introduje sin tocarlo en otra bolsa de plástico. Me la puse en el bolsillo junto a la colilla y pensé que ya era hora de largarse. Llevaba cometidos al menos cinco o seis delitos graves aquella noche, y Rodríguez sólo estaba al tanto de la mitad.

—Bueno, detective. Me voy.

—Espera un segundo.

Salió del dormitorio. Tenía una caja de zapatos en la mano.

—¿Qué es eso?

—Cartas. En el estante superior del armario. Las tenía ahí. Estaban apiladas ordenadamente; todas de aspecto idéntico.

237

Eché un vistazo al primer sobre. El remitente venía impreso y decía: «Apartado 711, Menard, Illinois».

—Grime —dije.

Rodríguez asintió.

—Consejos sobre cómo elegir a las víctimas. Cuándo y dónde. Cómo se hacen los mejores nudos. Qué hacer con los cuerpos. Mierda, aquí hay un texto elemental sobre ADN, es de 1998. Grime le dice a Pollard que empiece a utilizar condón.

—¿Cómo crees que consiguió enviar las cartas? —pregunté.

—¿Y cómo consiguió enviar su semen? ¿Quién coño lo sabe? Esto va a desatar un escándalo de primera.

—Mejor que analices el ADN de Pollard. Cuanto antes.

—Mañana a primera hora.

—¿Sabes otra cosa?

—¿Qué?

—Yo en tu lugar echaría una mirada debajo de la casa.

Rodríguez bajó la vista al suelo y volvió a mirarme.

—Sí.

—Llámame mañana.

—Vale.

Me deslicé por la puerta de atrás y salí a la calle. Caminé tres manzanas y paré un taxi. Nos cruzamos con el primer coche patrulla dos manzanas más allá. El taxista se echó a un lado, gruñendo.

—Polis de mierda. Siempre corriendo para nada.

Yo solté un gruñido de asentimiento, cerré los ojos y dejé que el mundo desapareciese, al menos hasta llegar a casa.

Capítulo 53

Si caminas junto a la orilla del lago Míchigan, atraviesas primero North Avenue Bridge y luego un par de campos de béisbol, te acabas encontrando, en un rincón al sur del zoo Lincoln, una pequeña laguna con un sendero y un montón de árboles dándole sombra. Llegué allí un poco después de las tres de la tarde, me aposté en un banco confortable y saqué una vez más el expediente extraoficial de Elaine. Había garabateado el nombre de Pollard en el encabezamiento y, debajo, otros cinco nombres. Todos ellos muertos. John Gibbons era el primero, seguido de su antiguo compañero, Tony Salvucci; luego venían la enfermera de urgencias, Carol Gleason; el conductor de la ambulancia, Joe Jeffries; y el jefe inmediato de Gibbons, Dave Belmont. Estaba repasándolos una vez más cuando sonó mi teléfono móvil. Era Masters.

—¿Se acuerda del expediente que me envió?

—¿Qué tal está, sargento?

—Sí, eso. ¿Se acuerda del expediente?

Rodeé con un círculo el nombre de Carol Gleason.

—El de Phoenix.

—Sí. Gleason. ¿Cree que va a provocarme problemas?

—Dígamelo usted.

—Hice los análisis que me pidió.

—¿Comparando con los disparos que acabaron con Gibbons?

—Y con Salvucci.

—Exacto.

—La balística coincide —dijo Masters—. La misma pistola de nueve milímetros que mató a Gibbons fue usada dos años antes contra Salvucci y cuatro años antes contra la mujer de Phoenix.

—Hay uno más que va a tener que analizar.

—Ya lo he hecho. Esa misma nueve milímetros fue utilizada en 2000 contra el conductor de la ambulancia, Joe Jeffries.

—¿En San Francisco?

—Sí. ¿Quién más aparece en ese antiguo expediente?

—Dave Belmont —dije—. Murió de un ataque cardíaco.

—Quizá compruebe también su autopsia —respondió Masters—. Y dígame, ¿tiene idea de dónde puede estar esa pistola?

—Yo diría que sí.

—¿Unida a la mano de nuestro hombre?

—Para eso quizá necesite un poco de tiempo.

Silencio. Luego la voz de Masters reapareció.

—Déjeme preguntarle una cosa. ¿Cree que puede haber alguien más en peligro?

Un coche oficial negro se detuvo junto al bordillo y Bennett Davis se bajó. Solo.

—No lo creo —dije.

—Tiene una semana. Después, tendré que detenerle y empezar a presionarle. Quiero decir presionarle en serio. ¿Lo entiende, Kelly?

—Sí. Y recuerde: mantenga todo esto en silencio hasta que
le avise.

—¿Usted ha oído que yo haya dicho algo?

—No.

—Muy bien. Pues póngase en movimiento de una puta vez
y haga lo que tenga que hacer.

Colgó justo cuando Bennett Davis se aproximaba con la
mano tendida.

—Michael, te agradezco que hayas venido a pesar de haberte avisado con tan poco tiempo.

Le estreché la mano y se sentó a mi lado.

—¿Cómo estás? —dijo.

—Bien, Bennett. ¿Y tú?

—He pasado mejores momentos, Michael. Bastante mejores. El asunto Nicole.

—No desaparece fácilmente, ¿verdad?

Bennett se encogió de hombros como si el peso de tanto dolor estuviera acomodándose sobre sus espaldas.

—La verdad es que no. Hay una cosa, sin embargo, de la
que quiero hablar contigo.

—Te escucho.

—Nos conocemos desde hace mucho, ¿verdad?

Asentí.

—El asunto es el siguiente. Me parece que podría tener un problema.

—¿Qué clase de problema? —pregunté.

—Vince Rodríguez trabajó en un homicidio hace dos noches. Un tipo llamado Daniel Pollard. Dos disparos en el pecho. El informe de balística llegó esta mañana. La pistola utilizada era la misma que mató a Gibbons. Una nueve milímetros.

Esperé un momento y respondí:

—¿Y qué es lo que quieres de mí?

Bennett se frotó la barbilla y deslizó la lengua por el labio inferior, como si estuviera sediento pero no supiese de qué.

—Sé que estás trabajando en ese caso, Michael. Creo que tú tal vez sepas dónde puedo encontrar esa pistola.

—¿Eso crees?

—El que haya matado a Pollard, sea quien sea, también mató a Gibbons. Ahora podemos demostrarlo.

—Conozco todos los detalles del caso, Bennett. En realidad, yo estaba allí cuando Rodríguez encontró el cadáver de Daniel Pollard.

Bennett Davis me mostró las encías esbozando una sonrisa forzada. Si no lo hubiese sabido ya, ahora no me quedó la menor duda. Mi amigo estaba pringado. Sólo me quedaba una pregunta: ¿era peligroso, además?

—Quizá deberíamos regresar a la oficina y hacer un informe —sugirió Bennett.

—Quizá sí. Pero escúchame primero.

Saqué una bolsita de plástico del bolsillo. Contenía el resto del puro que había encontrado bajo el sillón reclinable de Pollard.

—¿Ves esto? Es un Macanudo.

Hice un gesto hacia los puros que el ayudante del fiscal llevaba en el bolsillo interior de su abrigo.

—Es tu marca, Bennett. Ayer llevé un trozo a Gentech. ¿Has oído hablar de ellos?

Bennett sacudió la cabeza.

—Yo tampoco los conocía. Me los recomendó Rachel Swenson. Un laboratorio privado de ADN a la salida de Joliet.

241

Trabajan rápido si es necesario. Han conseguido aislar saliva y están seguros de que obtendrán una huella de ADN. Tardarán tres días en tener resultados preliminares. Apuesto a que nos remitirán a ti.

Bennett Davis se levantó para irse. Yo seguí hablando.

—Lárgate si quieres, Bennett. Pero te aseguro que vais a oír el resto. Aquí o en una rueda de prensa.

Se detuvo.

—Tu gran error fue Pollard —dije—. El primero y el más grave que cometiste.

Davis se sentó otra vez, sacó un puro y lo hizo rodar entre sus dedos. Por lo demás, se limitó a escuchar.

—No apareciste en ningún reportaje porque todavía estabas muy verde. Pero tú trabajaste en el caso Grime. Donovan te recuerda.

Saqué la fotografía del equipo que procesó a Grime.

—El que está en segundo plano eres tú. ¿Cuántos años tenías entonces? ¿Veintiséis?

—Veinticinco.

—Maldito niño prodigio. Ninguno de nosotros se enteró.

—Yo aborrecía esa foto de mierda —dijo Davis—. Sólo nos tomaron una, ¿sabes?

—Fuiste tú quien cerró el trato con Pollard. Tuve que tragarme cinco cajas de documentos, pero al final lo encontré. Le concediste inmunidad a Pollard a cambio de su testimonio.

—Él era una pieza clave del caso —dijo Davis—. Lo más cercano que teníamos a un testigo ocular.

—Lo que no comprendiste es que tu testigo ocular era en realidad el cómplice de Grime.

Davis levantó la vista y abrió la boca, pero yo continué.

—No te molestes, Bennett. Al menos conmigo. El puro demostrará que estuviste en casa de Pollard. Pero aún hay más.

Saqué un fajo de papeles.

—Son del registro de Instituciones Penitenciarias.

Los puse encima del banco, pero Davis no les prestó atención.

—Separadamente no parecería tanto quizá, pero al cabo de los años son demasiadas visitas. Veintitrés contactos con Grime en el corredor de la muerte.

Bennett Davis sonrió. La mueca del condenado.

—¿Cuándo empezó a chantajearte? —pregunté.

Davis encendió una cerilla. Dejó que ardiese del todo el sulfuro y luego acercó la llama al puro. El humo denso, suave y fresco levantó por un momento un velo entre ambos. Luego se esfumó y Bennett Davis volvió a aparecer con toda nitidez ante mis ojos.

—Joder, Kelly. Eres demasiado bueno, maldita sea. No. Lo retiro. No eres bueno, sólo un tipo con suerte. Por supuesto, Grime se puso en contacto conmigo. Fue un año después de ser condenado. Algo espantoso. Se mofó de mí. Me trató de estúpido capullo. Darle inmunidad a un asesino en serie. «¿Cómo crees que le sonará eso a la mayoría de la gente?», me decía Grime y se echaba a reír, el muy hijo de puta. Pollard era su protegido; su sustituto en las calles. Y yo no podía hacer nada.

—¿Cuál fue la primera vez?

—Remington fue la primera. O al menos la primera de la que yo tuve noticia.

—¿Y lo arreglaste?

Davis miró en lontananza y asintió.

—Vaya si lo arreglé. Le cerré la boca a todo el que había que cerrarle la boca. Compré a algunos. A los demás los intimidé.

—¿Como a Gibbons?

—Él no sabía nada. Luego fue más fácil. La mayoría de las víctimas eran putas. Al menos al principio. Un material que no era de máxima prioridad precisamente. Más adelante, como Pollard no dejaba ningún resto de ADN, yo estaba a salvo.

Pensé en Nicole y en los casos antiguos que estaba analizando. Pensé en lo mucho que le importaba su amigo Bennett. Me descubrí deseando que nunca hubiera descubierto la verdad sobre él, incluso mientras el cuchillo se deslizaba por su garganta.

—Los años van pasando —prosiguió Davies—. Se convierte en parte de tu vida. Por supuesto, había oído rumores sobre el expediente extraoficial de Remington. Quizás hubiese por ahí alguna prueba perdida, restos de ADN. De ser cierto, eso podía llegar a vincular a Pollard con Grime.

—Y a ti con Pollard.

—En última instancia, sí. Después de hablar contigo durante tu detención, me figuré que Gibbons había estado buscando el expediente extraoficial. O que quizá lo había encontrado.

Me acordé de la casera de Gibbons tratando de sacarse unos pavos. Y ganándose 100.000 voltios que le reventaron el corazón por las costuras.

—O sea, que mandaste a Pollard a verla —dije.

—Una vez más, no pude controlarlo. Se suponía que Pollard iba a ver si ella tenía el expediente para apoderarse de él.

—Lo cual nos lleva a Nicole —dije—. Hablaste con ella en el Drake. Ella te contó lo del semen de la blusa de Elaine Remington.

—Yo no podía permitir que examinase esa prueba.

—Lo sé. Primero creí que habías enviado a Pollard, pero luego lo pensé mejor. No había sido utilizada ninguna otra tarjeta de acceso aquella noche, lo cual significaba que la propia Nicole dejó entrar al asesino en el laboratorio. Sólo podías ser tú, Bennett.

Un viuda se acercó paseando su perrito *bichon frisé*. Nos dirigió una sonrisa con mucha clase y pasó de largo. Davis tiró el puro al suelo.

—Las cosas podían haber sido muy distintas entre nosotros —dijo—. Pero eso fue decisión suya. Hace mucho. Con esto de ahora, yo no tenía otra opción. Ninguna otra.

Davis levantó la vista y extendió las manos.

—Para serte sincero, si creyera que iba a quedar impune, volvería a hacerlo. No es fácil de sobrellevar, pero, demonios, eso es lo que hay.

Conté hasta diez y mantuve mi mano alejada de la pistola que llevaba en la cadera. Quizá Bennett lo estaba deseando: un pasaporte directo de la ley y el orden al otro barrio. No lo iba a conseguir, por lo menos de mí. O por lo menos, hoy.

—¿Sabes lo que me intriga? —dije—. El final del juego. ¿Dónde hubiera terminado? ¿Cómo habrías logrado salir de ahí?

Mi antiguo amigo se encogió de hombros.

—Grime habría sido ejecutado.

—¿Y luego?

—Luego Daniel Pollard habría desaparecido y asunto arreglado.

—¿Quizá recurriendo a un tipo como Joey Palermo?

—También estás enterado de eso... Interesante.

Bennett Davies sonrió. La última sonrisa que yo le vi.

—Y ahora ¿qué? —dijo.

—Ven conmigo.

Nos levantamos los dos y caminamos.

—¿Tienes otro puro?

Davis me dio uno y yo lo encendí.

—¿Te acuerdas de *El Padrino II*, de la última escena? —dije.

—Sí.

—Michael manda a Tom Hagen a ver a Frankie Pentangeli en la cárcel.

—Sí, Michael, me acuerdo.

—Frankie le hace a Tom la misma pregunta. «Y ahora ¿qué?» Tom le cuenta a Frankie lo que hicieron los romanos cuando fracasó su complot contra el emperador.

—Se metieron en un baño caliente y se abrieron las venas.

—Eso es exactamente lo que hicieron, Bennett. En tu caso, nadie amenaza con acabar con tu familia y no creo que tú te merezcas un baño caliente. Pero un amigo italiano me dio un consejo que te transmito.

Entonces le hablé a Davis de Vinnie DeLuca, de sus *cannoli* y de lo de comerse una bala en el baño.

—Los resultados del ADN estarán en tres días, Bennett. Luego será el estado quien se haga cargo. O cualquiera que decida que estarías mejor muerto.

—Está bien —dijo Davis.

—Es más de lo que mereces.

Davis volvió a sentarse en un banco.

—Me voy a quedar aquí un rato para pensar.

—Adiós, Bennett.

Eché a andar. Veinte metros más allá, la voz de Davis reapareció a mi lado.

—Una cosa más, Michael.

Me detuve pero no me volví.

—No has contestado a mi pregunta sobre la nueve milímetros —dijo—. Se utilizó la misma pistola con Gibbons y Pollard. Y una cosa es segura: no fui yo.

Eché a andar de nuevo. Bennett Davis no se merecía una respuesta. De todas las cosas que me había dicho, sin embargo, esta última era la que sonaba más verdadera.

245

Capítulo 54

*E*l avión aterrizó en Tulsa unos minutos después de las siete de la mañana. Había apagado el teléfono móvil durante el vuelo y mientras conducía por la autopista de Kansas lo dejé en silencio.

El análisis de ADN de Daniel Pollard se había hecho con mucha precipitación, pero había valido la pena. Coincidía del todo con la violación de Elaine Remington, con el desconocido del caso Grime y con las lágrimas halladas en las sábanas de Miriam Hope. Diane iba a emitir su reportaje al día siguiente. Luego habría una rueda de prensa. Y de ahí saltaría a todo el país y sería ya la locura. Durante un minuto, pensé en Bennett Davis. O se comía una bala o mañana por la noche estaría esposado. Yo era partidario de lo primero. Mi móvil se puso a zumbar. Era Rodríguez.

—Eh.

—¿Estás llegando ya? —preguntó.

—Eso creo.

—¿Estás seguro de que no quieres que pidamos ayuda?

—Lo tengo controlado. Tú preocúpate de Davis.

—Hablando de eso: hemos contrastado el ADN de Pollard con el resto de la base de datos CODIS.

—Déjame adivinarlo —dije—: nada.

—¿Cómo lo has sabido?

—Bennett me contó que Pollard había seguido el consejo de Grime y había empezado a usar condón hace años.

—¿Cuántas agresiones crees que habrá cometido?

—Un montón.

—¿Sólo violación? —preguntó Rodríguez.

Pensé en Miriam Hope hablando con Daniel Pollard, tratando de salvar su vida y de conseguir unas décadas más de soledad.

—Mató de una puñalada al viejo del apartamento —dije—. No me sorprendería que hubiese más.

—Sí, la unidad de casos antiguos va a revisar sus homicidios no resueltos, a ver si pueden encontrar alguna relación.

—¿Ha hablado alguien con Grime?

—Aún no. Le haremos una visita esta semana.

—De acuerdo. Volveré a Chicago esta noche.

—No corras riesgos, Kelly. Si quieres que vaya para allá, llámame.

Cerré el móvil y dejé atrás un cartel que decía: SEDAN, KANSAS, 33 KM. Paré en el arcén y saqué el expediente extraoficial. En la hoja de ingreso de Elaine en el hospital había un nombre del pariente más cercano, pero ninguna dirección. Mi propia clienta me había revelado la ciudad la noche que la recogí en Cal City. No era mucho, pero lo suficiente para hacer un intento.

Llegué media hora más tarde a Sedan. Como ciudad, no era gran cosa: un par de kilómetros de comercios con las fachadas protegidas con tablones de madera y un montón de polvo. Al final de la calle había un hotel de cinco pisos que abarcaba una manzana entera. También tenía protecciones de madera. Pasé por delante. No había ni un alma dentro.

Me detuve un poco más abajo, detrás de un par de sombreros de *cowboy*. Estaban sentados en una furgoneta, esperando que se pusiera verde. El problema era que no había semáforo, sólo dos carreteras locales que se cruzaban en un campo embarrado. Bajé del coche y me acerqué.

—Es más bonito en verano. Todo lleno de cereal.

El conductor hablaba mirando al frente. Me di cuenta de que, en realidad, la furgoneta estaba parada. No tenía puesta la llave de contacto.

—¿Ustedes pasan el rato aquí? —pregunté.

El del asiento del pasajero se inclinó hacia mi lado y sonrió de oreja a oreja. Tenía unos dientes negruzcos en cada extremo de su sonrisa y un forúnculo en la nariz que merecía su propio *reality show*. Sostenía en una mano una taza de Starbucks y en la otra una pasta de hojaldre de muy buen aspecto.

247

—Tomamos café aquí. Casi todas las mañanas. Puede unirse a nosotros, si quiere.

Me pregunté dónde estaría el Starbucks de Sedan. Yo tenía otros planes, sin embargo, y me atuve a ellos. Los tipos sabían con exactitud adónde tenía que dirigirme.

Cinco minutos más tarde crucé un camino de tierra y me detuve ante una granja cuyas tablas crujían al viento. Un poco más allá, había un establo. Unas cuantas gallinas cloqueaban en medio.

Cerré la puerta con fuerza. Un caballo relinchó. En el interior debieron de oírme, porque la cortina se descorrió de un tirón y luego se abrió la puerta. El hombre que salió había rebasado los cincuenta y cinco años. La cara larga, flaca y endurecida. Los ojos eran dos sombras marrones, como el color de los campos en los que había trabajado toda su vida. El hombre me examinó de un vistazo y desplazó un palillo de un lado a otro de la boca.

—¿Puedo ayudarle, caballero?

Hablaba sin recelo, pero con autoridad. No me conocía y no preveía complicaciones. Pero si llegaba a haberlas tampoco le preocupaba.

—Mi nombre es Michael Kelly. Soy detective, de Chicago.

Algo pareció moverse entre ambos. El hombre retrocedió.

—Mi nombre es Sam Becker. Supongo que lo sabe.

Yo asentí. Él abrió la puerta.

—Bueno, pase.

Se dirigió hacia la luz solitaria de la lámpara que había sobre la mesa de la cocina. Junto a la lámpara, se veían los restos de un desayuno solitario: un bistec con huevos y café. Sam Becker retiró la comida, que había dejado a medias, y yo me senté.

—¿Café?

Me sirvió una taza y volvió a llenar la suya. Luego me indicó con un gesto la sala de estar. Le seguí mientras él se instalaba en una silla de cuero. Yo ocupé el diván. No había gran cosa allí salvo una mesa de café. Las paredes estaban desnudas, igual que en la cocina. En un rincón de la librería capté un destello dorado en una franja iluminada por el sol: era el marco de una fotografía. Becker siguió mi mirada y cogió la foto.

—Si es usted de Chicago, supongo que estará aquí por esto. Hace casi diez años ahora. Muchísimo tiempo.

Me alargó la fotografía y yo la cogí. Me imaginé que había sido tomada en una clase de secundaria. Dieciséis, quizá diecisiete años. A la edad que fuese, era rubia y guapa. Pero no era la mujer que yo conocía como Elaine Remington.

—¿Ésta es Elaine, Sam? ¿La chica que fue agredida?

A Becker se le endureció la expresión en torno a los ojos.

—Fue asesinada, señor. La atacaron en la víspera de Navidad de 1997. Murió unas semanas más tarde.

Yo seguí mirándole fijamente y no aguardé para responder:

—Tengo que preguntarle una cosa, Sam. Quizá lo que consiga es que me eche usted de aquí. A lo mejor quiere pegarme un tiro, cosa que respeto. Pero yo tengo que hacer mi trabajo y tengo que preguntárselo: ¿usted llegó a ver su cuerpo?

—¿Qué demonios...?

Yo levanté una mano.

—Déjeme que se lo explique. La mayoría de los archivos en Chicago han desaparecido. Los que tenemos hablan de una mujer agredida, pero no muerta. Me temo que no está claro qué le ocurrió con exactitud. Por eso se lo pregunto.

Sam se levantó y se acercó a la vitrina que estaba en la pared opuesta. Regresó con una carpeta marrón más bien andrajosa, atada con un cordel. La abrió y ante mí se desplegaron las piezas de una vida muy breve. Primero vi un par de recortes de periódico sobre la agresión; publicaciones locales que habían escapado a mi búsqueda. Luego los informes de la policía que ya conocía. Finalmente, un informe del forense que no había visto nunca, de un hospital en el condado de Chautaugua, Kansas. Elaine Remington había muerto a causa de las múltiples puñaladas que presentaba en el pecho y el estómago. La fecha de defunción era tres semanas después del ataque. Había también una fotografía del cadáver. Era la chica de la foto con una incisión en forma de «Y» desde el pecho hasta el vientre.

—Así es como sabe uno que está muerta, señor Kelly. Y por eso hay que tenerla a mano, por si empieza uno a olvidarlo. Abres la carpeta y ahí está.

Encendí un cigarrillo y le ofrecí uno a Becker. Aceptó y volvió a llenar las tazas de café. La carpeta seguía entre ambos.

—Sam, tengo un problema.

Sam no era tonto y ya se lo figuraba. Le hablé de John Gibbons y de la carta. Le hablé de mi clienta, de mi propia rubia llamada Elaine Remington. Le hablé de la pistola de nueve milímetros que, según mis cuentas, había matado al menos a cinco personas. Sam lo asimiló todo y se puso de pie.

—Venga conmigo.

El granjero subió con dificultad las escaleras, cruzó un pasillo a oscuras y entró en lo que habría sido en otra época el dormitorio de una chica. Cogió un anuario del estante. El lomo decía: «Sedan, Secundaria, 1994». Becker pasó las páginas deprisa, adelante y atrás, como si estuviera confuso. Esperé a que terminara. Finalmente, encontró la página que buscaba y puso el libro sobre la cama.

—¿Es ésta la que está usted buscando?

La chica era animadora y presidenta del Cine Club. Según las votaciones, «lo más probable es que llegue a ser una diva». Ella deseaba por encima de todo «vivir entre los focos». Aparecía sonriendo en la foto y era sin duda la cara más bonita de toda la página. Era mi cliente: la mujer que yo conocía como Elaine Remington.

—Su auténtico nombre es Mary Beth. Dos años más joven que Elaine.

Estábamos los dos sentados en la cama. El granjero y yo, con el anuario entre ambos. Deslicé un dedo por la fotografía. Sam me contó la historia.

—Remington era el apellido de soltera de la madre. La encontraron muerta en el fondo de un pozo. Con la cara machada con un martillo, aunque lo que decía todo el mundo era que había dado un mal paso. Mary Beth tenía diez años cuando su madre murió. Quizás esto le sonará mal, señor Kelly, pero aquella fue en realidad la mejor parte de su vida. Cuando cumplió doce, su padre abusó de ella en el establo de ahí atrás. Quiso ser el primero antes de alquilársela a sus amigos, ¿entiende?

Sam se detuvo un momento. Luego prosiguió.

—Mary Beth se escapó. Vino a Oklahoma. Yo ya era un solterón. No era fácil encontrarme, maldita sea, pero vaya si lo logró mi sobrina sin ayuda de nadie. Por lo visto, su padre había aparecido una noche con ganas de repetir. Esta vez ella estaba preparada y luchó a muerte. Él le hizo un corte con un cuchillo. Aún tiene una cicatriz justo debajo del esternón. Mary Beth le devolvió el favor: le atravesó el cuello con una horca. El viejo se desangró ahí fuera. Luego ella se curó la herida y corrió a buscarme.

»Yo arreglé las cosas con el *sheriff* y Mary Beth regresó a Sedan. Vine con ella, hice todo lo que pude para ser como un padre. Con el tiempo, descubrí que el viejo había hecho lo mismo con cada una de las hijas cuando cumplieron los doce años. Una especie de ritual de mayoría de edad.

Sam adoptó una mueca triste y se removió en su asiento.

—A decir verdad, fui mejor tío que padre. Elaine no veía la hora de marcharse. Tampoco la culpo; no tenía demasiado buenos recuerdos. Se largó en cuanto acabó la secundaria y fue hasta Chicago. Y luego consiguió que la mataran. Mary Beth siguió su ejemplo. Me parece que usted sabe más que yo sobre ella. La mayor es la única que se ha mantenido en contacto; una tarjeta por Navidad, nada más, pero ya es algo cuando te haces viejo.

—¿La mayor?

—Claro, la mayor de las tres. La primera de la que el padre abusó. Ella era la más lista; seguramente la más dura también, lo cual ya es mucho decir. Consiguió entrar en una universidad local, se sacó su título y abandonó Sedan, decidida a superarlo. Nunca pidió nada.

Becker sacó otro anuario, esta vez de 1988.

—Aquí está. Editora del periódico del colegio.

Eché un vistazo a la mayor de las tres hermanas. Cinco minutos después estaba en la carretera, en dirección al aeropuerto, con los dos anuarios en el asiento de al lado.

251

Capítulo 55

*L*a soledad regresó de nuevo, justo cuando dieron las tres de la madrugada. Había intentado mantenerla a raya durante el viaje desde Kansas y cuando cayó la noche, pero reapareció de todos modos. La soledad era una compañera de viaje quizá no del todo agradable pero a la que ya estaba acostumbrado. Conocía sus trucos, sus altibajos; los dolores que te recorren durante el día, los recuerdos que de noche te presentan sus respetos.

A medida que envejecía, me había vuelto más fuerte. No inmune, pero sí capaz de superar la tormenta, de dejar que la soledad siguiera su curso, que se llevara su botín y desapareciese. Sabía que aquello tenía su fin; lo sabía porque ya había hecho otras veces el mismo camino. La soledad lo sabía también. Y eso me daba a mí toda la ventaja.

Aun así, a veces, incluso a los treinta y cinco años, sentía el mordisco un poco más de lo debido, más de lo que yo había creído que volvería a sentirlo.

Aquélla era una de tales noches. Y el problema era que no sabía por qué. Si era por Diane, aún no acababa de darme cuenta. Si no lo era, entonces se trataba de un sentimiento sin objeto. Y eso sí resultaba inquietante; una mutación de la enfermedad con la que no me había tropezado hasta entonces. Quizá sin curación.

El teléfono sonó justo en ese momento. Miré el identificador de llamada. Maravilloso invento: una especie de ensayo general, a veces, de los pequeños pesares cotidianos. Dejé que sonara una vez más, simulé que cogía a tientas el auricular y respondí.

—Hola.

Sonaba tranquila pero despierta. Como si hubiese trasnochado. Quizá no tomando whisky, pero aun así bien despierta.

—¿Dormías, Michael?

—Más o menos —dije.

Me pregunté desde dónde llamaría. Desde su habitación. Desde el vestíbulo de abajo. Entonces lo descubrí: acero sobre acero. Un tren elevado pasando junto a mi ventana y sonando en el teléfono al mismo tiempo.

—Supongo que me has descubierto —dijo.

—¿Dónde estás?

—A tres manzanas de tu casa. En una cafetería en Lincoln que se llama The Golden Apple. ¿La conoces?

Me di cuenta de que no me había propuesto subir. Supuse que quizá era la mejor solución.

—Sí, la conozco. Dame cinco minutos.

Me puse los pantalones y una sudadera, cogí la cartera, las llaves y mi Smith & Wesson. Después de lo de Kansas ya no daba nada por supuesto.

Diane estaba en el último cubículo de la izquierda. Pedí un café al cruzar la puerta y ya lo tenía sobre la mesa cuando fui a sentarme. Era ese tipo de sitio.

—¿Dónde te has metido todo el día? —preguntó.

Llevaba unos tejanos y un suéter negro, con el pelo recogido atrás y unas gafas de montura negra. A primera vista, parecía conservar su entereza. Labios pintados de rojo, maquillaje pálido, todo impecable. En cuanto sonrió, sin embargo, vi la primera grieta; una simple línea en su mejilla, subiendo hasta el párpado inferior. Después de la primera, las demás resultaron fáciles de localizar, e igualmente difíciles de pasar por alto.

—Revisando algunos antecedentes —dije bajando la vista.

Tenía una taza de té a su lado y un ejemplar del *Agamenón* de Esquilo.

—El *Agamenón* —dije.

—Pensé que podía hacer un intento.

Una pausa. De esas pausas para ponerte a prueba que se dejan caer en una relación para ver de qué lado sopla el viento. Yo traté de no darle pistas, lo cual, en sí mismo, ya lo decía todo.

—A las tres de la madrugada, una lectura interesante. Es parte de una trilogía, ¿sabes?

—Eso me dijiste. La *Orestíada*.

—¿Y cuál es tu impresión?

—Creo que es todo una cuestión de venganza —dijo—. ¿Y la tuya?

Asentí y noté que se me agolpaba la sangre en las orejas.

—Tisífone, Megara y Alecto.

—¿Quiénes son?

—Es el nombre de las Furias. Aparecen al final de la segunda tragedia. Tres hermanas que localizan y acorralan a los malhechores. Torturan y matan sin piedad.

Diane removió su té y dio un pequeño sorbo.

—¿Qué tiene de malo?

Cogí el *Agamenón* y fui pasando sus páginas.

—Las Furias prolongaban su venganza a lo largo del tiempo, a través de las generaciones. Mataban a gente con poca o ninguna conexión con el crimen. Los griegos las pintaban con serpientes en el pelo y sangre goteando de sus ojos. Estaban locas. Las tres.

—Pero eran eficaces.

—¿Eso crees?

—Sin ninguna duda. Ojo por ojo y todo eso.

Volví a deslizar el *Agamenón* hacia su lado.

—En la tercera tragedia, la Furias están saciadas. Contribuyen a crear el sistema de justicia ateniense. Los odios mortales llegan a su fin y el primer tribunal de justicia queda establecido.

—Quizás esa parte me la salte —dijo—. Suena algo aburrida.

—A ti lo que te gusta son los odios mortales, ¿no?

—¿A quién no? Además, es sólo una obra de teatro.

Diane recogió el libro de Esquilo y lo metió en una bolsa que tenía al lado. Luego sonrió.

—Basta de historia antigua. Háblame de tus pesquisas de hoy. Antecedentes... ¿de quién? ¿para qué?

Hablé durante la media hora siguiente, dándole detalles sobre lo que había hecho aquel día, aunque ninguno sobre Kansas y, en realidad, toda una simple sarta de mentiras. Diane asentía, sorbía su café; pidió una tarta de chocolate, se la comió. Al final, sonrió sin creerse una sola palabra.

254

—Bueno, mejor que me vaya para casa —dijo.

—Por fin, el gran día.

—Tengo una entrevista con Rodríguez por la mañana. Luego detendrán a Bennett Davis y sacaremos nuestra exclusiva por la noche. Tu nombre sigue al margen, ¿de acuerdo?

Asentí.

—Por cierto, ¿le has contado a tu cliente todo esto?

—Aún no.

—Su cara va a salir a la luz tarde o temprano, ¿sabes?

—¿Eso crees?

—No saldrá en mi canal. Pero tenlo por seguro, al final aparecerá.

Me levanté para irme. Diane también se levantó.

—Quedaré con Elaine mañana y la pondré al día —le dije—. Yo también he quedado con Rodríguez en tu redacción después de la entrevista. Para atar algunos cabos sueltos.

—Perfecto. Terminaremos a mediodía.

Se inclinó y me besó. Labios rojos, gruesos, fuertes y hambrientos. Como si lo sintiera de verdad. O por lo menos, como si deseara sentirlo.

—Gracias por el reportaje —murmuró—. Me has salvado y no lo olvidaré.

Luego se dio media vuelta y salió de la cafetería. Yo me fui a casa, abrí mi ejemplar del *Agamenón* y encontré el verso en el cual Clitemnestra atrae a su marido al baño y aguarda mientras lo apuñalan hasta morir.

Ἔστιν Θάλασσα-τίς δέ νιν κατασβέσειν.

Recité el verso en voz alta, haciendo que silbaran las sílabas como Esquilo había querido. Me pregunté cuántas Clitemnestras acechaban en mi vida, dónde estaban los cuchillos y, lo más importante, quién acabaría muerto y en la bañera de quién.

Capítulo 56

$\mathcal{A}$ la mañana siguiente me levanté deprisa. Corrí ocho kilómetros junto al lago, me duché, me vestí y me agencié un café en Intelligentsia. A las once estaba en camino hacia el centro hablando por mi teléfono móvil.

—Sí.

El detective Masters seguía tan efusivo como siempre.

—Vince Rodríguez saldrá esta noche en las noticias —dije—. Se lo cuento para que esté al tanto.

Le hablé de Grime, de Pollard y de Bennett Davies. Yo siempre me he considerado una especie de sibarita en lo que se refiere a las maldiciones más exóticas. Masters, sin embargo, desplegó una sarta de juramentos que habrían hecho sonrojar a un sordo.

—¿Ha terminado? —pregunté.

—Sí.

—Bueno, pues Vince hace hoy su show. Detiene a Davis y expone el lado Grime del asunto. Mañana le toca a usted.

Entonces le expliqué lo de Kansas y cómo encajaba todo. Me llevó un buen rato. Cuando terminé, se hizo un silencio.

—Masters —dije—, ¿sigue usted ahí?

—¿Cuándo puedo intervenir?

—Estoy entrando ahora mismo en el Canal 7. Le llamo en cuanto haya terminado.

El detective estaba a punto de responder, pero yo cerré mi teléfono móvil. La chica del crucigrama no estaba en el mostrador; casi mejor. No era el mejor día para dedicarse a ella. Me encontré a Rodríguez en una pequeña oficina justo al lado del plató principal. Tenía una taza de café en la mano y estaba tratando de evitar a uno de los muchos productores de Diane.

—Denos un segundo —le dijo.

El productor me echó una mirada asesina, pero salió de la oficina.

—Bennett Davis acaba de llamar —dijo Vince—. Se va a entregar. Quiere hacer un trato. A la una en la Central.

—¿Te ha dado algún detalle?

—No, pero lo hará. Con el tiempo, llegas a intuirlo. A éste ya no le queda ningún recurso. Además, ya tenemos los resultados preliminares del puro.

—¿Concuerda?

Rodríguez asintió.

—Eso parece. Davis ha dejado también un mensaje para ti. Dice que en *El Padrino* las cosas son más fáciles que en la vida real. Dice que te digamos que no tenía el estómago suficiente para hacerlo.

Pensé en el acto real de comerse una bala; no se me ocurría nada mucho peor. Luego pensé en una vida entera hecha de malos momentos para un antiguo fiscal en una celda de máxima seguridad.

—No durará mucho en prisión, ¿no?

Rodríguez se encogió de hombros.

—Lo violarán en grupo para empezar. Luego ya dependerá de lo que pueda hacer por ellos desde dentro. O de si puede pagarles. Si hubiese que apostar, yo diría que no lo conseguirá.

Diane asomó la cabeza por la puerta. Se le veía una expresión tensa en torno a los ojos.

—Vince —dije—, ¿nos permites un segundo?

—Claro —respondió—. Yo tengo que irme ya.

Se volvió hacia Diane.

—No te lo había dicho aún, pero Bennett Davis se va a entregar en la Central. En una hora.

—Tenemos que enviar un equipo —dijo Diane.

Rodríguez meneó la cabeza.

—No puede ser, Davis vendrá solo. He acordado con él que no habrá prensa. Hagamos una cosa. Una vez que lo tengamos bajo custodia, le preguntaré si quiere hablar contigo. Quizá tengas suerte una vez más.

—Gracias —le dijo ella al detective, que salió de la oficina.

—Ya tienes de sobra —dije yo—. Más que de sobra.

257

Diane se acercó, me rodeó los hombros con sus brazos y hundió la cabeza en mi pecho.

—Sí —dijo suspirando—. Pero me he vuelto codiciosa. Lo quiero todo.

—Ya lo sé.

—¿Cómo estás, cariño? Parecías un poco raro anoche.

—Demasiadas cosas en mi cabeza.

Saqué los anuarios de Sedan de la bolsa de deportes que había traído y los puse sobre la mesa.

—Recuerdos de Sam Becker.

Miró los anuarios. Luego me miró a mí. Advertí una leve pulsación en la base de su cuello.

—O sea, que ahora ya lo sabes —dijo.

—Cuéntamelo tú.

—Estoy segura de que Sam ya lo ha hecho.

—Él me contó lo que sabía, supongo que hay más.

Cruzó la oficina y cerró la puerta. Luego se sentó ante los anuarios, unió las palmas de las manos y las apoyó en los labios. Por un momento no dijo nada. Buscó la fotografía de su hermana, luego la suya. Las resiguió con un dedo. Si yo hubiese hecho aquello mismo un día antes, tampoco habría obtenido ninguna de las respuestas que buscaba.

—«Conócete a ti mismo.» ¿Suena sencillo, verdad?

—En realidad, no —dije.

—No. En absoluto. Creo que te quiero, Kelly.

—Por favor.

—Estuve a punto de decírtelo anoche. A punto de contártelo todo.

Ahora se percibía un temblor en su voz y eso me asustó más que cualquier otra cosa.

—A punto —dije—. Creo que tienes muchos «a punto» de reserva. Toda una vida repleta de ellos. En última instancia, sin embargo, solamente estás tú. Nada más.

La sonrisa que esbozó tenía un aire solitario. Era una sonrisa que no pedía cuartel y que tampoco demostraba demasiado remordimiento.

—Yo quiero a mis hermanas, Kelly. Las quiero a las dos.

Pensé en Diane y en sus dos hermanas. Pensé en su padre y en el día en que cada una cumplió doce años. Una parte de mí se dolía por Diane; quizá también un poco por mí mismo. Ésa era la parte a la que no debía hacer caso.

—¿Cómo empezó todo? —pregunté.

—Ya lo sabes. Está aquí.

Cerró los anuarios y los empujó hacia mi lado.

—Era un 14 de junio, tres años después de que Elaine fuese asesinada. Yo estaba fuera de la universidad, trabajando como reportera en Flint, Míchigan. Recordarás que te hablé de Flint.

Intentó cogerme una mano pero yo permanecí inmóvil. Ella se encogió de hombros y siguió hablando.

—Mary Beth me llamó desde San Francisco, me dijo que había matado a un hombre. Luego me explicó por qué. Yo volé hasta allí, aunque ya no había mucho que hacer. Mary Beth lo había estado acechando, empezó a hablar con él en un bar y lo acompañó a su casa. Allí le había disparado, haciendo que pareciese un robo, y luego se había largado.

—¿Así como así?

—Así como así. Actuó de un modo más bien impulsivo.

—¿Ése fue el primero? ¿El conductor de la ambulancia?

Diane asintió.

—Sí. Ella me enseñó su lista de nombres.

—¿Todos los que fallaron en el caso de Elaine?

—Todos los que no hicieron su trabajo. Todos aquellos a los que les importó una mierda nuestra hermana apuñalada y medio muerta por un auténtico animal.

—¿Y tú le cubriste las espaldas?

—Yo hice lo que tenía que hacer.

Diane levantó la barbilla y me miró. Quizás estaba practicando para cuando hablase ante el jurado. No podía estar seguro.

—No me juzgues, Kelly. No te atrevas a hacerlo, joder. Después de lo de Nicole.

Bastaron esas palabras para que yo entreviese hasta los últimos hilos de su engaño, tejidos con los materiales de tantas vidas. En un momento, lo comprendí todo y no quise tener nada que ver con ello.

—Me escogiste desde el principio por ese motivo —dije—. Conocías mi historia con Nicole y me elegiste por eso.

—Fue tu gran momento, Kelly. Ese hombre violó a tu amiga y tú te lo cargaste. A los catorce años. Hay que tener agallas.

—Te imaginaste que yo sería fácil de manejar para seguir aplicando la justicia por tu mano —dije—. Fuiste tú quien me mandó el expediente extraoficial, no Mulberry. Tú y Mary Beth.

—Gibbons le dijo a Mary Beth que eras el mejor detective que había conocido. Tenía razón. Eras perfecto, Kelly.

—Sí, perfecto. Fácil de manipular y tal vez de chantajear si se presentaba la ocasión. Una vez que Mary Beth mató a Gibbons, yo iba a ser el tipo que os ayudaría a encontrar al violador de Elaine.

—Gibbons fue el gancho —admitió Diane—. Mary Beth quería matarlo sin más, como a los otros. Yo sabía que lo necesitábamos para llegar a ti. De modo que Mary Beth se le presentó haciéndose pasar por Elaine. Él sólo había visto una vez a nuestra hermana, cuando estaba medio muerta, y se lo tragó. Luego nos limitamos a esperar. En cuanto Gibbons te metió en el asunto, Mary Beth le dio su merecido.

Asentí y pensé en mi antiguo compañero. Él siempre habría picado ante una damisela en apuros. Diez veces de diez.

—¿Y mis huellas en la escena de su asesinato?

—Me colé en tu oficina una semana antes de que Mary Beth le disparase a Gibbons. La puerta estaba abierta, Kelly, lo cual nunca es recomendable.

—Cogiste una bala del bote de mi escritorio.

—Cogí un puñado. Mary Beth dejó un casquillo en el sitio, lo justo para involucrarte un poquito más en el caso. Digamos que era una maniobra adicional para asegurarme.

—Y aquella noche en Cal City —dije—. Tú llevaste a Mary Beth allí.

—La llamé en cuanto me dejaste tirada. Le dije que Pollard era probablemente nuestro hombre. Ella quería hacer algunos preparativos. Darle caza poco a poco, lo habrías llamado tú.

—Diane extendió las palmas con la barbilla alzada—. En resumen, Kelly: el plan funcionó, nos llevaste hasta Pollard. Si hubiera podido dispararle yo misma, lo habría hecho. Y eso que al principio creí que iba a hacerlo Rodríguez. Tal como ha salido, deberías estar satisfecho, qué demonios.

Para Diane Lindsay la vida era así de simple. La muerte, aún más fácil.

—¿Y ahora? —pregunté—. ¿Dónde está ella?

El rostro de Diane se tensó hasta adquirir la expresión de un fanático. Tuve un mal presentimiento y me pregunté si no debería haberme ocupado antes de Mary Beth.

—Van a detenerla —dije—. La pistola encaja, y la secuencia de los hechos también. Ya está decidido. Masters tiene la orden de detención. ¿Dónde está?

Diane desvió la vista y miró por la ventana mientras hablaba.

—Aún le queda uno.

La agarré por el hombro y la obligué a que se diera la vuelta.

—¿Quién?

Diane cerró los ojos y sonrió.

—Tú ya sabes quién queda, Kelly. No lo estropees simulando que no lo sabes.

En cierto modo, quizás estuviese en lo cierto. Tampoco aquello me hacía falta pensarlo siquiera para comprenderlo. Abrí el móvil y llamé a Rodríguez.

—Detén a Davis —le dije—. Ya.

Capítulo 57

*L*a policía sacó esposada a Diane Lindsay de la redacción de *Action News* del Canal 7. Como los lobos que se comen a sus crías, el equipo de cámaras y productores de Diane no se perdió ni un detalle de su detención y trató de captar la humillación de su antigua presentadora estrella para darlo todo en las noticias de la noche. Quizá les subirían el sueldo.

No mantuve una última conversación con Diane como en las películas. Tampoco lo deseaba. Lo que había habido entre nosotros, fuera lo que fuese, había desaparecido. Quedó medio muerto, en medio de una espantosa maraña, en algún punto de la carretera de Kansas a Chicago. Subí a mi coche y me dirigí al centro.

—¿Te ha dicho adónde iban?

Era Rodríguez al teléfono. Había irrumpido en la oficina de Davis después de mi llamada y no había encontrado a nadie. El ayudante del fiscal se había escabullido de algún modo del edificio del condado.

—No me ha dicho nada —respondí—. Salvo que Mary Beth iba a por él.

—Me extraña que Mary Beth no le haya disparado sin más.

—Sí.

Yo me dirigía hacia el sur por la avenida Míchigan. Crucé el río y seguí hacia el centro.

—Estoy a dos minutos de ahí —le dije—. ¿Dónde te localizo?

—Estamos acordonando un área de tres manzanas en torno al edificio del condado y registrándolo planta por planta.

—Enseguida llego. Di a tus chicos que me dejen pasar.

Colgué y crucé la calle Randolph en dirección sur. Estaba a punto de girar a la derecha cuando vislumbré un fulgor rubio subiendo las escaleras del Millennium Park. Conocía bien ese fulgor rubio y todavía mejor al fiscal a punto de morir que caminaba junto a ella.

Aparqué en doble fila frente al centro cultural. Una agente de tránsito se puso a gritarme a media manzana de distancia. Cuando saqué la pistola, empezó a gritar todavía más fuerte. Pensé que eso me convenía y crucé la avenida Míchigan hacia Millennium Park.

En cuanto llegué a lo alto de las escaleras vi a Mary Beth. Avanzaba sorteando a los viandantes, una multitud dispersa de mediodía, primero en torno a la pista de patinaje y luego hacia una escultura que en Chicago la gente llama «la Habichuela». Su nombre oficial es *Cloudgate*, pero tiene el aspecto de una gran habichuela de aluminio y en ella se refleja todo lo que hay en 360 grados a la redonda con un efecto de gran angular. Mientras me aproximaba, un hombre y una mujer salieron por un lado de la Habichuela. Él llevaba peto, cazadora y un gorro de los Packers. Ella, un chándal del mismo equipo y, debajo, una sudadera que decía: FOLLA CONMIGO Y TE FOLLARÁS A TODO EL CAMPIN.

263

Esperé a que los fans de los Packers llegaran sanos y salvos al puesto de perritos calientes. Luego me interné bajo la elipse de la Habichuela con la pistola en el bolsillo. Mary Beth y Davis estaban en un lado y yo en el opuesto. Entre nosotros había una clase entera de párvulos, veinticinco críos de algún jardín de infancia. Mary Beth me vio reflejado en el techo de la Habichuela. El efecto de gran angular hacía difícil estimar a qué distancia se hallaban. Parecían kilómetros. Yo había empezado a sortear a los críos cuando una mano me tiró de la manga.

—Perdone, caballero.

Era una mujer de treinta y pocos años; la profesora del jardín de infancia, sin duda.

—¿Podría sacarnos una foto?

Hundí la pistola en el bolsillo, sonreí y cogí la cámara. Mary Beth empujó a Bennett Davis hacia el borde exterior de la Habichuela. Me pareció ver una mancha de sangre en el sitio donde Davis se había apoyado contra el aluminio. Luego desaparecieron. Hice la fotografía y los seguí.

Mary Beth pasó junto a un guardia de seguridad con impermeable amarillo, montado en uno de esos patinetes eléctricos y con un aspecto de sentirse muy importante. Luego se escabulló por la izquierda hacia el Pritzker Pavilion, el espacio de música al aire libre del Millennium Park. La seguí hasta el escenario desierto y me detuve a unos tres metros. Mary Beth empujó a Bennett Davis hacia una plataforma y retrocedió.

—O sea, que al final lo has averiguado todo, señor detective. Bravo.

Mary Beth me hablaba pero mantenía los ojos y la pistola fijos en Davis. Él había recibido un disparo en un costado y me miraba asustado. Trató de pronunciar alguna palabra, pero no salió ningún sonido de su boca. Yo había sacado mi pistola y la estaba apuntando.

—Tira la pistola, Mary Beth. Todo ha terminado.

—Aún no. No del todo.

Davis se agazapó contra la plataforma, se cubrió la cabeza con las manos e intentó hacerse lo más pequeño posible. A una distancia de metro y medio, aquello no le iba a servir.

—Diane está detenida, Mary Beth. Lo que te caiga a ti, le caerá a ella. Si no por otra cosa, hazle un favor a tu hermana y tira la pistola.

—Ya he matado a cinco, Kelly. ¿Cómo podría irle mejor a Diane a estas alturas?

—No lo sé. Pero si aprietas el gatillo, será un caso de pena de muerte.

—¿En serio?

—En serio.

Mary Beth bajó el arma unos centímetros y me miró. Todavía mirándome, le disparó un tiro en el pecho a Davis mientras soltaba una exclamación, como si hubiese disparado por error.

Bennett Davis se desplomó en el suelo. Me acerqué. Aún seguía vivo y echaba sangre por la boca. Alargué el brazo para quitarle la pistola a Mary Beth. Ella disparó otra vez cuando ya la alcanzaba.

El segundo disparo cumplió su cometido. Mary Beth se vino abajo perpendicularmente a Davis. El disparo se llevó casi toda la parte posterior de su cráneo. La cara, sin embargo, seguía siendo perfecta. Los labios llenos, la boca entreabierta, una leve sonrisa apenas esbozada. Igual que Frankie Pentangeli en *El Padrino II*, Mary Beth había hecho lo que creía correcto. Lástima que no dejase una familia de la que cuidar.

Estaba cerrando los ojos de mi antigua clienta cuando una mano se aferró a mi tobillo. Era Davis. Daba la impresión de que había recibido un disparo en el pulmón y que se estaba ahogando en su propia sangre; una manera poco agradable de morirse. Me apretó la pantorrilla con la mano e incorporó la cabeza para que nuestros ojos se encontraran. Una última mirada, en su caso. Me acordé de un sábado por la mañana y de Nicole bajo las vías del tren elevado. Le aparté la mano y salí caminando del escenario. No sabía con exactitud lo que Bennett Davis se merecía, pero aquello era seguramente lo mejor que podía obtener de mí.

Me acerqué al puesto de perritos calientes, entré y pedí uno con todos los aditamentos. Los fans de los Packers seguían por allí cerca comiéndose una doble ración de patatas fritas con queso. Una cada uno.

—¿Qué? ¿Ya ha batido Favre todos los récords? —les dije.

Me sonrieron y empezaron a explicarme las hazañas de su ídolo. Yo escuchaba y sonreía. Se oían sirenas a cierta distancia. Sería Rodríguez, seguramente seguido de Masters. Llegarían enseguida.

Capítulo 58

Era la víspera del Día de Acción de Gracias, la ciudad estaba tranquila, las vacaciones se aproximaban.

Recogí a Rodríguez en el centro. Nos dirigimos hacia el oeste por Madison. Había pasado más de una semana desde la última vez que hablamos. Él tenía muchas cosas de las que ocuparse; yo tenía muchas más que evitar.

—¿Estás mejor? —pregunté.

La tormenta de los medios de comunicación estaba amainando. *Dateline* y *60 Minutos* ya habían hecho sus reportajes. Igual que el *New York Times*, *Newsweek*, la CNN y la BBC.

La mayor parte de la información se centraba en Grime, Pollard y Bennett Davis. Algunos se habían concentrado en las dos hermanas de Kansas y en la tercera hermana a la que habían querido vengar. La revista *Time* publicó un informe sobre los perjuicios menos evidentes de las agresiones sexuales. Ése sí lo leí.

Ninguno de los reportajes me mencionaba. Eso tenía que agradecérselo a Rodríguez y al recién ascendido teniente Masters.

—Sólo dos solicitudes de la prensa esta mañana —dijo Rodríguez—. Esta tarde salgo en directo en un canal de Australia. Allá abajo les encanta Grime. Por cierto, tu amigo Masters me encarga que te diga que te jodas.

—Dile que yo también le mando recuerdos.

—En algún momento tendremos que tomarte declaración. Seguramente nos llevará un par de días.

—¿Después de vacaciones?

—Claro. Por cierto, ella ha solicitado verte.

Diane Lindsay llevaba detenida nueve días y había tratado

de quitarse la vida tres veces. La primera, en una prisión de preventivos, tras enterarse de que su hermana se había disparado un tiro. Había utilizado un trozo de plexiglás para abrirse las venas de una muñeca. Perdió casi un litro de sangre y tuvieron que ponerle veintitrés puntos. Las otras dos veces había sido en el hospital. Con pastillas.

Mi hermano me había enseñado todo lo que yo necesitaba saber sobre prisiones, sobre el suicidio, sobre lo atractiva que a veces podía parecer la muerte.

—Creo que paso —dije.

Rodríguez se removió en su asiento, se quitó la pistola del cinturón y la dejó en el suelo junto a sus pies.

—Seguramente será lo mejor. La tienen muy dopada. Paremos un momento y agenciémonos unos cafés.

Nos detuvimos en un Dunkin' Donuts y cargamos provisiones. Luego volvimos al coche y seguimos hacia el oeste, de regreso a mi infancia. Rodríguez dio unos sorbos a su café y se centró en otros recuerdos más recientes.

—Déjame preguntarte una cosa, Kelly.

—Adelante.

—¿Qué fue lo que te puso sobre la pista de las hermanas? Quiero decir, ¿cómo se te ocurrió remontarte hasta Kansas?

Me encogí de hombros. Como en cualquier otro caso antiguo, la respuesta estaba entre las pruebas que se habían conservado. Sólo había que saber dónde mirar.

—Toda esa gente del expediente extraoficial —dije—. Todos muertos. Y todos, salvo Belmont, por disparos de una pistola de nueve milímetros. Eso no parecía normal. Luego recordé aquella primera mañana, cuando Mary Beth se presentó en mi casa con una nueve milímetros. Otra coincidencia.

—Ya eran dos.

—Exacto. Hablé con un detective de Phoenix, un tipo llamado Reynolds. Me encontró un recibo de hotel de 2002.

—¿El año en que dispararon a la enfermera?

—Una tal señorita Remington, sin nombre de pila, pagó en metálico una habitación un día antes del asesinato de Gleason y el hotel quedaba a tres kilómetros de la casa. Ahí fue cuando llegué a la conclusión de que tenía que ir a Kansas.

—¿Qué me dices de Diane?

—Eso no me lo esperaba —dije—. Ni por un momento.

Permanecimos en silencio un minuto, escuchando el ruido de mis neumáticos deslizándose por el asfalto de Chicago.

—Lo más curioso de todo el caso —dije— es que Diane me pasó el expediente extraoficial. Me dio la pista que acabaría con ella y con su hermana.

—Qué estupidez —dijo Rodríguez.

Yo asentí y pensé: «Quizá no. Quizá ésa era la clase de final que ella necesitaba».

Seguimos por Grand hacia el oeste, doblamos a la derecha en Central, continuamos un poco más allá y aparcamos por fin. La mayor parte del barrio había desaparecido y cedido su lugar a varios supermercados. Las cocheras del ferrocarril, sin embargo, seguían allí. Y lo mismo las vías del tren, un poco más allá.

—¿Ésta es la zona donde creciste? —dijo Rodríguez.

—Un kilómetro más al este. Pero éste es el lugar.

Fuimos a la parte trasera del coche y abrimos el maletero.

—Por cierto —dijo Rodríguez—, tu amigo Grime está algo nervioso últimamente.

—¿Y eso?

—Según parece, el dinero que le protegía y lo mantenía vivo se ha agotado.

—¿Procedía de Bennett?

—Seguramente. Los chicos de Menard apuestan 60 contra 40 a que no llegará a ver la aguja. Hay apuestas colaterales sobre cómo va a ser. Yo me he jugado diez pavos a que será con un mango en el estómago.

Rodríguez esbozó una sonrisa. Esa sonrisa que acabas adquiriendo después de tantas noches cerrando párpados y subiendo la cremallera de bolsas de cadáveres; después de tantas llamadas a los padres y de escuchar su dolor.

—En todo caso, ese pedazo de mierda está acabado —dijo Rodríguez. Sacó del maletero una pala y me la dio.

—Quería preguntarte una cosa —le dije.

—Dime —respondió.

Me apoyé en la pala. Rodríguez me miró mientras sacaba la otra.

—¿Crees que lo habrías hecho?

—¿El qué?

—Pollard.

—¿Matarlo?

—Eso.

El detective cerró con un golpe el maletero y apoyó un pie en el parachoques.

—No lo sé, Kelly. Es decir, me habría gustado, pero la cosa no llegó nunca a ese punto.

—Chorradas.

—¿Cómo?

—Chorradas. Aquella noche en el parque industrial podrías haberlo hecho. Lo pensaste. Lo pensaste en serio.

—¿Eso crees?

—Sí, pero yo sabía que no apretarías el gatillo. No forma parte de tu naturaleza

Me aparté del coche, salté la cadena que cruzaba el camino y eché a andar por las cocheras. Rodríguez me seguía un paso más atrás.

—Nicole me comentó algo sobre esto —dijo—. Que siempre estás hablando de la naturaleza de la gente, de su manera de ser. Decía que lo habías sacado de Cicerón o algo así.

—Estás cambiando de tema, detective.

—Quizá sí. Quizá no. Tienes razón, lo pensé. Estuve cerca.

Yo le miré.

—Pero te detuviste —dije.

—Hay una frontera, ¿sabes? Una vez que la atraviesas...

—Acabas sobrellevándolo.

—Supongo que yo no pude. Aun así, hay una parte de mí que sí lo deseaba, que todavía lo desea, que todavía piensa en ello.

—Está bien así —dije.

—¿El qué? ¿Mi naturaleza?

—Sí.

El detective se encogió de hombros y miró alrededor.

—¿Tienes idea de dónde estamos?

Yo pensé en aquel día, veintiún años atrás. Con catorce años, en la ciénaga, viendo a Nicole, viendo cómo la violaban. Mi primera visión de un acto sexual. Sintiendo los primeros síntomas de la oscuridad, entregándome a ella.

269

—Algunas cosas están cambiadas —dije—. Pero sí, tengo una idea aproximada.

Crucé unas vías y la parte trasera de las cocheras, hasta llegar a un pasaje que había cruzado tres veces en la última semana. Si no me equivocaba, aquello era el margen delantero de la antigua ciénaga. Veinte metros más allá estaba el extremo sur de las vías. Me acordaba de esa parte. Entre medias había una pequeña depresión del terreno, llena de botellas de cerveza y de condones, y con un par de vagabundos durmiendo la mona. El margen trasero de la ciénaga. El lugar donde Nicole fue atacada y donde muy probablemente yo había matado a un hombre.

—Supongo que te das cuenta de que no es muy posible que encontremos nada —dijo Rodríguez.

Yo levanté mi pala, elegí un punto y empecé a cavar.

—Ya lo sé.

—Pero quieres intentarlo.

—Supongo.

—Déjame que te pregunte una cosa —dijo Rodríguez—. ¿Qué pasa si encontramos algo?

Me detuve. Aún no había cavado gran cosa, pero ya sentía cómo me latía la sien y cómo me fluía la sangre por los brazos y las piernas. Era un buen ejercicio. Me hacía sentirme mejor.

—Avisamos a Homicidios —dije.

—¿Sí?

—Sí.

Rodríguez apoyó el pie en su pala y sacó una capa de tierra que más bien parecía polvo. Un fragmento de un texto antiguo me pasó por la cabeza:

Μία ψυχὴ δύο σῶμασινr.

Era la visión de Aristóteles sobre la amistad.

«¿Qué es la amistad? Un alma viviendo en dos cuerpos.»

Seguí cavando en la tierra apelmazada y empecé a sudar. De un modo u otro, mi amiga Nicole y yo encontraríamos la respuesta. De un modo u otro, todo iría bien.

Agradecimientos

Esta es mi primera novela. Como tal, es tanto producto de la buena suerte y de la buena voluntad de otros como de lo que yo pueda haber hecho. Las siguientes personas contribuyeron con su tiempo, su talento y su corazón a la existencia de esta novela. No puedo agradecérselo lo suficiente:

Jerry Cleaver, Deborah Epstein, Laura Fleury, Anna Gardner, David Gernert, Garnett Kilberg-Cohen, Erinn Hartman, Bill Kurtis, Leslie Levine, Tania Lindsay, Diane Little, Maria Massey, Dan Mendez, Megan Murphy, Mary Frances O'Connor, Jordan Pavlin, Pegeen Quinn, Roel Robles, John Sviokla Jr., John Sviokla III y Patrick Sviokla.

Gracias muy especialmente a mi madre y mi padre por sus muchos sacrificios, y a mis cinco hermanos y hermanas por ser las mejores personas que conozco.

Casi toda la acción de esta novela transcurre en Chicago. He intentado, siempre que ha sido posible, ser fiel a la geografía de la ciudad; a sus edificios e instituciones. No obstante, me he tomado ciertas libertades cuando ha sido necesario para ajustarme a las necesidades de la historia. Vayan por delante mis disculpas a aquellos que viven en la mejor ciudad del mundo y saben bien dónde están las inexactitudes.

ESTE LIBRO UTILIZA EL TIPO ALDUS, QUE TOMA SU NOMBRE

DEL VANGUARDISTA IMPRESOR DEL RENACIMIENTO

ITALIANO ALDUS MANUTIUS. HERMANN ZAPF

DISEÑÓ EL TIPO ALDUS PARA LA IMPRENTA

STEMPEL EN 1954, COMO UNA RÉPLICA

MÁS LIGERA Y ELEGANTE DEL

POPULAR TIPO

PALATINO

* * *

* *

*

CHICAGO WAY SE ACABÓ DE IMPRIMIR

EN UN DÍA DE PRIMAVERA DE 2008,

EN LOS TALLERES DE EGEDSA

CALLE ROIS DE CORELLA, 12-16

SABADELL

(BARCELONA)

* * *

* *

*

SPA F Harvey
Harvey, Michael T.

Chicago way